渋谷スクランブルデイズ

インディゴ・イヴ

*

喋《しゃべ》りたいだけ喋ったら喉が渇いたので、私はジョッキのビールを飲み干した。カウンターの中で、タオルを捻《ねじ》り鉢巻きにして焼き鳥を焼いている店員にジェスチャーでお代わりを頼み、向かいを見た。塩谷《しおや》さんが押し黙り、横を向いている。剛毛でパイナップルの葉のように盛り上がって跳ねている髪に、襟がよれたラルフローレンのポロシャツ。四角い顔が酔いでまだらに赤くなっているのも併せて、いつもどおりなのだが、小さい目は強く鋭く光っている。塩谷さんは大手出版社の雑誌編集者で、私はその雑誌で仕事をするフリーライターだ。

そういえば私が喋りだしてしばらくは相づちを打ったり、イカの塩辛を食べたりしてたけど、途中からノーリアクションだったな。怪訝《けげん》に思い、私はおしぼりを取って額に浮いた汗を押さえた。

池袋《いけぶくろ》西口の繁華街の外れにある居酒屋。つまみも酒も旨《うま》く雰囲気もいいが、エアコンの効きは悪い。真夏とはいえ時刻は午前二時を過ぎ、気温も多少は下がっているはずなので、外の方が涼しいかもしれない。

どうしたのかと訊《たず》ねようとした刹那、塩谷さんは握っていた割り箸をテーブルに放り出した。

「お前、有り金かき集めていくらになる？」

四角い顔が前を向き、一緒に小さな目も動いて、こちらをじろりと見る。

「えっ？」

思わず聞き返すと目をそらさず、塩谷さんはさらに言った。

「ガツガツ働いてる割に安アパートに住んで安酒かっくらって、服も安物。そこそこ貯《た》め込んでるだろ？　その金、手をつけるなよ。いつでも動かせるようにしておけ」

「いきなりなによ。『ガッガッ』の『そこそこ』で悪かったわね。その上、『動かせるようにしとけ』って、どういう――」

「『絶対に成功するサイドビジネス』。俺らの鉄板ネタだろ？」

声のボリュームを落としつつきっぱりと、塩谷さんは告げた。怪訝に思い、私は逆に声を大きくした。

「はい？　なに言ってんの？　またなにか思いついたの？　悪いけど、さっきのネタと同じように多分誰かが既に」

「バカ、そうじゃねえよ。俺とお前で店を始めるんだ。歌舞伎町《かぶきちょう》にも池袋にも六本木にもねえ、まったく新しい店をな」

顎を上げ、小鼻も膨らませて言い放つ。しかし私が、

「『店』ってなんの？　『まったく新しい』って、どんな風に？」

と問うたとたん、眉を寄せて呆《あき》れたような顔をした。

「たったいま自分で暑苦しく長々と、ご高説を垂れたばっかりだろうが。お前、大丈夫か？　昔やってたヤバいクスリやらケンカの後遺症やらで、脳みそがいかれてるんじゃねえか？」

「失礼ね。私が入ってた暴走族《ゾク》は、『シンナー遊び《アンパン》と売春《ウリ》は御法度。ケンカは素手《ステゴロ》に限る』が掟《おきて》の硬派なチームで」

「なんでもいいから、とにかく金を用意して待ってろ。忙しくなるぞ……そうだ。俺は当分会社には行かねえからな。お前のところに連絡があったら、適当に言い訳しておけ。いいな？」

再び目を光らせてまくし立て、塩谷さんは財布を出して一万円札を抜き取り、テーブルに置いた。これで勘定をしろ、ということらしい。バッグをつかんで席を立とうとしたので、私は慌てて訊ねた。

「そっちこそ大丈夫？　悪いんだけど言ってることもそのハイテンションも、さっぱり意味がわからない」

表情と声から私が本気で戸惑い心配しているのが伝わったらしく、塩谷さんは動きを止めてこちらを見た。しかし目が合うとにやりと笑い、

「いいから任せろ。伸《の》るか反《そ》るか、やってみようぜ」

と告げ、店員に「ごちそうさん」と手を上げて、足早に店を出て行った。

1

二〇〇三年七月。私は渋谷《しぶや》にいた。

ひらりとスカートの裾をひらめかせて、少女たちがこちらに向かって走りだした。周囲の人たちも点滅を始めた青信号に気づき、渋谷駅前のスクランブル交差点を渡る足を速める。少女たちを見たまま、私は隣に立つカメラマンに告げた。

「彼女たち、行きます」

「了解」

頷《うなず》いて、カメラマンは足下に置いていたカメラバッグと三脚を持ち上げた。首には、ごつい一眼レフカメラを下げている。私も肩にかけたトートバッグを揺すり上げ、パンツのポケットから名刺入れを出した。

「すみません。ちょっといいですか？」

交差点を渡りきったところで声をかけると、三人組の少女たちはこちらを見た。全員襟元にリボンを結んだ白い半袖ブラウスを着てミニ丈のタータンチェックのプリーツスカートを穿《は》き、肩にナイロン製のスクールバッグをかけている。

「『CURLY《カーリー》』っていう雑誌の取材なんですけど」

言いながら私が最新号の表紙を見せるなり、少女たちは反応した。

「知ってる～」

「読んでるよ！」

「てか、専属モデルのカンナちゃん大好き」

目を輝かせ、甲高い声で訴える。さすがは発行部数六十万部の人気雑誌。ほっとして、私は名刺を差し出して続けた。

「ありがとう。私はライターの高原《たかはら》晶《あきら》と言います。来月号のCURLYで、『これが最新渋谷ヘア』って特集をやるんだけど、三人ともすごくおしゃれでかわいいから、取材させてくれない？　簡単なアンケートに答えてもらって、写真を二、三枚」

　説明し終えないうちに、少女たちはさらに甲高い声を上げて顔を見合わせ、お互いの肩や腕を叩《たた》き合った。「ＯＫ」ということらしい。おしゃれでかわいいのは本当だが、三人ともダークブラウンにカラーリングしたセミロングの巻き髪という流行のスタイル。囲み目アイライン、つけ睫毛《まつげ》、唇はベージュのルージュにグロスの重ね塗りという「盛りメイク」も、お揃《そろ》いだ。

少女たち、カメラマンと一緒に交差点から公園通りに進み、西武デパートの前に移動した。一人ずつ写真を撮り、その間に残りの二人にアンケートを書いてもらう。一昨日《おととい》から同じことを何十回となく繰り返しているので、私もカメラマンも慣れたものだ。

「来月号ができあがったら送るし、後でお礼に携帯のストラップを――ああ。制服には気をつけて下さいね」

言わずもがなとは思ったが念のために言うと、歩道の端に立ったカメラマンは向かいでポーズを取る少女の一人にカメラのレンズを向けたまま、

「了解」

と答えた。

さっきファインダーを覗《のぞ》かせてもらったが、カメラマンは少女の後ろにスクランブル交差点や109―②など「いかにも渋谷」なモチーフが写り込むようにアングルを工夫してくれている。午後三時を過ぎ、人通りが増えてきた。多くは十代、二十代の若者で、制服姿の子も多い。みんなこの手の撮影には慣れているのか、ちらりと目を向けるだけで通り過ぎて行く。

「あ、それなら大丈夫。うちらの高校、私服だから。これは自分で買ったの」

巻き髪をふるふると震わせ、少女が首を横に振った。カメラマンが、ファインダーか

ら顔を上げた。

「ああ。それ、『なんちゃって制服』？　他の二人もそうだよね」

「うん。みんな同じ高校だから」

少女が答え、他の二人も頷く。

よく見れば、三人ともブラウスとリボンのデザインやスカートのチェックの柄が少しずつ違う。声をかけた女の子がこの「なんちゃって制服」を着ている割合は高く、本物の制服を着ている子より多かった日もあった。

「なんでわざわざ制服を買ったの？　私服なら流行のアイテムとか、いくらでも好きな服が着られるのに」

このところ感じていた疑問を投げかけると、少女は迷わずに返した。

「一番流行《はや》ってるアイテムが制服なの。かわいいし、今しか着られないものだもん」

「それはそうだけど」

八〇年代初頭に中学、高校生活を送った者には信じられない発想だ。制服がダサかったせいもあるが、着るのがイヤで仕方がなく、でも着なくてはならないので、スカートの丈を長くしたり、ジャケットの袖をめくったりして着崩していた。結果、校則違反で教師に叱られ、「なんで好きな服を着ちゃダメなんだろう」と納得できなかった。その頃、制服は管理教育の象徴だった。

「もう高二だし、あと一年しか着られないよ。焦る」

「卒業しても着てる人がいるけど、あれはダサいよね」

他の二人もアンケートを書く手を止める。その真剣で切羽詰まった表情がちょっとおかしくて、私は語りかけた。

「でも大学生や社会人になれば、もっと大人っぽい服や髪形を選べるでしょ。それも楽しいわよ」

「え〜、やだ。ずっとこのままがいい」

少女が顔をしかめ、他の二人も大きく頷く。思わず、私は問うた。

「ひょっとして、みんな大人になりたくないの？」

「なりたくない！」

声を揃えて即答され、一人には「当たり前じゃん」と呆れたように付け加えられ、私は言葉を失った。

早く大人になって着る服とか家に帰る時間とか、好きに決めたい。大人になるのは、一人前になって自由を手に入れること。子どもはみんなそう思い、大人になる日を心待ちにしていると信じ込んでいたが、違うのか。

愕然《がくぜん》としている私に、カメラマンが気遣うように声を少し小さくして告げた。

「昭和は遠くなった、って言うか、これが新世紀スタイルってヤツなんじゃないですか。

今の子はみんなこんな感じですよ」

「新世紀スタイルねえ。二十一世紀になってから、まだ何年も経《た》ってないけど。どうなることやら」

我ながら年寄り臭いと思いつつ、「やれやれ」とため息をつくしかない。当の少女たちは無邪気に言葉を交わし、笑い合っている。

日が傾く午後五時過ぎまで取材をし、カメラマンと別れて渋谷駅から山手線に乗った。


池袋駅西口のホテルのラウンジに入った。

エアコンの冷気にほっとしながら毛足の短い絨毯《じゅうたん》が敷かれたフロアを進むとすぐに、待ち合わせの相手は見つかった。

一人がけのソファにそっくり返って脚を組んで座り、顔の前にスポーツ新聞を広げている男。客は外国人とスーツ姿のサラリーマンばかりの店内では、かなり異色の存在だ。

「お待たせ。こんな場所、珍しいじゃない。いつもは編集部に呼びつけるのに」

そう語りかけ、私がテーブルを挟んだ向かいのソファにバッグを置くと、男はスポーツ新聞を雑にたたんでテーブルの端に載せた。四角い顔と小さな目、盛り上がって跳ねた髪が露《あら》わになる。身につけているのは、ポロシャツとシワだらけのチノパンだ。

この男、名を塩谷馨《かおる》という。これでも文京区にある大手出版社に勤める編集者で、私とコンビを組み、「GET《ゲット》」という情報誌の企画もののページを作っている。

私がソファに腰を下ろすなり、塩谷さんは通りかかった男の店員に、ぶっきらぼうに告げた。

「ビール」

「ちょっと。これから打ち合わせでしょ？」

驚いて訊ねた私を、塩谷さんはじろりと見た。

「異動が決まったぞ」

一瞬ぽかんとしてその顔を見返してから、私は頷いた。

「なるほど……でも、そろそろって感じだったわよね。二十代の男子がターゲットの雑誌の編集部に、四十手前のオヤジ。浮きまくってるもんね」

「おまえだって浮きまくりじゃねえか。読者と同年代のキャピキャピしたライターの中に、三十路《みそじ》女が一人。しかも元ヤンキー」

「『ヤンキー』じゃなく、『ツッパリ』。で、どこに異動するの？」

「来年創刊するパソコン雑誌」

「今さらパソコン雑誌？　ファッション誌が好調で予算が余ってるから、一応出しておくかって感じか。左遷人事ってやつ？　ああ、もともと週刊誌から飛ばされて、今の雑誌に来たんだっけ」

後半は独り言めかして言うと、塩谷さんは私を睨《にら》み、

「うるせえな。左遷どころか、一度も就職したことがねえ野良犬に言われたくねえよ」と言い放った。負けじとこちらも睨み返し、テーブルの上で火花が散る。隣のテーブルの和服を着た初老の女が、怪訝そうにこちらを見た。

ファッションと恋愛マニュアルがメインの誌面で、「噂《うわさ》のヤバいバイトは実在するのか」を検証したり、「特攻服の刺繍《ししゅう》の文言はアート」と謳《うた》って紹介したり、ふざけたネタを大真面目に記事にしてそれなりに好評とも聞いていたのだが、さすがに限界のようだ。

「で、どうする？　企画もののページは続行するから新しい担当者に引き継いでもいいが、内容は全然別物になるぞ」

話を変え、塩谷さんは運ばれて来たグラスのビールを一気に半分飲んだ。首をかしげ、私は返した。

「そりゃそうよね。どうしようかなあ」

三年ほど前、人を介して初めて会った時にはどこのチンピラかと思ったが、「それはお互い様」だったらしく、相棒が塩谷さんだからこの仕事をやってこられたと言える。新たな、恐らく一回り近く年下の編集者と「東京デビュー必須アイテム」とか、「絶対落とせるデートテク」とかいうテーマで記事を書けるのか。

「書くのがプロ」という矜持はある。しかし一方で、さっき渋谷で少女たちと交わしたやり取りを思い出し、複雑な気持ちになった。

　新宿まで急行電車で四十分、池袋まで三十分の半端な田舎町で、三原順子《みはらじゅんこ》（現・じゅん子）をファッションリーダー、マンガ「ハイティーン・ブギ」をバイブルに育ったツッパリの私が、某三流大学入学と同時に編集プロダクションでバイトをしたのをきっかけにフリーライターになって、約十年。終わりかけのバブル景気に乗っかれたお陰で雑誌、新聞、企業のPR誌とさまざまな媒体で仕事ができた。取材という名目で普通は入れないところに入れ、会えない人に会え、楽しくて刺激的で、徹夜が続いたり、ギャラが安かったりしても平気だった。だが三十を過ぎ、体力と筆力が落ちてきたのを感じるし、若いライターが次々と出てくる。「節目」「転換期」「次の一手」といった言葉が頭をちらつき焦りも覚えるが、じゃあどうしたらいいのかがわからない。

「とにかく俺とは次の企画が最後だ。これ、読んでおけ」

　グラスをテーブルに置き、塩谷さんは足下のバッグから書類を出してこちらに差し出した。受け取って見ると表紙に、「GET 10月号『ホストに学べ！　女心と夜の哲学』企画書」とある。

「ホスト？」

「ああ。最近ブームになってて、売れっ子ホストが雑誌やテレビのバラエティー番組に出てるだろ」

「知ってるけど。イロモノって感じじゃない？」

「今の時代、笑えてなんぼなんだよ。新宿と池袋、六本木のホストクラブを取材する。リサーチしておけよ」

そう言って、塩谷さんはテーブルの上の伝票をつかんで席を立った。

「えっ。それだけ？　私、オーダーもまだなんだけど」

「チンタラ茶なんぞ飲んでたって、ロクなアイデアは浮かばねえよ」

続きは飲み屋で、ということか。もちろん、飲み代は「打ち合わせ」または「接待」という名目で会社の経費で落とすつもりだろう。これがいつもの塩谷さんとのパターンで、実際は上司や同僚の悪口と他の出版社の噂、芸能人のゲスいスキャンダルなどで盛り上がりながら飲んだくれるだけだ。それでも時々、バカ話をきっかけにはっとするような企画が浮かぶこともあり、その瞬間の気持ちよさも塩谷さんと仕事をする魅力の一つだ。


明るくなるまで飲んで塩谷さんと別れ、タクシーで帰宅した。

地下鉄の南阿佐ケ谷《みなみあさがや》駅にほど近い、古びた三階建てのコーポが私の自宅兼仕事場だ。既にセミの鳴く声がして、今日も暑くなるのかとうんざりしながらエントランスに進み、ポストを開けて郵便物を取り出した。大量のチラシと電気料金の使用量のお知らせの間に、ハガキが一枚あった。知り合いのライターの女性が、編集プロダクションを立ち上げたという報告と挨拶だった。

木津《きづ》さんが起業か。彼女は歳《とし》は少し上だが、キャリアは私と同じぐらいのはず。心の中で独り言を言い、私はハガキを手に階段を上がった。二階の廊下を進み、中程の部屋の前で立ち止まる。バッグからカギを出して解錠しドアを開けると、玄関の狭い三和土《たたき》に脱がれた黒い革靴に気づいた。

革靴の隣にパンプスを脱いで玄関に上がり、四畳半のダイニングキッチンを抜けて引き戸を開け、寝室に入った。畳の上に、一志《かずし》が大の字になって寝ていた。ワイシャツに緩めたネクタイとスラックス姿で、右手にはボールペンを握っている。向かいのローテーブルに載ったノートパソコンの液晶ディスプレイにはなにかの図面が表示され、脇には英文の書類が広げられていた。

まさに、討ち死にって感じだな。

一志の手からボールペンを抜き取りながら心の中で呟《つぶや》き、つい笑ってしまう。ぴくりと体を揺らし、一志が目を覚ました。

「お帰り～」

頭を少し上げて間延びした声で私に告げ、頭を下ろして目をつぶる。その姿がおかし

くてまた笑い、

「ただいま。ごめん。起こしちゃったね」

と返すと、一志は目を閉じたまま言った。

「いや。どっちみち、もう起きないと。じきに六時だろ？」

「うん。来るってわかってれば、もっと早く帰ったんだけど」

「いや、いいんだ。朝メシを一緒にどうかなと思っただけだから。俺たちには、それが一番合ってるだろ？」

話しながら目を開け、一志は起き上がった。「だね」と私が頷くと、一志も笑顔になった。

一重まぶたで切れ長、三白眼気味の目は鋭く、痩せ型だが骨格のしっかりした体と相まってぱっと見は冷たくとっつきにくそうに見えるが、笑うと目尻に三本シワが寄り、えくぼもできて雰囲気ががらっと変わる。私が一志を好きだと思うところの一つだ。

私が藤野《ふじの》一志と付き合いだして、二年ちょっとになる。

大手精密機械メーカーの会社案内の原稿を私が書くことになり、「敏腕エンジニアが仕事を語る」というページでインタビューしたのが彼だった。会社案内ができあがり、メーカー側の窓口になっていた広報課の社員が関係者を集めて、簡単な打ち上げをやってくれた。その席でたまたま隣り合い、同い歳とわかって、子どもの頃に流行ったアニメや歌などの話で盛り上がり、数回メールを交換した後、二人で会うようになった。

とは言っても、一志は「家庭教師のアルバイト募集が来る大学の工学部」を卒業し、「会社四季報に載ってる会社」に勤めるエリートで、私は「ツッパリ上がり」の「就職どころか、リクルートスーツさえ着たことのない」野良犬フリーライターだ。どうこうなる気などまったくなく、理系の男というのが珍しかったのと、「仕事のネタにできるような話が聞けるといいな」と思った程度だった。

実際、一志の口から出るのは「今、開発中のエンジン」とか「最近読んで面白かった工学系雑誌の記事」とか、とてもデート向きとは思えない話題ばかりだったが、一生懸命わかりやすく説明しようとしてくれているのが伝わり、目をキラキラさせてとても楽しそうに話す姿も好ましく思えた。加えて、食事やお茶するために入った店の店員に対してとても感じがよく、「ありがとう」「ごちそうさま」とごく自然に伝えられるところに惹《ひ》かれた。一志の方も、はじめは物珍しさ、というか正直怖いもの見たさだったそうだが、私が話すツッパリあるあるネタや、取材先で見聞きしたり、小耳に挟んだ下品で笑える話を面白がり、出会いから二カ月後、律儀に「付き合って下さい」と申し込んでくれた。

以後、経歴も仕事の業種も正反対な私たちはお互いに驚いたり、感心したり、呆れたりしながら付き合ってきた。一番困ったのが時間のやりくりで、お互い忙しい上に一志は朝型生活を送り、私は夜型という点だ。しかしそれも試行錯誤の末、朝ご飯を一緒に食べて彼は会社に行き、私は眠りにつくというデートに辿《たど》り着き、たまにケンカをしながらも楽しくやっている。

「出かける前にシャワーを浴びるでしょ？　着替えも出すね」

そう告げて私はタンスに向かい、一志も「うん」と言って立ち上がった。

「十月になっちゃうと思うけど、夏休みが取れそうなんだ。旅行に行こう。岐阜《ぎふ》の飛騨《ひだ》高山《たかやま》はどうかな」

「いい！　雰囲気がよくて温泉もあるし、行ってみたいと思ってたの。奮発して、露天風呂付きの部屋にしよう」

「いいね。ついでに郡上《ぐじょう》八幡《はちまん》にも行こう。地元だし、のどかないい町だよ。ついでに俺の実家にも寄って」

「うんうん……えっ、実家？」

図らずもノリ突っ込みをかましてしまった私に、一志は慌てた様子で首を横に振って言った。

「いや、本当についでだから。ちょっと寄って、親に紹介するだけ。深い意味はないよ」

親に紹介すること自体が、深い意味なんだってば。突っ込みは浮かんだが口には出さず、「うん」とだけ返す。浮かべた笑みが、ちょっと引きつるのがわかった。

「まあ、まだ先の話だし。具体的なスケジュールが見えたら改めて誘うよ」

一志は続け、私が差し出した着替えを受け取ってダイニングキッチンの脇にあるバスルームに向かった。

少し前から気配は感じていたが、ついに動いたか。

具体的なスケジュールが決まるか旅行に行ったら一志はさらに動き、状況を進めるだろう。早い話が、結婚。

タンスの前に立ったまま、私は思った。

交際期間や年齢を考えれば当たり前、いや、遅いぐらいだろう。

一志のことは好きだし、この先も一緒にいたい。一志が決意と勇気を持って旅行に誘ってくれたのは明らかで、それを嬉《うれ》しくも思う。じゃあ、この戸惑いと不安はなんなんだろう。回らない頭でいろいろ考えだしそうになったので、

「いや。やめておこう。ロクなことにならない。酔ってるし」

と自分で自分に言い聞かせ、取りあえず水を飲むためにダイニングキッチンに歩きだした。

一週間後の夜、私は水道橋《すいどうばし》にいた。

ハガキをくれた木津さんに連絡を取ったところ、「会社に遊びに来てよ」と誘われたのだ。他のライター仲間の阿部《あべ》さんにも声をかけ、出かけることにした。

木津さんの編集プロダクションは、水道橋の白山《はくさん》通りの裏手の雑居ビルに入っていた。このあたりには大学と専門学校の校舎が点在し、登山用品の店も目立つ。本の街・神保《じんぼう》町《ちょう》が近いので出版関係の会社が多いが、木津さん曰《いわ》く「神保町よりちょっと家賃が安い」そうだ。会社は狭いもののインテリアはしゃれていて、社員は木津さん以外に他の編集プロダクションから引き抜いたという男性と、マスコミ系の専門学校を出たばかりの女性で、どちらも歳は二十代前半。会社を案内してもらって阿部さんと割り勘で買った開業祝いの観葉植物を渡し、近くのイタリアンレストランに移動した。

「木津さんはヘアやメイク、ダイエットみたいな美容系に強いから。会社でも、そっちの雑誌の特集とかムックの仕事をしていくの?」

グラスワインで乾杯した後、私は訊ねた。

「ムック（Mook）」とは「Magazine」と「Book」を混ぜた名称だ。外見は厚くてしっかりした作りの雑誌で、内容は一つのテーマで一冊というものが多く、月刊誌や週刊誌の「別冊」として刊行される場合もある。

赤いフレームの眼鏡をかけた木津さんは、グラスの縁に付いたベージュのリップグロスを親指で拭い、答えた。

「うん。取りあえずは取材と原稿を請け負うけど、そのうちレイアウトも社内でできるようにするつもり。そのためにパソコンは Windows の他に Macintosh も買ったの。でも、デザイン用のソフトがバカ高くて。泣きそうになったわよ」

「いよいよ誌面のデザインも社内でやる時代になったんだ。じゃあ、デザイナーも雇うの？」

「そのうちね。当分は仕事が来たら、その都度フリーの人に来てもらう感じかな。高原さん、土橋豪《どばしごう》さんと親しいんだよね。彼に頼みたいんだけど、売れっ子だし無理か」

「訊いてみるわ。よく『お金も大事だけど面白いことをやりたい』って言ってるし、可能性はあるかも」

「ありがとう。無理してるのは承知の上なのよ。でも、心意気っていうの？　版元に対して『新しい流れにも、うちは対応していきます』って姿勢は示さないとね」

　後半は熱っぽい口調になって語り、木津さんは顎を上げた。

「なるほど」と返した私の頭に、木津さんの会社の壁際に置かれていたバカでかいブラウン管のモニターと、分厚く重たそうな Macintosh のデスクトップパソコンが浮かぶ。木津さんの心意気はスチール製の本棚にぎっしり並んだ美容系の雑誌や本とか、いい紙を使った社名入りの封筒とかからも、ひしひしと感じられた。しかし、「冷蔵庫には栄養ドリンクを常備してる」「徹夜明けの仮眠用に、社員に一つずつ寝袋を配った」と聞いた時には、「給料は雀の涙だろうし、社員の若い二人が逃げ出さないか」と他人事ながら心配になった。

「でも本当に思いきったよねえ。有限とはいえ、『会社』で『社長』だし……ねえ、阿部さん」

私が話を振ると、煙草《タバコ》をふかしていた阿部さんがこちらを見た。両耳を出したベリーショートで、ピアスの穴を右耳に一つ、左耳に三つ開けている。

音楽好きの阿部さんは、学生時代はロックバンドでベースを弾いていたという。私とは同業者が集まる飲み会で知り合い、八〇年代に流行った洋楽の話で盛り上がって仲良くなった。音楽系の雑誌で記事を書いていたが、九〇年代後半にビジュアル系バンドがブームになった時についていけないと感じたそうで、その後はジャンルを選ばず仕事をしている。

「うん。すごいよね……そうだ。私、名刺を新しくしたの。渡しておくね」

タバコを灰皿に押しつけ、阿部さんは空いた席に置いたバッグから名刺入れを出して、私と木津さんに配った。

「メディカルライター？」

名刺に書かれた肩書きを見て、木津さんが反応した。頷き、阿部さんは答える。

「今後はそう名乗ることにしたの。このところ病気とか健康法について書くことが増えてたし、ちょっと前に健康雑誌がブームになったでしょ」

「知ってる。『わかさ』とか『壮快』とかね。健康実用書って、何年かに一度ものすごいベストセラーが出て話題になるけど、最近は健康ってジャンルそのものが人気なんでしょ。これも高齢化の影響かなあ」

「それが、若い子も読んでるらしいのよ。とにかく、このジャンルは今後伸びると思う。高原さんも書いてみない？　知り合いの編集者に、ライターを紹介して欲しいって頼まれてるの」

「健康ものか。雑誌の企画で、何度か医者や薬剤師を取材した程度だけど。でも面白そうだし、やってみようかな」

「了解。先方に伝えて、連絡するね」

頷いてから、阿部さんはわずかに眉を寄せてこう付け加えた。

「でも、その編集者が昔気質《むかしかたぎ》っていうか、こだわりが強いっていうか、合う合わないがはっきりしてるタイプなの。会ってみて無理と思ったら、私のことは気にせずに断ってね」

「わかった……しかし、二人ともしっかり『次の一手』を打ってるわよね。私も見習わなきゃ」

ある程度の年齢とキャリアを重ね、「来た仕事はなんでもやります」という時代を卒業したライターが次に進む道として、いくつかのパターンがある。

一つ目が、木津さんのように編集プロダクションを立ち上げる方法。主な仕事は大手出版社の下請けだが、社員を百人以上抱える大きなプロダクションもあるし、その後出版社になったところも知っている。二つ目が一つのジャンルを選んで「○○ライター」「××ジャーナリスト」と名乗り、そのジャンルのオーソリティとなる阿部さんのパターン。三つ目は新人賞を受賞したり、書いたものが編集者に認められたりして、小説家やエッセイストになるパターンで、こちらはもともと小説やエッセイを書きたくて修業のためにライターをしていた、という人が多い。

歳は木津さんが私より少し上、阿部さんは少し下だが同じ頃にデビューし、仕事がない時には紹介し合ったり、「クビになった」とか「原稿料を踏み倒された」とかいう時には一緒に落ち込んだり怒ったりしてきた。そんな二人がいち早く迷うことなく、さらに先へと進む道を歩きだしている。頼もしく思い刺激をもらう反面、このところ抱いていた焦りがさらに強まった。

思い出したように、木津さんが話題を変えた。

「そうそう。知ってる？　ライターの青井《あおい》さんが、メゾン・マガザン社の編集者と結婚したんだって」

「え〜っ！　知らなかった。すごい」

「青井さん、やったわね」

　私と阿部さんはつい大きな声を出してしまい、料理を運んで来た女の店員が驚いて皿をテーブルに置く手を止めた。

　メゾン・マガザン社は銀座にある大手の出版社で、社員の待遇がいいので知られ、「ボーナスが三百万円」「社員食堂がタダ」等々噂されている。

　編集プロダクションを立ち上げたり、一定のジャンルのオーソリティになるのとはちょっと方向が違うが、女性ライターが次に進む道として、結婚もある。家事や育児に支障のない程度に仕事を続ける人がいる一方、すぱっと辞めて主婦業に専念する人も意外と多い。どちらのパターンにしろ、大手出版社の社員と結婚した人は「成功者」「勝ち組」として羨望の対象になる。

「あら。高原さんだってじきに、なんじゃない？　彼氏は大企業に勤めるエリートエンジニアなんでしょ」

　三つの皿にパスタを取り分けながら、木津さんが問うた。私は手のひらを大きく横に振って答えた。

「いやいや。そんなまだ、全然」

　一志とはほとんど毎日メールや電話をしているが、あれから旅行の話は出ていない。私なりにいろいろ考えている。しかし「気持ちは嬉しいんだけど、でもな」というところから進まず、足踏み状態だ。

木津さんが渡してくれたパスタをフォークに巻き付けながら、阿部さんが言った。

「高原さんって、実は経営者向きかもよ。前に一緒に組んで仕事をして思った。一匹狼のようでいてリーダーシップがあるし、人もよく見てる。まあ、それって主婦や母親になっても活《い》かせる能力だけど」

「えっ。そう？」

つい訊《き》き返した私に、阿部さんはパスタを頬張りながら深々と頷き、木津さんも、

「あ〜。言えるかも」と同意した。

確かになんでも一人でマイペースでやりたいと思う反面、関わりを持った人とは上手《うま》くやりたいし、変なところが気になったり目に付いたりする。経営者は阿部さんの思い違いだとして、主婦や母親にはちょっと心が揺れる。付き合っている男の言葉より、仕事仲間二人の「物書きの目」に反応してしまうのも、一種の職業病かもしれない。

2

「それ、思いっきり外濠《そとぼり》を埋めにかかられてますよね。旅行に行ったら、もう逃げられませんよ」

丸く大きな目をさらに大きくしてコメントし、土橋くんはカウンターの隣に座った私を見た。振り返って左右を確認してから、私は返した。

「だよね」

「ですよ。実家で彼氏の両親が、手ぐすね引いて待ち構えてるパターンでしょう。とくにお母さん」

「えっ。品定めされるってこと？」

「当たり前じゃないですか。高原さんは彼氏が店の人に丁寧に接して、威張り散らしたりしないところに惹かれたんですよね？　それって、しつけの賜《たまもの》でしょ。マザコンまではいかなくても、彼氏はかなりお母さんの影響を受けてますね」

「ちょっと。声が大きい」

注意すると土橋くんは「すみません」と頭を下げたが、へらへらしていて反省する様子はない。

土橋くんは売れっ子のエディトリアルデザイナーで、Macintosh の扱いにも慣れている。木津さんの会社に行った翌日、私はさっそく土橋くんに連絡を取った。詳しい話をしようと三日後の今日、世田谷《せたがや》の三宿《みしゅく》のバーで会っている。

彼の自宅兼仕事場があるこのあたりはマスコミ関係者に人気で、他にも仕事仲間の自宅や事務所が何軒かある。交通の便はよくないが、それが「隠れ家」的な魅力になっているようで、九〇年代前半から小じゃれたバーやレストランなどが増え始め、芸能人御《ご》用達《ようたし》の店も多いと聞く。

　このバーもその一つなのか雰囲気はいいがやたらと暗く、客も若い子ばかりで、いまいち落ち着かない。奥にはＤＪブースもあり、ハンチング帽を前後逆にかぶった若い男がレコードをとっかえひっかえしながら曲をかけている。その姿を見てさっき、「あのＤＪの人、レコードの表面を思いっきり撫《な》でたりこすったりしてるんだけど、大丈夫なの？　私が子どもの頃は、レコードは必ず縁を持って、プレーヤーにかけたら針をそっと落として少し離れた場所で曲を聴くようにって教わったんだけど」と訊ねたところ、土橋くんに「取りあえずあれは、『プレーヤー』じゃなく『ターンテーブル』です」と苦笑された。

「でも、高原さんと彼氏はいい夫婦になるんじゃないかな。ていうのも、理系のエリート男子と元ヤンキーの女子カップルって、結構いるらしいんですよ」

　コロナビールの瓶を口に運び、土橋くんがまた語りだした。突き出しのミックスナッツをつまんで、私は「私は『ヤンキー』じゃなく『ツッパリ』」と訂正してから、

「そうなの？」

　と先を促した。頷き、土橋くんは話を続けた。

「医学とか物理とかの研究所や実験施設って、だいたい郊外にあるじゃないですか。で、

事務とか雑用の職員は、地元の女性を採用することが多いんですって。その中には元ヤンキー、じゃないツッパリの人もいて、研究者と付き合って結婚ってパターンが珍しくないって聞きました。理系エリートってガリ勉の純粋培養で研究以外のことはなんにもできない人が多いから、ツッパリ女子に『なにやってんのよ！』ってちゃちゃっと仕切って、ぐいぐい引っ張ってもらうのがいいみたいですよ」

「ははあ。確かに私の地元にも、そういうカップルがいるわ。近所に航空交通なんとかいう施設があるんだけど、昔の仲間がバイトに行って、管制官だかエンジニアだかと結婚してた……でもそれって、夫婦っていうより息子と母親っぽくない？　結局、理系エリートはマザコンってオチ？」

コメントしてからふと気づいて問いかけると、土橋くんはにやりと笑い、「いや。あくまで個人の感想ですけどね」とダイエット食品の広告に添えられている但し書きのようなことを返し、オーバーサイズのジーンズを穿いた脚を組んだ。腰に下げた銀色のウォレットチェーンが、ぶらぶらと揺れる。

歳はかなり下で見た目を含めいかにも「今どきの若者」然とした土橋くんだが、頭の回転が速くて会話のテンポもよく、一緒にいて飽きない。ずけずけものを言うところもあるが発想が面白く、妙な説得力がある。仕事仲間は大勢いても友だちは少なく、「身近な男＝彼氏」な私にとっては貴重な存在で、照れとハンパなプライドから女友だちにも言えないようなことも、土橋くんには話せてしまう。「じゃあ、付き合えばいいじゃん」と浮かびはするが、なぜかそういう気にはならず、彼にとっても私は色恋の対象ではないらしい。グチや悩みを話して面白くて鋭いリアクションをもらい、私の趣味ではないものの、オシャレで人気の店も教えてもらえる。しかも土橋くんは顔とスタイルがよく、ファッションにもうるさいようだ。

「よく私なんかと付き合ってくれるなあ」とぼんやり考えてから、今日の本題を思い出した。私はミックスナッツの器とジントニックのグラスを脇によけ、土橋くんに向き直った。

「それで、木津さんの仕事なんだけど。どう？」

「作業する環境を見せてもらわないとなんとも言えないけど、やってみようかな」

「えっ。本当に？」

ダメ元の依頼だったので、意外で確認してしまう。真顔に戻り、土橋くんも私に向き直った。

「ええ。僕は書籍の仕事が多いので、女性誌の写真と文章が『これでもか』って勢いで詰まった誌面《ネーム》を作ってみたいと思ってたんです」

「ありがとう。じゃあ、木津さんの会社に行こう……でも、ギャラはあんまりよくないかもよ。立ち上げたばっかりの会社だから」

「構いませんよ。面白そうだし。僕、しばらくは時間に余裕があるので、木津さんの予定に合わせます」

「わかった。私も一緒に行くから、日時を決めて連絡するね」

「了解です。高原さんと彼氏のネタも、進展があったら教えて下さい」

「ネタって。私の恋愛も、『面白ければ』の対象なわけ?」

呆れて突っ込みながら、「今の時代、笑えてなんぼなんだよ」という塩谷さんの言葉を思い出した。


新宿「プチモンド」は、今日も同業者でいっぱいだ。

私が進む通路の傍らのテーブルでは、編集者らしき若い男がマンガの下書きを手に、向かいに座るマンガ家と思《おぼ》しきさらに若い男に檄《げき》を飛ばしている。反対側のテーブルに広げられているのは、書籍のカバーが印刷された大きな紙。白地に書体はシンプルだがサイズの大きな文字を配したカバーのデザインと、テーブルを挟み真剣な顔で紙を覗くスーツ姿の中年男四人からして、ビジネス書か自己啓発本の装丁の打ち合わせだろう。

店内には煙草のけむりとコーヒーの香りが漂い、携帯電話の着信音も聞こえる。

近づいて来た女の店員に「待ち合わせです」と告げ、視線を奥に向けた。窓際の席にごま塩頭に台襟のシャツ、銀縁眼鏡の五十代半ばの男がいた。テーブルには、「翠林《すいりん》出版」と印刷された封筒。

阿部さんが教えてくれた外見と事前に電話で告げられた目印が一致したので、私は歩み寄り頭を下げた。

「浅海《あさみ》さんですか？　高原晶です」

「どうも。初めまして」

持ち上げたコーヒーカップをソーサーに戻し、浅海さんは立ち上がった。向かいの席にバッグを置き、私は名刺入れを出した。

「お待たせして申し訳ありません。よろしくお願いします」

「いえいえ。翠林出版の浅海です。よろしくどうぞ」

名刺を交換し、まずはオーダーを済まそうと私がメニューを取ると、浅海さんが言った。

「高原さん、お若いですね」

「ありがとうございます。十八からこの仕事をしているので」

この業界において若いは、必ずしも褒め言葉ではない。暗にキャリアが浅いと指摘されているということで、言われた場合は「仕事を始めたのが早いから」ときっちり返すようにしている。

納得したのかしないのか。浅海さんはノーリアクションでぱんぱんに膨らんで重たそうなショルダーバッグから本を二冊出し、テーブルに置いた。

「こちらがうちで刊行を始めた、健康実用書のシリーズです」

手に取って見ると二冊とも同じ装丁で、タイトルはそれぞれ「ニコニコ元気ブックス　糖尿病がわかる本」「ニコニコ元気ブックス　脳卒中がわかる本」とあった。

「お陰様で好評で、とくに脳卒中は半年で三刷《さんずり》です」

売れていて刊行して半年で三回重版、つまり増し刷りをしたという意味だ。一冊を開き「すごいですね」と返す私を、浅海さんが眼鏡越しにじっと見ているのがわかった。

「がんとか心臓病とか主立った病気は刊行したので、今後はもっと身近だったり、あまり深刻でなかったりする病気もテーマにしていきます。昨日、企画が通ったばかりなのがこちらです」

そう続け、浅海さんは私の前に書類を置いた。表紙には『翠林出版　ニコニコ元気ブックス【ニコチン依存症がわかる本】企画書』とワープロで打たれていた。表紙をめくり、企画書に目を通した。

『第一章　禁煙のすすめ　第二章　こんなに怖い！　煙草の害と依存症　第三章　ニコチン依存症の原因と治療　第四章　最初の難関・ニコチンの離脱症状……』

「著者は大学病院の禁煙外来の医師になります。高原さんのお名前は一切表に出ませんが、構いませんか？」

「ええ。タレントのエッセイですが、以前にもゴーストの仕事はしています。あとは電話でもお話しましたが、雑誌の健康ものの特集を担当したことが何度か……これ、ご覧になって下さい」

私はバッグからファイルを出し、浅海さんに渡した。中には、私がこれまでに書いた雑誌や新聞などの記事を切り取ったものが収められている。こうしたファイルは営業には不可欠なツールで、イラストレーターやカメラマンなども持っている。

受け取ってファイルをめくりながら、浅海さんが問うた。

「高原さんが原稿を書く時、一番気をつけていることはなんですか？」

「いろいろありますけど、一言でいえば『読む人の身になる』でしょうか」

「なるほど」

頷きはしたが、浅海さんの表情は動かない。

ダメなの？　不合格なら、はっきりそう言って。

もやもやとしたものを感じ、私は心の中で問いかけた。真面目で仕事に厳しそうなのは望むところだが、阿部さんが言っていたとおり、合う合わない、加えて好き嫌いもはっきりした人のようだ。

ファイルを閉じ、浅海さんはこちらを見た。

「健康実用書の主な取材相手は医師や研究者ですが、先方も本の内容を理解して話してくれますし、そう難しいことはありません。ただ、娯楽を目的とした出版物ではないので、原稿の書き手には相応の心構えが必要になります。ご理解いただけますか？」

「はい」

「では資料をお送りするので、ニコチン依存症がわかる本の原稿を一章分書いてみて下さい。それを読んで、お仕事をお願いするか検討します。これだけのキャリアのあるライターさんに、失礼かとは思いますが」

「いえ、わかりました。なるべく早く書いて送ります」

「これだけのキャリアのある」って、ファイルにはお愛想程度に目を通しただけのクセに。心の中で憤慨しつつ、私は笑顔を作って頷いた。浅海さんもにっこり笑い、

「楽しみにお待ちしています」

と返し、こちらにファイルを戻した。

「階段で同じビルに入っている書店に行く」と言う浅海さんと店の前で別れ、エレベーターホールに向かった。下りのエレベーターを呼ぶボタンを押した直後、岡田有希子《おかだゆきこ》の「ファースト・デイト」の着メロが流れだした。

周囲の人の視線を感じつつ、私は携帯を出して構えた。

「はい。高原です」

「一志だけど。今ちょっといい?」

「うん。ちょうど打ち合わせが終わったところ。どうかした?」

早口で答え、私はエレベーターホールの端に移動した。

「いや。これから忙しくなって、しばらく連絡ができなくなりそうだから」

「そうなんだ。わざわざありがとう」

気持ちはありがたいが、いつもこの手の連絡はメールだ。なにかあるなと感じた矢先、一志は続けた。

「旅行の件なんだけど、俺は別にどこでもいいんだ。前に晶が、『ゆっくり温泉につかりたい』って言ってたのを思い出したから、ついでに俺の実家に寄ってもらってもいいなと浮かんだだけで。晶と一緒に行ければどこでもいい」

口調は落ち着いてのんびりしているが、声が変に響いている。会社のトイレの個室から、かけてきているのかもしれない。

「忙しくなるっていう時にわざわざ」という気遣いのうれしさが、「『どこでもいい』って繰り返すところに逆に『飛騨高山に行くよな?』って希望を感じるんだけど」という疑問にわずかに勝り、私は告げた。

「うん、わかった。ありがとう。私もちょっとバタバタしそうだから、仕事の合間に考えておくね」

「了解。お互い、いい仕事しようぜ」

「おう」

最後は笑いを含んだ声で言い合い、通話を終えた。

こういう理解できないなりに私の仕事を尊重し、同志として接してくれるのも一志の好ましいところであり、「いいヤツじゃん」と嬉しくなる。そんな一志がどういう街で生まれて育ち、両親はどんな人なのかには純粋に好奇心を覚える。とくに母親は土橋くんの話が本当で、一志のキャラクター形成に影響を与えたのなら、会って話してみたい。だがこんな能天気なことを考えているのは私だけで、一志の両親は自慢の息子の伴侶となるかもしれない人物を観察し、評価を下す場と解釈するだろう。

だったらいっそアルバムとか卒業証書とかを持参して、さっき浅海さんにしたように「これまでの私」をプレゼンしようか。そんな考えがふと浮かんだが、同時に「『物書きの目』に反応したり、なんでも仕事に絡めて考えたりするのは、悪いクセだな」と反省した。

しかし学歴もなく、組織にも属さず、書いた原稿だけで生活し、キャリアを積み重ねてきた身としては指針となり、拠《よ》り所にできるのは仕事しかない。そう思うと、ちょっと情けなく、自分が心もとなく感じられた。

「——だから、出会いを待っていないで、自分で動かなきゃ。たとえば」

ふいに黙り、洸星《こうせい》は視線を横にずらした。顎を引いて瞬《まばた》きし、目に力を込めるのがわかる。私の肩越しにカメラマンがレンズを向けているので、ポーズを取ったのだろう。シャッターを切る音が数回し、カメラマンが移動する気配があったので、私は質問を続けた。

「『たとえば』なんですか？」

「ええと……すみません。なんの話をしていたんでしたっけ？」

首をかしげ、あっけらかんと聞き返された。

この人、さっき出勤して来たばっかりで、まだしらふよね？　大丈夫か？　浮かんだ突っ込みはおくびにも出さず、私は笑顔で説明した。

「GETの読者モデルからの、『出会いがなくて困ってる』という恋愛相談です。売れっ子ホストの洸星さんならではの、奥義を教えて下さい」

言いながら、テーブルに置いたGETの最新号と、相談者の読者モデルの写真を見せる。傍らには今日の取材の企画書と、録音ランプが点《とも》った小型のカセットレコーダーも置かれている。

「ああ、はい。そうでしたね……イメチェンをするといいんじゃないかな。たとえば、この彼は眼鏡をかけてるから、コンタクトに替えるとか」

「奥義」どころか、ベタ中のベタ。脱力しながらかろうじて「なるほど」と返し、私はソファの背もたれに寄りかかった。ふんと、後ろに立つ塩谷さんも鼻を鳴らした。しかし洸星はしたり顔で「コンタクト、絶対いいよ」とさらに言い、金髪に近いライトブラウンに染めた長い前髪を搔《か》き上げた。

ここ数日、私と塩谷さんはカメラマンを伴い、都内のホストクラブを取材している。今日が最終日で、ホストクラブの聖地・新宿歌舞伎町に来た。

広々とした店内の壁はすべてガラス張りで金メッキの縁取りがされ、テーブルは人造大理石。頭上には一抱えほどもありそうなシャンデリアが取り付けられているが、天井が低いのでバランスがおかしい。総じて、ゴージャスを狙ったもののセンス、予算、その他の関係で、できあがったのはひたすら派手な空間という印象だ。それでも人気店らしく、午前一時の開店を過ぎたばかりだが、ペイズリー柄の客席のソファは八割方埋まっている。煙草の紫煙とボリュームが大きめのＪ－ＰＯＰが流れる中、客の女の相手をするホストたちは茶髪のショートレイヤーヘアで、ダークカラーまたは純白のスーツをまとい、三つ目までボタンを外したワイシャツの胸元から覗くのは日サロで焼いた黒い肌、がお約束だ。

「じゃあ最後に今後の目標とか、やってみたいことを教えて下さい」

レコーダーの中で回っているカセットテープの残量を横目で確認し、私は問うた。店の端の一角を、取材スペースとして使わせてもらっている。

　洸星は考え込むように首をかしげ、黒いスーツのジャケットのポケットから煙草の箱を出して一本抜き取った。とたんに、後ろで控えていた新人ホストが右腕を伸ばしてライターで煙草に火を点《つ》ける。右腕の手首には左手を添えていて、「後輩が先輩の煙草に火を点けたりお酌をしたりする時には、片手は御法度」だそうだ。

　客には甘い顔を見せているホストたちだが、裏は完全な体育会系で、上下関係や礼儀作法には厳しいという。指導という名の暴力も珍しくないだろうし、売り上げノルマものしかかる。よほどタフでしたたかでないとトップに立つどころか長続きしないな、というのが私の印象だ。

　一服してクリスタルの灰皿に煙草を置き、洸星は答えた。

「もちろん、ナンバーワンになって天下を取りたいです。それと、いろいろなお客さんに店に来て欲しいかな。普通のＯＬさんとか、フリーターの人とか。『初心者大歓迎！大丈夫、全然怖くないよ』って記事に書いておいて下さい」

「わかりました」

　前半はこれまたベタだが、後半の発言はちょっと感心してしまった。とはいえ客席に座り、ホストの話に手を叩いて笑ったり、とろんとした目でしなだれかかったりしている女の多くは、盛り髪に派手なメイクとファッション、ブランドもののバッグという誰の目から見てもわかるキャバクラ嬢。

他の客も、やり手女社長や有閑マダムといったタイプばかりで、ホストのルックス、店の内装なども含め、普通のＯＬやフリーターの女の子が気軽に来られるような雰囲気ではない。


ほどなくして洸星の働く店を出て、池袋に移動した。私と塩谷さんの行きつけの居酒屋で打ち上げの乾杯をしてすぐに、新婚だというカメラマンは帰った。残った私たちは飲みたいだけ飲んで食べたいだけ食べ、いつもどおりだらだらとバカ話をした。

「取材をしてて、すげえアイデアを思いついた。耳の穴かっぽじってよく聞けよ」

焼き鳥を串からむしり取るようにして頬張り、塩谷さんは告げた。向かいでジョッキのビールを飲んでいた私は、頷いて見せた。

「ホストクラブとかキャバクラの店の前に、ホストやキャバクラ嬢の顔写真が貼ってあるだろ？　修整しまくりのすげえやつ。繁華街の近くで、ああいう写真専門の写真館をやるんだよ。カメラマンの他にヘアメイクもいて、営業時間は夜の十一時から朝の七時まで。どうだ？　絶対儲《もう》かるぞ」

「ボツ。だってそういう写真館、既にあるもの」

テーブルにジョッキを置いてコメントすると塩谷さんは慌てて焼き鳥を飲み込み、小さな目を剝いた。

「本当か？」

「うん。リサーチしてて見つけた。ちなみにそこは、二十四時間営業」

ちっと舌打ちして焼き鳥の串を皿に置き、塩谷さんは私に向き直った。

「じゃあ、これはどうだ。ホストやキャバクラ嬢が配る、ド派手な名刺。あれを専門に印刷する――」

「残念。それももうある」

私の言葉に塩谷さんは「なんだよ。つまんねえな！」とむくれ、割り箸の先でイカの塩辛の小鉢を引き寄せた。

私と塩谷さんのバカ話の中で一番盛り上がるのが、この「絶対に成功するサイドビジネス」だ。取材中にアイデアが浮かんだり人に聞いた話からヒントを得たりと様々で、二人とも真剣そのものなのだが、斬新さを狙うと荒唐無稽すぎて、地道にいくと既に誰かが形にしているという有様だ。

「お前は、なんかアイデアねえのか？」

「ライターとかイラストレーターとか、フリーのクリエイターのための人材バンクはどう？　得意なジャンルと仕事歴を登録してもらって、出版社や編集プロダクションのオファーに合う人を紹介するの。打ち合わせと納品は電話やメールで済むし、地方在住の人や、妊娠や子育て中の女性に需要があるはずよ」

「だが動きが制限される相手には、小さな仕事しか発注できねえぞ。人材バンクに手数料を引かれるだろうし、クリエイターの手元に入る金はわずかだ。割に合わねえんじゃねえか？」

イカの塩辛をぱくつきながら、塩谷さんがコメントする。私は返した。

「そうだけど、お金より大事なものってあるのよ。主婦クリエイターの人の『休んでる間もカンを鈍らせたくない』『仕事の世界とつながっていたい』って気持ち、想像しただけでわかる！　って思うもの」

「一理あるかもしれねえが、お前に『主婦クリエイター』だの『わかる！』だのと言われてもな。なんの説得力もリアリティーもねえよ。それとも、まさか」

塩谷さんは口をつぐみ、目もそらした。なにかに気づいたのかもしれないがなにも聞いてこないし、こちらも話さない。これも私と塩谷さんのいつもどおりだ。

一志とは三日前にエレベーターホールで電話で話して以来、連絡は取り合っていない。それでもいつになく彼が身近に感じられ、原稿書きの合間や電車に乗っている時に、これまでの私たちのことが唐突に順不同で浮かんだりする。同時にこれからのこともあれこれ妄想したりシミュレーションしたりするのが、クセになっていた。

「話は違うけど、私も今日取材中に思ったの。聞いてくれる？」

ふと思い出し、私は塩谷さんの顔を覗き込んだ。返事がないのは「言ってみろ」なので、続ける。

「主立ったところは見て回ったけど、なんでホストクラブって店も従業員もワンパターンなの？　もっといろんなタイプがあってもいいじゃない」

「たとえば、どんなタイプだ？」

訊き返され、考え込んだ私の頭にぱっと一つの記憶が蘇《よみがえ》った。この前行った、三宿のバー。カウンターに座る土橋くんとDJブースの男の姿も浮かぶ。

「小じゃれたバー、いや、クラブかな。クラブって言っても銀座《ぎんざ》とかにある、ホステスさんが隣に座るところじゃないわよ。ライブハウスとディスコの間みたいなつくりで、DJがいて踊りたい人は踊って飲みたい人は飲んで、みたいな」

「それぐらい知ってる」

仏頂面で遮られたので、「あ、そう」と返し、私はさらに続けた。

「そういうクラブみたいなハコで、DJやダンサーみたいな男の子が接客してくれるホストクラブがあればいいのに。女の子たちの間で絶対話題になるわよ。普通のOLとかフリーターの子たちも気軽に来られる雰囲気にして、料金も安くする。あと絶対外せないのがフード。フルーツの盛り合わせとかいかにもなのじゃなく、ちゃんとおいしくておしゃれなパスタやサラダ、とくにデザートは流行のものを取り入れて。ね？　そんな店があれば行きたくなるでしょ。絶対上手くいくし、儲かるわよ。おかしいわね。なんで誰も作らないんだろう」

最後は疑問で締めくくり、私は口を閉じた。ビールで喉を潤し、お代わりも注文して、隣からなんのリアクションも返って来ないのに気づいた。振り向き、再び口を開こうとしたその時、放り投げられたようにテーブルに割り箸が落ちた。

「お前、有り金かき集めていくらになる？」

3

私の自宅兼仕事場に、沖田浩之《おきたひろゆき》の「はみだしチャンピオン」の着メロが流れだした。ノートパソコンのキーボードを叩く手を止め、携帯を取って液晶画面を見ると「GET編集部」とある。またか。うんざりしながらも携帯を構え、努めて朗らかな声で、

「はい。高原です」

と応えた。

「GETの編集長の長部《おさべ》です」

「ああ、長部さん。お久しぶりです」

ついに編集長が出て来たか。さらにうんざりしながらも愛想良く、電話口で笑顔まで

作って挨拶したが、長部さんは低くぼそぼそとした声で返した。

「どうも。塩谷のことなんですけど。高原さん、本当に彼がどこでなにをしてるかご存じないですか？」

「本当に」って、私がウソをついてるって言うの？　ムッとしながらも声には出さず、答えた。

「もちろん本当です。まだ姿を見せませんか？　連絡もなし？」

「ええ。困っちゃうんですよ。異動の引き継ぎがあるし、次に行くパソコン雑誌の編集長からも、どうなってるんだって訊かれるし」

困惑と苛立《いらだ》ちが入り交じった口調で説明し、長部さんは最後にため息をついた。

ホストクラブの取材を終えてから約一週間。

「当分会社には行かねえからな」と言っていた塩谷さんだったが、本当にあの翌日から編集部に姿を見せなくなり、電話はつながらず、メールを送っても返事はないという。すぐ相棒である私に問い合わせが来たので連絡を取ってみたが捕まらず、池袋にある塩谷さんの自宅アパートを訪ねるも、留守だった。

「私も困ってるんです。ホストクラブの特集は編集部のみなさんに手伝っていただいてなんとか入稿したんですけど、ゲラのチェックとか、塩谷さんにしてもらわないとダメな作業が残ってるし」

さりげなく「私も被害者なんですよ」とアピールしつつ調子を合わせたつもりだったが、長部さんは疑いのニュアンスをさらに強めた口調でまた訊ねた。

「前にもこういうこと、ありましたよね？　一週間ぐらい出社しなくて連絡がつかず、騒ぎになりかけたら実はアパートに籠もってぶっ続けで、『ドラゴンクエスト』をやってた、っていう。あの時、高原さんに電話したら『塩谷さんは自分探しの旅に出てる』と答えた、と聞いてますけど」

「そう言えって本人に言われたんですよ！　後日出社した時にも、『ゲームの世界で旅をしながら人生を模索してた』って答えたそうじゃないですか。でも今回は、『当分会社には行かない』だけで、他にはなにも聞いていません。私も心配だし、迷惑してるんです。信じて下さい」

「わかりますよ。塩谷は遅刻や早退、無断欠勤の三冠王ですけど、高原さんは仕事ぶりはきっちりしてるし、組んで仕事をしたカメラマンやイラストレーターの評判もすごくいいですし」

フォローをしてくれながらも、深いため息。「遅刻や早退、無断欠勤の三冠王」って上手いこと言うなと感心しながら、長部さんには同情を禁じ得ない。

自分よりも一回り近く年上の部下、しかも訳あり。仕事はできなくはないが、勤務態度は最悪。それが塩谷さんで、異動が決まってやっと厄介払いできるとほっとした矢先にこの騒ぎだ。あまりに気の毒、というかこのままだと塩谷さんの勤める出版社からライターの仕事が来なくなりそうなので、私もフォローをした。

「警察に相談したらどうですか？　可能性は低いと思いますけど、トラブルに巻き込まれたのかも」

「いや。それが、夜中とか週末とか人のいない時に一瞬出社して、最低限の仕事はしているんですよ。そこがまた悪質というかなんというか」

「ああ、いかにもやりそう。ホント、タチが悪いんだから」

知らず口調が粗暴になり、舌打ちもしてしまう。それに怯《ひる》んだのか、長部さんが口をつぐんだ。

あのオヤジ、なにをやってるんだか。怒りを覚える一方で池袋の居酒屋を出て行く時の塩谷さんの姿が蘇り、不安になる。酔っていたのでいまいち記憶が定かではないが、確か「有り金」がどうのと言っていて、目の光り方がこれまでになく強く、ギラギラしていた気もする。

「異動が決まって、塩谷さんなりに思うところがあるのかも。一瞬でも出社しているなら心身ともに取りあえずは無事ということだし、もう少し様子を見てみられては？　私も引き続き捜して、捕まえたら長部さんに連絡するように説得します」と話して励ましの言葉もいくつか伝え、長部さんとの通話を終えた。

ダメもとで塩谷さんに電話するか、と続けて携帯を操作しようとした時、今度は固定電話が鳴りだした。私は腕を伸ばし、机上のコードレスの子機を取った。

「もしもし、高原です」

「お疲れ様です。翠林出版の浅海です」

長部さんとは一転してはきはきとした滑舌のいい声に、私ははっとして背筋も伸びた。

「どうも。お世話になっております」

「先日は原稿をお送り下さって、ありがとうございました。さっそく拝読させていただきました」

「はい。いかがですか？」

問いかけながら私は机上のブックスタンドに挿したファイルを抜き取り、ニコチン依存症がわかる本の原稿を引っ張り出した。原稿の手直しのポイントを指示された場合に備え、シャーペンも握る。少し間を置いてから、浅海さんは言った。

「結論から言って、よくないですね。お送りした資料と既刊の糖尿病がわかる本や脳卒中がわかる本を読んだ上で、原稿を書かれましたか？」

「もちろんです。どちらも読みました」

浅海さんの硬くきっぱりとした口調に私は緊張し、鼓動も速くなるのがわかった。少し声のトーンを落とし「そうですか」と言ってから、浅海さんは続けた。

「先日高原さんは、『読む人の身になる』ことに一番気をつけて書かれているとおっしゃっていましたが、今回の原稿にはそれがまったく感じられませんでした」

「それはすみません。でも、自分では読む人の身になったつもりです。わかりやすくテンポよく、丁寧に――」

「問題はそこです」

被せるように遮られ、私は黙った。浅海さんは言う。

「わかりやすさ、テンポのよさを重視するあまりに、文体が軽くて説得力がない。加えて、体言止めの多用。『二十歳より前に喫煙を始めると男性は八年、女性で十年寿命が短縮』『循環器の専門医も、煙草は百害あって一利なしとコメント』、原稿の初めの一ページで二カ所も使われています。他のページとのバランスもあるでしょうし、女性誌の特集ならこういう文章でも構いません。しかし健康実用書、いえ、ニコニコ元気ブックスではダメです」

「はい」

なんとかそう返しながら、私はシャーペンを机に置いた。「原稿の手直しのポイント」どころではない。全ボツだ。キャリア十年弱、編集者から部分的なダメ出しをされることはあっても、全ボツは駆けだしの頃以来だ。しかし浅海さんの言うことはもっともで、なにも反論できない。

「病気の本を読むのは患者さんかその家族、あるいは『この病気かもしれない』と感じている人です。ショックと不安と悲しみを抱えながら、すがるような気持ちで本を手に取るんです。その内容が軽く能天気な文章で綴《つづ》られていたら、どう思います？」

問いかけられたがショックと後悔、気恥ずかしさでとっさに言葉が出て来ない。動悸《どうき》は胸を突き破らんばかりに激しくなり、エアコンは効いているのに、首筋や背中に大量の汗が流れる。

こちらの様子を察したのか、浅海さんは気持ち声を柔らかくして言った。

「高原さん。この仕事は、頭で考えるだけじゃダメなんです。読者の不安や戸惑い、時には病《やまい》の痛みや苦しみも想像して、『自分が患者やその家族だったら』と思いも馳《は》せて原稿を書かなくてはなりません。そうして初めて、『読む人の身になる』ことができるんですよ。……今後ですが、どうしますか？　仕事を降りるというならそれでも構いませんし、原稿を手直しする気があれば――」

「直します」

今度は私が被せるように、浅海さんの声を遮って返した。間を置かず、さらに言う。

「伺ったご意見を取り入れて、資料も糖尿病と脳卒中の本も全部読み直して、新たな原稿を書きます。いえ、書かせて下さい」

動揺は収まらず、動悸も激しいままだ。しかし、ここで降りたらプロではない。浅海さんは、私に文章力がないとか下手だとかは言っていない。媒体の特性とニーズを正しく理解しておらず、的外れな原稿を書いてしまっただけ。口に出して確認するガッツはないが、そう信じたい。切り口と文体をいかようにも使い分け、編集者が求める原稿を書くのがプロのライター。売文業の矜持だ。

「わかりました。では、新たな原稿をお待ちしています。ただしあまり時間がないので、進行は前倒し前倒しで」

「わかりました！」

半分やけくそで答え、不出来な原稿への謝罪を口にしてから電話を切った。動悸は少し治まったが、Ｔシャツが汗で背中に張り付いている。子機を充電器に戻した手が、固くこわばっているのにも気づいた。

翌日の午後。私は土橋くんを連れて、木津さんの会社に行った。

木津さんと話して作業環境も見た土橋くんはやる気になり、「仕事が発生したら是非」ということになった。出入口のドア脇の打ち合わせスペースに移動し、三人でコーヒーを飲んだ。世間話をしていたら翠林出版の話題になったので、私はつい昨日の出来事を伝えてしまった。

「確かに、浅海さんって人の言うことは間違ってないわよね。でもさ、いくら読者が切羽詰まってるからって、文章もシリアスで緊張感漂いまくりだったら、それはそれで実用的とは言えないでしょ」

話を聞き終え、木津さんはそうコメントした。オーバル型の白いテーブルに両手を乗せ、外した眼鏡のレンズをハンカチで拭いている。テーブルの端には、これも誰かからの開業祝いと思しき小さな観葉植物の鉢植えが置かれていた。

コーヒーを飲んで真新しいカップをソーサーに戻し、私は頷いた。

「まあね。だから文体はフラットなんだけど、言葉の選び方とか全体の構成とかはさり気なく読者に寄り添って、って感じみたい」

「はあ。『言うは易《やす》く』よね……ちなみにその仕事、ギャラはどうなの？」

木津さんが声のトーンを落としたので、私も背後で仕事中の若い社員たちをチラ見してから自分の手帳を開いた。ペンを取り、ページの端に四百字詰め原稿用紙一枚当たりの原稿料を書き込む。向かいの木津さんが素早く眼鏡をかけ直して首を伸ばし、隣の土橋くんも手帳を覗き込んだ。

「一枚三千五百円か。単行本の仕事は書く枚数が多いから、雑誌より安めなのよね。それにしてもまあ、普通よね」

声のトーンを戻し、また木津さんがコメントする。「メモに書いた意味ないじゃない」と心の中で憤慨しながら、私もまた頷いた。

「うん。いたって普通」

「それで、いま高原さんはどうしているんですか？」

黙って私たちの話を聞いていた土橋くんが、口を開いた。

今日は襟の付いたシャツを着てプレスされたコットンパンツを穿いているが、腰で揺れるウォレットチェーンはこの間飲んだ時と同じだ。テーブルの上には、彼のこれまでの仕事を収めたファイルが載っている。

「資料とニコニコ元気ブックスを読み直してるわよ。糖尿病と脳卒中以外の既刊本も全部。他の出版社の健康実用書も、読んでみようと思ってる」

「すごいですね。『喧嘩《けんか》上等』って感じですか？」

土橋くんの問いに木津さんが笑う。私も笑ってから、こう答えた。

「プライドはキズついたし、そういう気持ちがないと言えばウソになるけど、叱ってくれる人は貴重よ。素直にありがたいと思う」

木津さんは「ああ」と納得したように頷いたが、土橋くんはきょとんとしたので、私はさらに言った。

「相手が部下とか同じ組織なら、人を育てるって意味で叱る必要もあると思う。でも私たちはフリーランスで外の人間。言わば下請けで、時間と労力を使って叱る、つまりなにかを教える義務も義理もないの。編集者が自分で原稿を書き直すか、適当な理由で首を切ればそれで済んじゃうし、事実そういうパターンが圧倒的に多い。それでも中には、原稿の内容とか社会人としての立ち居振る舞いとか、『ここがダメ』って指摘して、成長のチャンスをくれる人がいる。大切にしないと。とくにある程度のキャリアになると、周りもあれこれ言いにくくなるでしょ」

「確かに。叱るのって、すごくパワーが必要ですもんね」

感心した様子で土橋くんが返した。木津さんも言う。

「フリーランスほど自分の仕事がどう評価されているのか、プロとして自分がどんな立ち位置にいるのか見えない職業はないのよね。仕事のオファーの数とか収入とかが目安にはなるけど、風向きなんて一瞬で変わるから。常に意識してスキルを磨いて新しいことに挑戦して、なおかつそれを仕事をくれる相手にアピールしていかないと、生き残っていけないわよ」

後半は彼女の持論に突入し、熱を帯びた口調になる。さらに感心したように、土橋くんは首を大きく縦に振った。

「なるほど。勉強になりました。さすがは」

言いよどみ、口をつぐむ。すかさず、木津さんが突っ込んだ。

「今、『年の功』って言おうとして遠慮したでしょ？」

「違いますよ。『ベテラン』と、『プロ中のプロ』のどっちにしようか迷ったんです」

適度に手入れされた眉を寄せ、土橋くんは顔の前で手のひらを横に振った。木津さんが笑い、私も笑ってツッコミを入れる。

「ウソだ。『ベテランのおばさん』『三十路のプロ』の目はごまかせないわよ。踏んでる場数が違うんだから」

「本当に違いますって。勘弁して下さいよ……そうだ。高原さん、その後、彼氏とはどうですか？」

苦し紛れに土橋くんは話を変えた。とたんに、木津さんが反応した。

「えっ、なに。なにかあったの？」

「ううん。別になにもないわよ」

「こいつ。私がライター仲間にはプライベートの本音の部分は話してないと気づいてて、わざと話を振ったな」、心の中で苦情を述べ、横目で睨みもしたが、土橋くんは知らん顔で私の答えを待っている。

「ちょっと。仕事を紹介してくれた相手に対して、その態度はなに？」

大人げないと思いつつ正論で攻めると、土橋くんは「ははは」と笑って、また話を変えた。

「彼氏は、高原さんが元ツッパリなのを知ってるんですよね？」

「うん。最初に話した。引かれるかと思ったら面白がって、『ラ行の巻き舌がすごい。

やり方を教えて』とか言われた」

「それはまあいいとして、彼氏は自分の周りの人には、高原さんの元ツッパリの件をどう話してるんでしょうね。同僚とか、友だちとか、あとは家族」

「あっ」

　こちらがピンと来るのと同時に、土橋くんも目配せをしてきた。

　一志との旅行を指しているのは間違いない。言われてみれば、元ツッパリ含め、一志が両親に私という人間をどう説明しているのか聞いたことはない。

「今は立派に更生してるんだし、そのまんまを話してるんじゃないの？　ああ、でも隠してても面白いかも。マンガかドラマみたいな展開になったりして」

「ですよねえ。その現場、覗き見したいですねえ」

「したいしたい。絶対呼んで」

　けたけたと笑い盛り上がる二人に呆れつつ、頭の中にまだ見ぬ一志の両親、とくに母親の姿がシルエットで浮かび、落ち着かない気持ちになる。

　ニコチン依存症がわかる本をなんとかしてからと思ってたけど、一志に電話して確認しようか。そう思い始めた矢先、近藤真彦《こんどうまさひこ》の「愚か者」の着メロが流れだした。

「ごめん。私だ」

　断ってバッグから携帯を出し、液晶画面を見ると発信元は「塩谷さん」。

二人に断り、私は携帯を摑んで会社を出た。小走りに廊下を進み、突き当たりの非常扉の前で止まって電話に出た。

「もしもし？」

「おう。俺だ」

ぶっきらぼうで、なんの根拠があるのか偉そうな声。つまりいつもどおりの塩谷さんで、ひとまずほっとしながら私は問いかけた。

『俺だ』じゃないわよ。どういうつもり？　みんなすごく困って、心配もしてるのよ。今どこ？　なにしてるの？」

「住所をメールするから、すぐに来い」

ぼそりと返す。外からかけているのか、ざわざわしていて女のけたたましい笑い声や、男がなにか騒いでいるような声も聞こえてきて、私は再び不安になった。

「なにそれ。大丈夫なの？　ちゃんと質問に答えて」

「『今どこ？』って、そっちが訊いたんだろ。三十分以内に来い。いいな？」

「打ち合わせ中なのよ。来いって、どこへ――」

私が言い終える前に、ぶつりと電話は切れた。すぐにかけ直したが通じない。もう一度とリダイヤルボタンを押そうとしたら、メールが届いた。塩谷さんからだが件名はなく、本文のスペースに住所だけが書かれていた。

「あのオヤジ」

舌打ちとともに呟きながらも私は携帯を閉じてしっかりと握り、廊下を戻った。

木津さんと土橋くんに「急用ができた」と断り、会社を出た。

午後六時を過ぎて外はようやく薄暗くなり、ビルのネオンが輝き始める。蒸し暑く、気温はまだ三十度近くあるだろう。

東急《とうきゅう》プラザ前のバスターミナルの脇を抜け、首都高の下の歩道橋を渡って桜丘町《さくらがおかちょう》に入った。このエリアのランドマークは、玉川《たまがわ》通り沿いのセルリアンタワーだ。地下六階、地上四十一階の超高層複合ビルで、敷地内には高級ホテルもあり、数年前に建った。その周辺には、アート性の高い作品を上映する老舗《しにせ》のミニシアターがあったりはするが、低層のオフィスビルやマンション、専門学校などが並んでいて、賑やかではあるものの雑然とした雰囲気だ。

玉川通りから裏に入った通りを進んで、一軒の雑居ビルの前で立ち止まった。小さいが築年数は浅く、一階はチェーンのカフェレストラン、他のフロアにはネイルサロンやブティックなどが入っているようだ。携帯を開き、出入口のドアの脇に掲げられた看板のビル名がメールの住所のものと同じと確認し、私はドアを開けてビルに入った。「ガキと、ガキの集まる場所」が大嫌いな塩谷さんに呼び出された先が、渋谷。違和感とトラブルの気配がむんむんと漂う。私は周囲を確認してから肩にかけたバッグを揺すり上げ、ビルのエントランスを前進した。

正面のエレベーターで最上階の五階に上がった。短いチャイムとともに再びドアが開き、私は五階のエレベーターホールに降り立った。正面に営業時間外だがワインバーの看板を出した店があり、隣にもう一軒、黒い鉄のドアがあった。歩み寄ってノックしたが返事がないので、私は金属製のバーをつかみ、そっとドアを開けた。

コンクリート打ちっぱなしの壁に囲まれた広さ十坪ちょっとの、がらんとした空間。元はバーだったのか片側にはカウンターがあり、その向こうには棚と大きめの窓があった。

「塩谷さん？」

またもや返事はない。「お邪魔します」と言って、店内に入った。

窓から西日が差し込み、むっとして埃《ほこり》っぽい空気が体にまとわりつく。肩のバッグの持ち手を握り、私はさらに数歩奥に進んだ。パンプスのヒールがフローリングの床に当たり、かつんかつんと固く澄んだ音がする。これといって特徴のない空間だが、床材はいいものを使っている。駆け出しライター時代に百軒以上の飲食店の取材をしたため、見当がつくのだ。

もう一度名前を呼ぼうとしたら、カウンターの奥から塩谷さんが出て来た。

「おせぇよ。三十分以内に来いと言っただろ」

目が合うなり、塩谷さんは顔をしかめた。

「タクシーが捕まらなくて電車で来たから——じゃなくて、ここはなに？　なにしてるの？」

「このあたり、結構いいだろ。渋谷駅から歩いて十分かからねえが、道が狭い上に一方通行ばっかりだから家賃が安いんだ」

「ああ。確かにごちゃごちゃしてるわね。古い建物が多くて、しゃれた雰囲気もないし。穴場ってやつかも」

つい話に乗り、返した。

窓からは周囲のビルと渋谷駅、山手線と埼京《さいきよう》線の線路が見える。カウンターに座り、駅を出入りする電車を眺めるのも楽しそうだ。

満足そうに四角い顔を縦に振り、塩谷さんはカウンターから出て来た。

「だろ？　でもオフィスビルや専門学校があるから人通りは多くて、そういう連中相手の店もある。とくにこのビルのテナントは、若い女が好きそうな店ばっかりだ。おあつらえ向きだろ？」

「『おあつらえ向き』って、何に？——だから、こんな話をしてる場合じゃないでしょ。なんでここに呼び出したの？　会社を休んでる理由はなに？」

「ちょっと。ナメてんの？　だったら、こっちも考えがあるわよ」

我慢の限界が来て詰め寄ろうとした私を、塩谷さんはポロシャツの胸の前に手のひらを立てて止めた。

「キレるなって。言っただろ。『絶対に成功するサイドビジネス』。店を始めるんだ。池袋の飲み屋でお前の話を聞いて、ピンと来た」

「話って？」

聞きかえすと、「覚えてねえのかよ」と再度顔をしかめてから、塩谷さんはこう説明した。

「『クラブみたいなハコで、ＤＪやダンサーみたいな男の子が接客してくれるホストクラブ』。言われてみりゃ、確かにそうだ。だから調べてみたんだ。いつものパターンで、既に誰かがそういう店をやってねえか……喜べ。人も使って都内の主立った繁華街はあらかた調べたが、見つからなかったぞ。だが、うかうかしちゃいられねえ。こういうのは早い者勝ちだからな。だから大急ぎで店を探し、並行してホストクラブをオープンするにはどうしたらいいか、金はいくらかかるのかを勉強した。結果、見つけたのがここだ。掘り出し物だぜ。広くはないが家賃は安いし、前はレストランバーが入ってたからカウンターなんかも使い回しができるし、奥には結構立派な厨房《ちゅうぼう》もある。それに、さ
「理由は、『ここ』だ」

っきも言ったが他のテナントがいい。不動産屋の話じゃどこも繁盛してるそうだから、爪の手入れをしに来たりワインを飲みに来たついでに、『ここはなに？』『面白そう』って入って来る客がいるはずだ」

「ち、ちょっと待って」

うろたえて、今度は私が体の前に手のひらを立てた。

「確認してもいい？　じゃあ塩谷さんはこのあいだ私が言ったことを本気にして、ホストクラブをやるつもりなの？　その場所がここ？」

「『本気にして』とはなんだ。『ふざけたことを真面目にやる』が俺らのルールじゃねえか。それにお前、『絶対上手くいくし、儲かるわよ』とも言ったぞ」

「言ったのは覚えてるし、本気でそう思うわよ。でも、なんで私たちが？　そもそも、そんなお金がどこにあるの？」

「『有り金かき集めていくらになる？』って訊いただろ。ここの保証金やら前家賃やらは、取りあえず俺が払っておいた。後で半分寄こせよ」

「契約しちゃったの!?　なにも聞いてないわよ」

「だから、いま話してるじゃねえか」

しれっと返し、塩谷さんは後ろのカウンターに寄りかかった。言い返そうとして、「いや。落ち着け」と自分で自分に言い聞かせ、私は深呼吸をした。

バッグを床に置き、改めて塩谷さんと向き合った。

「塩谷さん。なんだかんだ言って、異動がショックだったのよね。でも生活もあるし、会社を辞める訳にはいかないから逃げ場所っていうか、救いを求めてたんでしょ？　そんな時に私の話を聞いて、『これだ』って飛びついたのね。気持ちはわかるし、私だって塩谷さんとコンビを組めなくなるのは寂しい。でも、現実を見ないと。『クラブみたいなハコで、ＤＪやダンサーみたいな男の子が接客してくれるホストクラブ』は、我ながらナイスアイデアだと思う。でも私たちは素人よ。なんのノウハウもない人間が参入できるほど、夜の世界は甘くないわ」

あわれみとか同情とかを感じさせないように、できるだけフラットかつ率直に語りかけたつもりだった。すると塩谷さんは、「ああ」と言ってこう続けた。

「それなら、ちゃんと策を講じてある。相談役っていうかアドバイザーっていうか、まあ『蛇の道は蛇』ってやつだな」

意味がわからず説明を求めようとした時、

「遅くなりました」

と、後ろで低く甘い声がした。

ぎょっとして振り向くと、男が一人立っていた。いつの間に来たのか。狭く静かな店内でドアの開く音はおろか、足音一つ聞こえなかった。思わず脇に避《よ》け、私は男を見た。

窓からの日差しが、彫りの深い顔立ちと切れ長の目を照らしている。声質と落ち着いた雰囲気からして私よりは年上かとは思うが、日焼けした肌にはシミやシワは一切なく、ライトブラウンに染めた髪もふさふさで、年齢が読めない。加えて肩パッド入りの純白のダブルスーツを身にまとい、靴も純白のエナメル。紫色のネクタイは、洸星の店のソファを彷彿《ほうふつ》させるペイズリー柄だ。

「よう。こいつが例の相棒だ」

塩谷さんが言い、顎で啞然《あぜん》としている私を指した。視線を横に滑らせ、男が私を見る。ものすごいオーラと目力だ。

こちらの視線を捉えたまま、男は口の端だけを上げて微笑《ほほえ》み、こう告げた。

「高原オーナー、お初にお目にかかります。憂夜《ゆうや》と申します」

背筋をぴんと伸ばし、男は恭しく頭を下げた。

完全にフリーズした私の鼻を、ぷんと香水のかおりがくすぐった。ひひひ、と薄気味の悪い声で塩谷さんが笑った。

「憂夜は只者《ただもの》じゃねえぞ。ホストクラブはもちろん、夜の世界のことは裏の裏まで知り尽くしてる。人脈もすごいしな」

「へえ」

かろうじて、私は相づちを打った。再度憂夜というらしい男を眺める。

ビジュアルは一昔前のホスト。実際にホストだったのかもしれない。エキセントリックさと胡散臭《うさんくさ》さに戸惑いを覚える一方、なぜか嫌悪感はなく、所作や言葉遣いには品すら感じる。確かに只者ではなさそうだ。

男は笑みを崩さず、こちらを見たまま付け加えた。

「塩谷オーナーには、以前大変お世話になりました」

「はあ。それはそれは……なにをどう『お世話』したの？　あと、『オーナー』ってなに？」

「憂夜にお前のアイデアを話したら、乗ってくれてな。この世界の道案内と開店後の仕切りを任せることにした。俺らには編集者、ライターって『表の仕事』があるだろ？　だから店の『陰のオーナー』になって、マネージャー兼表向きの店の経営者は憂夜、って算段だ」

「お世話」の部分は無視し、塩谷さんはしたり顔で語った。驚き、私はまた訊ねた。

「会社に勤めながら店をやるつもりなの!?」

「じゃなきゃ、サイドビジネスにならねえじゃねえか」

「そんな無茶な。無謀もいいところよ。上手くいく訳ない、だけじゃなく、下手したら身の破滅だわ。さっきも言ったけど、気持ちはわかるの。話ならいくらでも聞くから、異動は前向きに捉えて——」

「わかってねえよ！」

塩谷さんの上げた声が、がらんとした店内に響く。口をつぐんだ私を小さな目でまっすぐに見て、こう続けた。

「骨を埋めるつもりでいた週刊誌から飛ばされた時にはショックだったし、逃げ場所だの救いだのを求めたこともあった。だが、散々落ち込んで腐った末に思ったんだ。『取りあえず席についてなんとなく仕事してりゃ、悪くねえ給料が貰《もら》える。これはチャンスじゃねえか？　表向きしれっとやり過ごして、裏でめちゃくちゃ面白い、本当にやりたいことをやるんだ』ってな。だから面白いことを探して、お前ともくだらない話で真面目に盛り上がってきた。それでやっと『これだ！』と閃《ひらめ》いたのが、お前のアイデア、『クラブみたいなハコで、ＤＪやダンサーみたいな男の子が接客してくれるホストクラブ』なんだよ」

「迷惑かけまくりで全然『しれっとやり過ごして』ないし、『裏でめちゃくちゃ面白い、本当にやりたいことをやる』って、逃げ場所を求めてたってことじゃないの？」という突っ込みは浮かんだが、なにも言えなかった。こんな言葉を口にしたり、必死な眼差《まなざ》しを向ける塩谷さんは初めてだったからだ。

塩谷さんも私と同じように、いや、私よりずっと早くから、次の一手を探していたのかもしれない。へらへらと笑い、吐きたいだけ毒を吐いているように見えて、その内側では必死にあがいたり、もがいたりしていたのかも。そう思うと、無茶や無謀だけで突き放せない気がしてきた。

だからって、なぜよりによってホストクラブ？　憂夜というらしき男のインパクトも含め、疑問と衝撃が大きすぎて、ただただ戸惑い、混乱するばかりだ。

ドアを開け、一志が店に入って来た。

レジに立つ店員の女に「待ち合わせです」と告げながら、客席フロアを眺めるのがわかる。私はソファから腰を浮かせ、大きく手を振った。気づいた一志が、こちらに歩きだした。半袖のワイシャツにネクタイ、スラックス姿で手にビジネスバッグとスーツのジャケットを持つという夏の出勤スタイルで、怪訝そうに周囲の客席に視線を走らせている。

花柄のビニールソファとテーブルが並ぶフロアでは、一志と似たような格好の若いサラリーマンが新聞を読みながらフレンチトーストを食べたり、夜遊び帰りと思しき若者のグループが、コーヒーが置かれたテーブルにうつ伏せになって爆睡したりしている。

早朝のファミリーレストランではよく見られる光景だが喫煙席なので、サラリーマンのテーブルには煙草の箱とライターが置かれ、爆睡する若者の指には紫煙が立ち上る煙草がはさまれている。

「おはよう。どうしたの？」

ソファにバッグとジャケットを置いて腰掛けながら、一志が訊ねた。向かいに座るボーダーシャツにジーンズ姿の私も、火のついた煙草を手にしている。

「おはよう……いや、煙草を吸えば、ちょっとは読者の気持ちがわかるかなあと思って」

「読者って、このまえ言ってたニコチン依存症の本？　書き直した原稿を編集の人に送ったんじゃなかったっけ？」

続けて問いながら、一志はテーブルの端のスタンドからラミネート加工されたモーニングのメニューを取って開いた。頷き、私は返す。

「うん。前よりはよくなったとは言われたんだけど、大量にダメ出しされちゃって、ほぼまた書き直し。資料も既刊本も覚えるほど読んだし、これ以上なにをどうしたらって感じで」

「で、自分も喫煙者に？　すごいな。俳優の役作りみたいだ。でも、晶は煙草はダメなんじゃなかったっけ」

ちょうど私が煙草をくわえて煙を吸い込んだタイミングで、一志が問うた。

「うん」と答えようとしたそばから胸が苦しくなって喉もしめつけられ、私は激しく咳《せ》き込んだ。

中学に入ってグレだしてすぐ、私は「ツッパリのたしなみ」として飲酒と喫煙に手を出した。はじめは「苦い」「気持ち悪い」だけだった酒は、すぐに慣れて今に至るまでいけるクチなのだが、煙草はいつまでたっても「苦しい」「クラクラする」のままだった。体に合わないということで諦め、その後はずっと非喫煙者を通してきた。

ゲホゲホと咳き込み続ける私に周囲の客が怪訝そうな目を向け、一志はちょっと呆れた様子で私の手から煙草を取って合成樹脂の灰皿に押しつけて火を消した。

「水を差すようで悪いけど、かなり長いあいだ吸い続けないとニコチン依存症にはならないし、その前に体を壊すと思うよ。しかも今どきハイライトって」

テーブルの上の淡い青の箱を持ち上げ、白い歯を見せて笑う。息を止めて胸もさすっていたらなんとか咳が治まったので、私は一志の目尻に寄った三本のシワとえくぼを眺め、返した。

「女性がよく吸うメンソールのやつじゃ、ぬるい気がしたのよ。それに、ハイライトのパッケージってカッコいいし」

「まあね。実家の親父が吸ってるよ。母親や医者がいくら『やめろ』って言ってもやめない。晶のニコチン依存症の本ができたら読ませてやりたいよ」

「是非。その前に原稿は書き上がるのか、って気はするけど」

「大丈夫。なんとかなるって」

やり取りしつつ、店員に私は朝がゆセット、一志は豚汁定食を注文した。

お互いまだ仕事は落ち着かないが、合間を縫ってなんとか会えた。

このあと寝る私は軽めのもの、仕事に行く一志はがっつりカロリーが取れるものを選ぶのが、私たちの朝食デートのパターンだ。このファミレスは一志の通勤ルートにあって私のアパートからも近く、今ではすっかり常連になっている。

「営業の渡辺《わたなべ》って知ってたっけ？　俺と同期入社の」

「うん。一志の会社の会社案内を作った時に、渡辺さんにもインタビューさせてもらったから」

私の頭に、大柄でクマのような渡辺さんの姿が浮かぶ。一志は「ああ、そうか」と頷き、続けた。

「渡辺はヘビースモーカーだったんだけど、何年か前に禁煙したんだよ。どんな感じだったか訊こうか？　渡辺も忙しいけど、アンケートみたいにしてくれれば答えやすいと思う」

「本当に？　すぐアンケートを作って、メールする。ありがとう。すごく助かる」

私が身を乗り出して感謝を告げると一志はまた笑い、ハイライトと百円ライターを重ねてテーブルの端に移動させた。

「行き詰まったら、なんでも片っ端から試してみるといいよ……なんて、俺が言うまでもないか。晶は仕事となると、とことんやるからな。前にも『噂のあのバイトを実体験してみた』とかいう企画で、『治験のバイトをやる。なんの薬か、いつ帰って来られるかはわからない』ってメールが来た時には、『おいおい。大丈夫かよ』って思ったし。あと、怪しい合宿セミナーに潜入取材したこともあったよな。その直後にセミナーの主催者が逮捕されて、ぞっとしたよ」

「はいはい。あったね、そんなこと。いつもご心配をおかけしてすみません。スピードじゃネット媒体に敵わないから、出版物は着眼点とか切り口の面白さで勝負するしかないのよ。だから、ディープでマニアックな方向に行きがちになる。でも、ちゃんと何事もなく戻って来てるでしょ？」

「ああ、それはね。心配してない、って言うか信頼してる」

一志にしては珍しく強い口調で断言したので、つい見返してしまう。それに気づいて照れ臭そうに横を向いてグラスの水を飲み、一志は続けた。

「晶はいろいろなところに行くし、誰とでも会う。仕事だからってことだけじゃなく、もともと好奇心旺盛で一つの場所にじっとしていられない性格なんだろうな。付き合いだした頃は心配したし、そんなことにそこまでやるか？　って、正直呆れもした。でも晶がどこでなにをやるか以上に『帰って来ること』を大切にしてるってわかって、考えが変わったんだ。帰って来なきゃ原稿が書けないってのもあるだろうけど、自分の立ち位置っていうのを持ってて、それを絶対見失わないしブレないからだ。だから心配してないし、むしろ『行って来い』『どんどんやれ』って思うよ」

話し終え、一志はまた照れ臭そうにグラスを口に運んだ。つられて私も照れ臭くなったがそれ以上に嬉しく光栄にも思え、「ありがとう」とさっきより丁寧に言って頭も下げた。胸が膨らんでテンションが上がり、続けてこう告げた。

「旅行の件だけど、飛騨高山に行こう。もちろん一志の実家にも寄って、ご両親に会うよ」

「えっ、本当に!?　いいの？」

グラスをテーブルに置き、一志は一重の目をこちらに向けて見開いた。私が頷くのを確認し、ぱあっと顔が明るくなった。ほっとしたような気配も感じられた。

実はここに来るまで迷っていたのだが、一志の私への気持ちを聞いて心が決まった。自分が一番がんばっていることで人に認めてもらえたり、信頼してもらえたりするのって、こんなに嬉しいんだ。ライターの仕事を続けてきてよかった。きっと、翠林出版の仕事もやり遂げられる。

そう思えて、脳裏に資料や原稿でぐちゃぐちゃになった仕事机と浅海さんの顔が浮かび、そこにぽんと、塩谷さんの四角い顔も並んだ。「このところ頭の中を占めていることこと」つながりで、一緒に出てきたらしい。

塩谷さんと渋谷で会ったのが二日前。「言いたいことはわかったから、もう一度落ち着いて考えてみて。私も考えるから今日は帰る」と告げてあのビルを出て、その後は連絡を取り合っていない。

塩谷さんも、一志と同じように私を見てくれているんだろうか。だから「夜の世界」とか「ホストクラブ」とかに行っても、立ち位置を見失わずに帰って来られる、私と一緒なら大丈夫、そう頼りにしてくれているのかもしれない。そんな思いが浮かび、落ち着かない気持ちになった。塩谷さんに会いたい、会って話さなきゃという衝動に駆られる。

「どうかした?」

言われて顔を上げると、一志が怪訝そうにこちらを見ていた。

「ううん」と首を横に振ってから、「ホストクラブの話をしてみようか。一志にはしょっちゅう塩谷さんの話をしてるし、意見を聞いてみたい」と思いつき、口を開こうとしたら先に一志が言った。

「じゃあ旅行の件は決まりだな。日程が決まったら、宿とか新幹線とか予約するよ。うちの親に言うのは、大袈裟にしたくないから直前にするとして……そうだ。晶、悪いんだけど、俺の実家では煙草は吸わないでくれるかな?」

「もちろん。その頃には、仕事もどうにかなってるはずだし。実家は禁煙なの？　あ、でも、お父さんは吸うんでしょ？」

なにも考えずに訊くと、一志は軽く首をかしげた。

「そうなんだけど、母親がね。どう思うかわからないでしょ」

「ああ、そう。うん、わかった」

テンポよく返しながらも、違和感を覚えた。

ぴったり気持ちよく収まっていたものに、ほんのわずかな隙間またはズレができたような感覚。その感覚がもやもやと胸に広がって行く前に、テーブルに注文した朝食が運ばれて来た。一志は「ありがとう」と店員の女に笑顔を向けてから、

「うまそう。晶、食べよう」

と言って定食のトレイに載った割り箸をつかんだ。私も笑顔になって頷き、朝がゆのレンゲを手に取る。

気がつくと、違和感ももやもやも消えてなくなっていた。


その日の午後。電話をしたがつながらないので渋谷桜丘町のビルを訪ねると、塩谷さんはいた。憂夜というらしき男も一緒だ。

「高原オーナー。おはようございます」

フロアを近づいて来る私に、憂夜というらしき男は恭しく頭を下げた。

今日の出で立ちは黄色いソフトスーツに青いシャツ、赤いネクタイ。信号機か。

塩谷さんも顔を上げ、こちらを見た。カウンターの前に立ち、この店の間取り図らしき書類を手にしている。

「いろいろ考えた。塩谷さんの言うことはわかるし、共感できる部分もある。でもやっぱりホストクラブは無理よ。いくらこちらの……憂夜さん？　の力を借りるって言っても人やお金の管理をしきれないし、万が一、塩谷さんの勤め先にバレたら――」

「やる気がねえなら、ごちゃごちゃ言うな。『降りる』だけで十分だ。ただし、お前がどうしようが俺はやるからな。文句は言わせねえ」

「やるわよ」

そう返すと、塩谷さんは目と口をぽかんと開けた。憂夜さんも、はっとしてこちらを見るのがわかった。私は続けた。

「もう契約しちゃったんでしょ？　言い出しっぺの責任があるし、自分のアイデアを他の人に形にされるのは悔しいもの。なにより、絶対成功させる自信がある。でも、やるのは店をオープンさせるまでよ。その後は知らない。あと、お金も出さないから。『オーナー』じゃなく、オープンまでのボランティアってことで。いい？」

「煮え切らねえヤツだな。乗るなら乗る、降りるなら降りるで――」

「私がいなきゃ、『クラブみたいなハコで、ＤＪやダンサーみたいな男の子が接客してくれるホストクラブ』は作れないわよ。ばっちりビジョンができてるんだから」

自分の頭を指して告げた私に、塩谷さんはぐっと黙る。

「決まりね」

胸の前で腕を組んでさらに告げる。けっと口を歪《ゆが》めてから塩谷さんは、

「仕方がねえな」

と言い、チノパンのポケットに両手を突っ込んだ。

私は憂夜さんを振り返って、頭を下げた。

「という訳で、宜《よろ》しくお願いします」

「こちらこそ」

さっきよりさらに恭しく、憂夜さんも頭を下げた。二日前と同じ香水のかおりが漂ってくる。ふと思い浮かび、私は再度塩谷さんに向き直った。

「ちゃんと会社に行って、『表の仕事』もやること。それも私が加わる条件よ。いいわね？」

「うるせえな。わかったよ」

顔をしかめ、塩谷さんは今度は舌打ちをした。満足して、私は頷いた。

飛騨高山に行くかは迷っていたが、ホストクラブの計画は断ると決めていた。でも、

今朝の一志の言葉で気持ちが変わった。

私を認め、信頼しているから塩谷さんは、次の一手に私のアイデアを選んでくれたのだろう。ならば、乗っかってみよう。オーナーとしてホストクラブを運営し続けるのは無理だが、形にするだけならやってみたいし、アイデアには絶対の自信もある。なにより、ものすごく面白そうだ。

その後、憂夜さんからホストクラブについてのレクチャーを受けた。

まず基本事項として、ホストクラブやキャバクラなどは風俗営業とみなされ、「風俗営業等の規制及び業務の適正化等に関する法律」、通称「風営法」の対象となること、またホストクラブは風営法では接待飲食等営業の1号営業にカテゴライズされ、開店には所轄警察署を経由して公安委員会の営業許可が必要なこと、他にも食品衛生法に従って保健所、消防法に従って消防署の営業許可も必要なことを教わった。続いて金の話に移り、開業までに必要なのは家賃や敷金・礼金などの店舗の取得費、内装工事費と厨房の設備費、ソファやテーブル、グラスや皿などの備品費で、これを総じて設備資金と呼ぶそうだ。もちろん開店後しばらくの家賃と人件費、ドリンクやフードの仕入れ費、宣伝広告費などの運転資金も確保しなくてはならない。

「営業許可の申請は、行政書士に依頼すれば代行してもらえます。当然、料金はかかりますが。設備資金で一番高額になるのは内装工事費ですね。とくに今回はまったく新しいコンセプトの店なので、いくらかかるのか予想できません。現段階でアドバイス差し上げられるのは、トイレとパウダールームでしょうか。女性のお客様の場合、トイレとパウダールームの広さや使い勝手の良し悪しが店の評価に直結するので、手を抜くと後悔することになります」

背筋をぴんと伸ばして体の前で両手を重ね、憂夜さんは低く甘い声で淀《よど》みなく説明する。感心して、私は首を縦に振った。

「確かに。この間ホストクラブを取材した時、パウダールームのアメニティーがシャネルやブルガリの店があって、驚きました。あと、トイレに生理用品を常備するのは基本みたいですね」

「『パウダールーム』ってなんだ？　『アメニティー』も」

塩谷さんが割り込んで来たので、「後でまとめて説明するから」と返して憂夜さんに向き直り、先を促した。

「『ハコ』や『モノ』も大切ですが、接客がサービスの軸となる以上、最重要視されるのが『ヒト』、つまりホストです。店のコンセプトと客層に合ったメンバーを厳選しなくてはなりません」

「おっしゃるとおり。ちなみに『王道系』の店では、ホストはどうやって集めるんですか？」

「王道系とは？」

怪訝そうに訊き返されたので、

歌舞伎町とか六本木とかの、ギンギラギンの内装に茶髪でダークスーツ、日焼けした肌のホスト、みたいな既存の店のことです」

と答えると、憂夜さんはふっと笑った。

「なるほど。では、これから作ろうとしている店は『邪道系』でしょうか？」

「上手いこと言いますね。そう、邪道系。『邪道の王道』って感じかな。他にはない店を作るんだから、王道もなにもないんだけど」

「確かに……話をそらして申し訳ありません。歌舞伎町を例に挙げますと、王道系のホストクラブは二百軒以上あります。有名どころとして『エルドラド』『ジニアス』『RAY』などがあり、経営するのは業界大手の『甲田《こうだ》観光』。会長の甲田氏は伝説の人物です。また、エルドラドのナンバーワンの『空也《くうや》』は、カリスマホストとしてテレビなどに出演しておりますので、お目にされたことがあるかもしれません」

「はあ」

情報量が多すぎて頭が追いつかず、間の抜けた相づちを打ってしまったが、憂夜さんは微笑んだまま話を続けた。

「甲田観光の店以外も、ホストクラブは公式サイトなどでは『ホスト募集』『未経験者歓迎』と謳っています。しかし実際は未経験者を採用する店はほとんどなく、採用しても長続きしません。従って、ホストは基本的に経験者、つまり他店からの移籍または引き抜きということになります」

「競争が激しいから即戦力が必要とされるんですね。接客とか営業とか、一から教えるのも大変だし。でも従業員の出入りが激しい店ってチームワークが築けなくて、ギスギスしませんか？　そういうのって、お客さんにも伝わるでしょうし」

「ええ。従業員同士の関係が悪く、内部崩壊のような状態になって閉店する店も珍しくありません」

　憂夜さんが言い、また塩谷さんが口を開いた。

「王道系は既存のチェーンの力が絶大なんだろ。ホストが独立して店を始めようと思ってもまず許されないし、許されても毎月売上金の何パーセントとか、決まった金額を前にいた店に支払わなきゃならねえ。つまり独立を謳っていても、実はどこかのチェーンのフランチャイズってパターンがほとんどなんだよ。『暗黙の了解』やら『掟』やらががっつりあって、これを破ると相応の制裁を受ける羽目になる」

　言い終えるのと同時に意味ありげな目でこちらを見たので、私は憂夜さんに「制裁って？」と訊ねた。笑みを崩さず淡々と、憂夜さんは答えた。

「以前掟を破って独立した売れっ子ホストがいましたが、愛車のベンツが炎上し、自宅マンションに銃弾が撃ち込まれ、ペットのネコが行方不明になったそうです」

「じ、銃弾!?　……私たちは独立じゃなく、新規の開店ですよね？　掟破りにはならないでしょ？」

「解釈の問題ですね。ただし、よそ者や、どこの組織にも属していない者には非常に厳しく、容赦もしない業界です。今回も、何らかの圧力はかけて来るでしょう」

これまたにこやかかつ淡々と返され、私は言葉を失って塩谷さんを見た。そのあたりも「勉強した」のか動じる様子もなく、塩谷さんは私を見返した。

「とにかく、ハコ作りも人集めも既存のやり方は通用しねえ。全部一からってことだ。まずはお前の、ビジョンとやらを聞かせろ。ばっちりできてるんだろ？」

「わかった」

頷いて語りだそうとした私を、手のひらを立てて塩谷さんが止めた。

「この先は飲みながらだ。酒場のバカ話から始まった計画で、始めるのも酒を出す店だ。しらふで話し合う意味が見当たらねえ」

言うが早いか図面を畳んで足下のバッグを取り、ドアに向かった。

気がつけば夕方で、窓の向こうにはビルの明かりが点り、渋谷駅を山手線がひっきりなしに出たり入ったりしている。

呆気に取られた私に、憂夜さんは脇によけて頭を低くしながら片手でドアの方を指し、

「どうぞ」のエスコートポーズをつくる。

「あ、どうも」

会釈してぎくしゃくと憂夜さんの前を通り過ぎながら、「この人を連れてどんな店に行くつもりだろう」と一縷《いちる》の不安と疑問が胸をよぎった。

4

「マジあり得なくない？　もう、我慢の限界なんだけど」

酔っているのかトイレ中に響き渡る声でわめき、女は鏡を見ながら派手なネイルアートが施された指で前髪を掻き上げた。その拍子にライトブラウンにカラーリングされた髪の毛が数本洗面ボウルの中に落ちたが、女に気にする様子はなく、さらに言った。

「携帯はチェックしてるから安心してたら、レコードバッグに女の電話番号のメモが入ってたんだよ。ナオヤは『店の客の誰かで、知らない間に入れられた』って言ってたけど」

「じゃあ信じてあげれば？　ナオヤはモテるし、気にしてたらキリがないよ」

隣に立つ女がなだめるように返し、唇の下にはみ出たリップグロスをポケットティッシュで拭った。使い終わったポケットティッシュはくしゃっと丸め、洗面台に置く。その隣の洗面ボウルで手を洗いながら、私は横目で女たちを見た。

ネイルアートの女は、前髪を横分けにして後頭部にボリュームを持たせた流行のショートカットで、チューブトップにデニムのショートパンツという格好。もう一人は、盛り髪にホルスターネックのワンピース姿だ。どちらも歳は二十歳《はたち》ぐらいで、地味な目鼻立ちに派手な化粧という夜の盛り場には掃いて捨てるほどいるタイプだ。

「わかってるけど、私が気にしなくなったら絶対浮気するもん。前もそうだったじゃん」

「だからってずっと見張ってる訳にもいかないし。てかリナ、飲みすぎ。いい加減にしなよ」

やり取りして髪と化粧を整え、女たちはトイレを出て行った。洗面ボウルに落ちた髪の毛と丸めたティッシュには、見向きもしない。

やっぱりか。水を止めてペーパータオルで手を拭きながら、私は息をついた。女たちを連れ戻し「忘れ物よ」と言ってやりたいのをぐっと堪《こら》え、ホルダーからペーパータオルをさらに数枚引き抜いて落ちた髪の毛と丸めたティッシュを拾い、ゴミ箱に捨てた。鏡をチラ見して口紅が剝げたりよれたりしていないかだけ確認し、トイレを出た。

薄暗く狭い通路を抜け、フロアに戻った。とたんに、大音量のユーロビートと煙草の臭いをはらんだ湿度の高い空気がぶつかってくる。天井で大きなミラーボールが回転し、レーザー光線がめまぐるしく動く中、大勢の若者が喋ったり酒を飲んだり、フロアの中央に張り出す形で設《しつら》えられたステージを見上げたりしている。

若者たちの間を抜け、私は壁際に並んだ小さく丸いカウンターテーブルの一つに歩み寄った。

「高原オーナー、お疲れ様です」

テーブルの前に立った憂夜さんが、頭を下げて出迎えてくれた。音楽がうるさいので声は大きめ、爪の手入れが行き届いた手で、湯気の立ったおしぼりを広げて掲げている。

「どうも。すみませんけど、その『オーナー』っていうの、やめてもらえます？　私はただのボランティアですから」

他にも「『お疲れ様』って、トイレに行っただけなんだけど」「このおしぼり、どこから持って来たの？」という突っ込みと疑問が浮かんだが、口に出すのはお願い一つにした。

私がカウンターテーブルの前のスツールに腰掛けておしぼりで手を拭くのを確認し、憂夜さんは答えた。

「事情はどうあれ、塩谷オーナーのビジネスパートナーでいらっしゃいますから」

「なんですか、その理屈は。塩谷さんに相当恩義を感じてるみたいですけど、なにがあったんですか？　あと、憂夜さんって苗字はなんていうんですか？　そもそも、本名？」

「申し訳ありません。音楽がうるさくて聞こえません……私の方からも、一つお願いをしてもよろしいですか？」

「聞こえません」なんて絶対ウソだ。はぐらかされた。心の中で憤慨しつつ、私は頷いてカウンターテーブルに手を伸ばしてビールが入ったプラスチック製のカップをつかんだ。憂夜さんもスツールに座り、続けた。

「私に敬語はおやめ下さい。お気持ちは嬉しいのですが、道理に合いません」

「道理ねえ……まあ、なんでもいいけど」

タメ口に変えて返すと憂夜さんは「恐縮です」と微笑み、自分もビールのカップを手にした。

「オープンまで」という期限付きでホストクラブを作る、と決めたのが十日前。

あの後、私は塩谷さんと憂夜さんに頭の中にある店のコンセプトとイメージを伝え、仕事仲間のイラストレーターに「知り合いが店を始める」と言って何枚かのイメージイラストを描いてもらった。そのイラストを元に、塩谷さんは設計士に桜丘町の店の改装を依頼し、私は憂夜さんとホストやその他のスタッフ捜しを始めた。

スペースや人件費から考えて、雇えるスタッフはメインとなるホストが三人、ヘルプは二人、加えて、厨房を任せるシェフが一人。ヘルプの二人にはバーテンダーとウェイターも兼任してもらい、キャッシャーは当面は憂夜さんに頼むつもりだ。

水商売専門の求人情報誌はあるが、イメージに合いそうな人は応募して来なさそうだし、自分で見つけ出したいというこだわりもあって、このところ毎日のように憂夜さんと渋谷や青山、代官山などを歩き回り、クラブとライブハウスを覗いている。

今いるのも渋谷円山町《まるやまちょう》のクラブだ。一階のメインフロアでは三百人近くが踊りまくっていて、ここは地下一階のイベントフロア。今夜は服飾系専門学校の学生のファッションショーが開かれていて、ステージの上を発想は斬新だが、私には奇抜としか感じられないデザインの服を着たモデルの男女が行き来している。ウォーキングや表情がぎこちないので、モデルも学生なのだろう。

フロアやステージ上の男の子に視線を巡らせていると、憂夜さんに訊かれた。

「いかがですか？」

「ピンと来ない、っていうか、なにがなんだかわからなくなってきちゃった」

「無理もありません。連日連夜出ずっぱりな上に、ライターのお仕事もこなされてらっしゃいますから」

若干整えすぎのきらいがある眉を寄せ、憂夜さんが同情してくれた。

茶髪をオールバックにして前髪を日焼けした額に一房垂らす、という髪形は変わらないが、服装は黒いシャツにスラックスと彼にしては抑えめだ。場に馴染《なじ》み、声をかけた男の子に不審がられないよう気を遣ってくれているらしいが、シャツの袖口から覗く金《きん》無垢《むく》のごつい時計と鏡にできそうなほど磨き上げられた黒いエナメルシューズに、憂夜さんの道理を感じる。

憂夜さんの言うとおり、連日連夜出ずっぱりで何百人という男の子を見た。

顔やスタイルがいい子、おしゃれな子、話してみて面白い子は大勢いた。しかしみんな小さくまとまっている感じで、インパクトに欠ける。「これだ！」と思う子も何人かいたが、スカウトすると「ホストクラブ」という言葉の持つ先入観で、「そういうのじゃなくて」と説明しても拒否されてしまった。

「難しいものを求めるつもりはないのよ。イケメンじゃなくてもいいし、口下手だったり聞き上手じゃなかったりしてもいい。会話だけがコミニュケーションじゃないしね。その代わり何か一つ、『自分はこれだ』ってものを持っていて欲しいの。『何か』は人目を引いたり、言葉や形にできないものでもあり。アンバランスで自分を上手くコントロールできなくて、学校や職場でちょっと痛い子扱いされてるぐらいがいいわ。そういう見た目もキャラクターもバラバラな、でも『他には絶対にいない』『ここに来なきゃ絶対会えない』って子を集めて、おもちゃ箱みたいな店を作りたいの。おもちゃ箱じゃ子どもっぽい？　それなら幕の内弁当。あるいは福袋？　お得感で言うと、久助《きゅうすけ》かな。

久助ってわかる？　工場で割れたり欠けたりしちゃった煎餅やおかきを詰め合わせにして、格安で売るやつ」

酔いもあってテンションが上がり、捲《まく》し立ててしまった。憂夜さんは微笑んで、「わかります。久助だけではなく、高原オーナーのお考えが」と返し、こう続けた。

「差し出がましいようですが、一つ提案をさせて下さい。高原オーナーは店やホストに対して非常に明確で説得力があり、かつ斬新なビジョンをお持ちです。でしたらそのビジョンの具体化、つまり店の象徴となるような人物を見つけられてはいかがでしょう。そういうカギになる人物が決まれば、おのずと他につながっていくはずです」

「確かに。一人見つかれば、『じゃあ、他の二人はこんな感じで』ってなるわよね。さすがは憂夜さん。ありがとう」

「礼には及びません。あとは、店の名前を決めるのも手ですよ。先ほど塩谷オーナーから、『言い出しっぺはお前なんだから、さっさと決めて連絡しろと言っておけ』とお電話がありました」

「私もメールで催促されたわ。わかってるし、必死に考えてるのよ。でも、これがまた難しくて」

頭を抱え、私はテーブルに肘をついた。と、目の前を白く大きな手が横切り、

「失礼しま～す。こちら、下げさせていただきま～す」

という明るいが間の抜けた声とともに、憂夜さんの前の空になったカップを摑んだ。顔を上げると、カウンターテーブルの脇に男が立っていた。

歳は二十代前半。ひょろりとした体を、この店のユニフォームと思しき黒い半袖シャツと黒いスリムパンツで包み、髪形は巨大アフロ。一瞬カツラかと思ったが、地毛のようだ。

今どきアフロって。しかも、ここまで大きいのは珍しいわね。驚き、ちょっとたじろぎもしながら眺めていると、男はカップをもう片方の手で持ったアルミのトレイに載せ、スポンジクロスでカウンターテーブルを拭いた。

「そうだ。このお店のライターはある？　できればもらいたいんだけど」

塩谷さんのメールに「店のオリジナルの備品を作る時に参考にするから、クラブやライブハウスのを集めておけ」とも書かれていたのを思い出し、私は訊ねた。すると男は、

「あるっすよ」

と答え、スポンジクロスから手を離した。そしてそのままスリムパンツのポケットを探るかと思いきや、アフロヘアの中に指を突っ込んだ。

何をするつもりかと見ていると、男はアフロヘアから指を引き抜き、私にこの店の名前とロゴマークが印刷された百円ライターを差し出した。

「こんなん出ましたけど〜」

「……ありがとう。『こんなん～』って、占い師の泉《いずみ》アツノでしょ。若いのによく知ってるわね」

面白いしアフロヘアの使い方としては画期的だけど、衛生面はどうなの？　という疑問を感じつつライターを受け取った私に、男はこう答えた。

「どうもっす。俺、昔のバラエティー番組を見るのにハマってて。友だちに、古いテレビ番組を録画したビデオテープを集めてるヤツがいるんす」

「あっそう。『昔』で『古い』ね。こっちからすると、ちょっと前って感じなんだけど」

つい返してしまったが、聞こえなかったのか意味がわからないのか、男はニコニコとこちらを見ている。

白く長い顔に四角い額。どうということのない目鼻立ちだが、笑うと細い目がなくなり、代わりに大きなえくぼができるのはチャーミングではある。

再度礼を言うと男は立ち去り、憂夜さんが言った。

「彼はいかがです？　キャラクターは立っているし、自分の見せ方もわかっているようです」

「そうだけど、キャラクターだけ、出オチ、って気がしない？　それに、あれが『象徴』っていうのはね。どんな店よ？　って感じだし、さすがにアフロのホストはなしでしょう」

笑いながら「ないない」と手のひらを横に振ると、憂夜さんは黙った。

今夜は収穫なしだな。そう判断し、私は最後のつもりでフロアを眺めた。と、ステージの脇のＤＪブースが目に入った。

ファッションショーは続いているがＤＪは交代するらしく、今までブースに入っていた黒いベースボールキャップの男の子が短い階段でフロアに降り、眼鏡をかけた男の子がブースに入った。

「声をかけてくる。うちの店にもＤＪブースを作るつもりだから」

ベースボールキャップの男の子を指して憂夜さんに告げ、私はカウンターテーブルを離れた。

ＤＪは異なるジャンルの曲をかける子を数人、日払いで雇う予定だ。こういう曲は個人的には好きではないが若い子には人気があるようだし、学生のイベントでプレイするのなら多分彼はまだ駆け出し。安めの日給でも、引き受けてくれるかもしれない。

フロアを進むと、こちらに歩いて来たベースボールキャップの男の子と行き会った。オーバーサイズのポロシャツを着て、肩からクーラーバッグに似た黒く大きなバッグを提げている。

「すみません。ちょっといいですか？」

男の子の口が「はい」と動き、怪訝そうにこちらを見た。年齢といい、地味なパンツスーツにローヒールのパンプスという格好といい、明らかにここでは浮いている。構わず、私は続けた。

「今度桜丘町で店を始めるんだけど、ＤＪをしてくれる人を捜しています。よかったら話を聞いてもらえませんか？」

「店ってなんの？　クラブですか？」

「いえ。ホストクラブです」

大きな声ではっきり伝えたが、聞こえなかったのか、聞こえたが訳がわからなかったのか男の子は、

「はい？」

とさらに怪訝そうに訊き返した。この手のリアクションにはもう慣れっこなので、私は背伸びして男の子の耳に口を近づけ、再度答えようとした。

「なにやってんのよ！」

尖《とが》った声がしたと思ったら、後ろから肩をぐいと引っ張られた。その勢いで体が反転し、バランスを崩してしまう。「倒れる」と思った刹那、誰かの両手ががっちりと私の背中と腕を支えてくれた。漂う香水のかおりは、確かめるまでもなく憂夜さんだ。

「ご無事ですか？」

「うん。ありがとう」

返しながら体勢を立て直し、憂夜さんの脇から後ろを見た。

女が一人、仁王立ちでこちらを睨んでいる。ショートカットにベアトップとショートパンツ。さっきトイレで見た女だ。名前は確かリナ。半歩後ろには、盛り髪にワンピースの女もいた。

「あんた、今ナオヤになにしたの？　うちら、付き合ってるんだけど。目の前でナンパとかあり得ない」

大股で歩み寄って来るなり、リナは捲し立てた。片手にカクテルと思しき赤い液体が入った、プラスチック製のカップを持っている。

そうか。このＤＪが「ナオヤ」か。そういえば、「レコードバッグに女の電話番号」と話してたな。

猛スピードで頭を回転させて状況を理解しつつ、私は首を横に振った。

「誤解よ。ナンパじゃなく、仕事の話をしようとしただけ」

「はあ？　ごまかしてんじゃないわよ。あんた、ナオヤがブースを降りるのを待ち構えてたでしょ？　ちゃんと見てたんだからね」

トイレにいた時より興奮状態で目は血走り、つり上がっている。あの後、さらに酒を飲んだのだろう。

とにかく落ち着かせなくては。私は必死に伝えた。

「それは混んでるし、見失うと困るから……悪いけど、あなたからも言ってくれる？」

私に話を振られ、ナオヤは露骨にうんざりした顔になって左右を見た。

近くのテーブルの客が、振り返ってこちらに目を向けていた。すぐ脇がステージなので、その周りの客も何ごとかと首を回す。

嫌々といった感じながらも、ナオヤはリナに告げた。

「ウソじゃねえよ。この人、ＤＪを捜してるんだって」

「そんなの口実に決まってるじゃん！　こんなおばさんがＤＪを捜して、なにするって言うのよ」

「ホストクラブよ！」、そう言い返してやりたいが、さらに面倒臭い状況になるのは明らかだ。騒ぎを聞きつけて私たちの周りで足を止める客も増え、焦りが湧いた。

隣で憂夜さんがなにか言おうとした。が、一瞬早く、黒い人影が私とリナの脇に立った。

「レナちゃん、どうかした？　なんか面白い話？　だったら俺も交ぜて。でなきゃ、俺になんとかさせて。明るく楽しく行こうよ」

明るくノリもいいが軽いトークと、巨大アフロ。さっきライターをくれた男だ。笑顔を向ける男に、リナは嚙《か》みつくように返した。

「誰が『レナ』よ！　私は『リナ』」

「お～っと、俺としたことが！　ごめん、リナちゃん。でもナオヤくんもこのお客さんも、ウソはついてないと思うよ。だってこのお客さん、こっちの男性と一緒だし。俺、さっき接客したから間違いないよ」

大袈裟に手のひらで自分の額を叩いてから告げ、男は憂夜さんを指した。リナの目が私、憂夜さん、再び私、と動く。たちまち動揺したような顔になり、それでもさらに騒々しく訴えた。

「なによ！　紛らわしいことする方が悪いんじゃん。てか、ナオヤが浮気ばっかりするから」

「俺のせいかよ！　ふざけんな」

痴話《ちわ》ゲンカが始まり、見物人の表情が薄笑いに変わる。「まあまあ」とアフロの男が割って入り、ワンピースの女もなだめるようにリナの肩に手を置いた。

「明るく楽しく。ね？　あと、ラナちゃん。まだこのお客さんに謝ってないよ。ケンカよりそっちが先でしょ」

笑顔のままだが「このお客さんに～」から先はきっぱりと、有無を言わせない口調だ。かっとリナの顔が赤くなり、目には怒りに加えて、屈辱と憎悪の色が浮かぶのがわかった。

「『リナ』だっつうの。なによ。店員のクセに偉そうに！」

言うが早いかリナはワンピースの女の手を振り払い、カップの中のカクテルをアフロの男に浴びせた。

「ちょっと！」

私は叫び、周りの客たちからも悲鳴めいた声が上がった。とっさに目を閉じて横を向いた男だが、顔とアフロヘアの一部はびしょ濡《ぬ》れだ。

「大丈夫!?」

私が男に問い、ワンピースの女とナオヤはリナをその場から遠ざけた。眉を寄せて手のひらで濡れた顔を拭い、なにか言いかけた男ははっとして口を閉じ、ステージを見た。つられて私も視線を動かす。

音楽が流れ、ステージの上には衣装を身につけたモデルたちがいる。しかし場に不穏で緊張した空気が流れ、客がみんなこちらを見ているせいか、モデルたちもウォーキングをやめ、戸惑ったような顔で立ち尽くしている。異変を感じたフロアの他の客たちも、ざわめきだした。

まずい。ショーが台無しだ。再び焦りを覚えたが、どうしたらいいのかわからない。憂夜さんに助けを求めようとした時、またアフロの男が動いた。

男はステージに歩み寄り、長い脚でよじ登った。立ち上がるとステージの先端に行き、客に向かって大きな声で話しだした。

「すみません。お騒がせしたっす〜！　でももう全然大丈夫なんで、引き続きショーをご覧下さい。ハプニングも隠し味！ってことで」

最後に「はい、明るく楽しく行ってみよう！」と言って後ろを向いたが、モデルたちは顔を見合わせるだけだ。

「心意気はすごいけど、事態を悪化させただけなんじゃ」、私が心の中でかけた声が聞こえたかのように、男はその場で、ぴょんと跳ねた。驚いて、ステージの前の客が身を引く。ステージに着地した男は、そのままおかしなことを始めた。

横を向き大股で足踏みをするような動きをしたかと思ったら、片膝を曲げて脚を後ろに引き、もう片方の足でぴょんと脇に飛び、続けて脚を逆に変えて同じ動きをした。さらにくるりとターンをし、次の瞬間両足を前後左右バラバラに動かして、慌ただしくステージを踏む。顔やアフロ頭からカクテルが垂れたり飛び散ったりしたが、気にする様子はない。

ひょっとして踊ってる？　めちゃくちゃで適当に見えた男の動作が音楽と合っているのに気づき、私は思った。しかし男は足は絶え間なく動かしているものの、両腕は体の脇にだらんと垂らしたままだ。

「やだ！　これ、ひょっとしてダンレボ？」

近くに立っていた女が声を上げ、連れらしき男と顔を見合わせて笑った。気がつけば、あちこちでアフロの男を見て笑ったり、手を叩いたりしている客がいる。

「『ダンレボ』って、なに？」

思わず訊ねた私に、女は答えた。

「『ダンスダンスレボリューション』っていうゲーセンのゲーム。曲を選ぶと振り付けに合わせて床のランプが点灯するから、それを踏んで踊るの」

「それなら聞いたことがあるわ。だから足だけ動かしてるのね。あのアフロの子は、『ダンレボ』の振り付けで踊ってるの？」

「そう。あの子、すごいよ。超完璧。てか、ウケる」

女は言い、ステージを見上げて手を叩きながらまた笑った。やり取りしている間にフロアの客たちはアフロの男に夢中になり、手を振ったり歓声を送ったりしている。一緒に踊っている客もいた。今や注目の的となったアフロの男は、

「どうも〜。はい、ウォーキングもスタート！」

と、動きを止めずに裏返り気味の声で告げ、再度後ろを向いた。

場に熱気が戻って緊張が緩み、モデルたちは再び歩きだした。両脇をモデルたちが通り過ぎて行く中、男は踊り続けながら満面の笑みで叫んだ。

「明るく楽しく行こうっす〜！」

気の利いたことは何一つ言っていないし、「明るく楽しく」と繰り返しているだけな

のだが、機転が利くし、周りを巻き込むノリがすごい。なにより、度胸の良さが尋常ではない。

胸を鷲《わし》摑みにされたような感覚があり、私は振り向いた。目が合うと、憂夜さんは口の端を上げて微笑み、無言で深々と頷いた。

閉店時間まで待つつもりだったが、それよりずっと早く、アフロの男はクラブの裏口から出て来た。

「さっきはありがとう。助かったわ」

ビールケースやゴミ箱が並ぶ狭く薄暗い通路を憂夜さんと進み、声をかけた。アフロの男は顔を上げて、「ああ」と頷いた。

「大丈夫でしたか？　さっきの子は常連さんなんすけど、酒グセが悪くて」

「らしいわね。でも、大丈夫よ」

ファッションショーでの騒動から約一時間。あの後、リナは泣きじゃくるという最大にして最低の女の切り札を切り、私から逃げたが、代わりにナオヤが謝罪に来て、「仕事の話は改めて聞きます」と連絡先を教えてくれた。

「そうっすか。なら、よかった」

アフロの男が返した。さっきとは別人のようにテンションが低いのが気になる。一方でユニフォームから着替えた私服は、オーバーサイズのTシャツにジーンズ、スニーカーと、髪形に対してごく普通なのにほっとして、私は話を続けた。

「『ダンスダンスレボリューション』が好きなの？　ダンスが巧《うま》いのね」

「ダンスっていうか、ステップっすね。たまたま一時ハマってゲーセンで練習しまくった曲がかかってたんで、助かりました」

「そうだったの。でも、すごくカッコよかった。とっさに踊れちゃう度胸がすごいし、人の気持ちを摑《つか》む才能があるのね。それに、リナって子に『謝ってないよ』ってビシッと言ってくれた。物事をジャッジする目を持ってて、行動に表せる。その髪形から受ける印象といい意味でギャップが大きいの。人、とくに女の子は、ギャップのある男の子が好きだから。すごい武器よ」

熱意を込めて訴えたが、男はさらにテンションを落として俯《うつむ》いた。

「どうもっす。でもファッションショーの主催者は、『演出を台無しにした』ってカンカンで。俺、今日みたいな悪ノリを前にもやったから、クビになっちゃいました」

それがローテンションの原因か。でも、かえって好都合かも。

私は憂夜さんと目配せし、男に向き直った。

「それは大変ね。ところで、私たちは近々桜丘町で店を始めるの。いま言ったように、あなたはすごくいいキャラクターだし、魅力もあると思う。よければ、うちの店で働かない？　ホストクラブなんだけど、早合点しないでね。うちは歌舞伎町や六本木にあるようなのじゃなく――」

説明を終える前にアフロの男の手が伸びてきて、私の両肩をがっしりとつかんだ。私は驚き、憂夜さんが男を制しようとした刹那、

「ホストでもホステスでも、なんでもやるっす！　雇って下さい」

と男は言い、すがりつくような目で私の顔を覗き込んだ。

「えっ。いいの？」

「はい。俺、アパートの家賃を三カ月溜《た》めてるんす」

「ああ、そういうこと。じゃあ、決まりね。もう一人仲間がいるんだけど、私は高原晶で、この人は憂夜。あなたの名前は？」

「ジョン太《た》っす」

「はい？」

思わず聞き返すと、男は片手でアフロ頭を探り、なにかを取り出してこちらに差し出した。

「ジョン太って呼んで下さい。みんなそう呼ぶから、本名よりしっくりくるっていうか、俺らしいんす」

「いや、でも……まあ、いいか。ジョン太、よろしくね」

ひとまず納得して挨拶し、私はジョン太が差し出したものを受け取って見た。小さくチープな、ひと目で百円ショップで買ったとわかる造花のバラ。目が合うと、ジョン太は笑った。

「こちらこそ、よろしくっす」

細い目がなくなり、代わりにえくぼができる。マンガみたいな、「ニカッ」という擬音が付きそうな笑顔だな、と思った。


翌日の午後。ジョン太を連れ、憂夜さんと桜丘町の店に行った。

「ここっすか？　駅から近いし家賃高そう。ぶっちゃけ、いくらっすか？」

ドアを開けるなり大股で前進し、ジョン太は店内を見回した。

塗料や接着剤の臭いが漂い、作業着姿の男が数人、壁や床の工事をしている。図面を手に設計士の若い男とカウンターの前に立っていた塩谷さんが会話をやめ、顔を上げた。

私も店に入り、作業着の男たちに挨拶をしてから塩谷さんに告げた。

「彼が昨夜話した子よ。ジョン太、この人は塩谷さん。ここのオーナーで、あなたの雇い主」

くるりと、ジョン太は体を反転させて塩谷さんに向き直った。右手を額に当てて敬礼のポーズを取り、

「ジョン太っす。よろしくっす」

と芝居がかった硬い声で告げ、ニカッと笑った。

塩谷さんの小さな目が動き、ジョン太のアフロ頭、Tシャツにジーンズ、スニーカーをまとった細長い体、最後にもう一度アフロ頭を見た。無言で表情も動かない。

「髪形はアレだけど、キャラがすごいの。絶対人気者になるわ」

「礼儀作法と接客技術は、私が仕込みますので」

固まった場の空気を気にしつつ、私と憂夜さんがフォローする。作業服の男たちは仕事をしているが、設計士の男はぽかん。一人、ジョン太だけが満面の笑みだ。

ふんと、塩谷さんが鼻を鳴らした。続けて、

「まあ、いいんじゃねえか」

とぶっきらぼうに告げ、図面に視線を戻した。設計士の男と打ち合わせを再開する。

昨夜電話でジョン太をスカウトしたいきさつは伝えていたものの、怒るか呆れるかするかもと思っていたので、私はほっと息をついた。隣の憂夜さんも「ロボットか」と思うほどごつく分厚いパッドが入ったダブルのスーツの肩を、安堵《あんど》したように上下させたのがわかった。

「ナチュラル系でいい感じっすね。これなら、女の子も入りやすそうっす」

再度店内を眺め、ジョン太がコメントした。

コンクリート打ちっぱなしだった壁と天井はわずかに生成りがかった白に塗り、人工大理石のバーカウンターも、床材と合う木に換えた。

「そう思う？　ならよかった。この壁はキャンドルの灯《あか》りを点した時に、温かな印象でリラックス効果もある色と質感なのよ。あとバーカウンターの下の壁も、板張りにする予定」

ジョン太の横に行って説明しながら、私はバッグから店のイメージイラストを出して広げた。

突き当たりの壁にはL字型の金具に長さ三メートルほどの板を載せた壁掛け棚を上中下と三段設置して洋書や雑貨を並べ、その手前に客席となる布張りの大きなソファと、ローテーブルを二セット置く。バーカウンターは内側の一部をＤＪブースにして、照明はスポットライトとペンダントライト。天井の中央には、プロペラ機の羽根を思わせるデザインのシーリングファンを取り付けるつもりだ。

イラストを覗き込み、ジョン太は目を輝かせた。

「おしゃれじゃないすか。マジでホストクラブっぽくない」

「でしょ。ここは『ホストの子たちがルームシェアしてるマンションのリビング』で、そこにお客の女の子が遊びに来た、ってコンセプトなの。『クラブみたいなハコ』っていう当初のイメージとはズレちゃうけど、狭さを活かして親密感を高める作戦」

「ルームシェア、リビング、いいっす！　いろいろイメージかき立てられて、テンションも上がって来ました。俺、がんばるっす！」

アフロ頭を揺らしてジョン太が拳を握りしめ、その肩越しに塩谷さんがにゅっと顔を出した。

「テンションが上がったところで言っておくぞ。この店は再来月、つまり十月の一週目の金曜日にオープンする」

「十月の一週目？　早すぎない？　ホスト二人の他にバーテンダーやＤＪを見つけなきゃならないし、他にも家具と雑貨を選んで――あ、フードやドリンクのメニューも決めなきゃ」

私が焦ると、塩谷さんはうるさそうに言い放った。

「オーナー命令だ。オープンに時間がかかればかかるほど、金もかかるんだよ。文句があるならお前もオーナーになれ。店の名前も忘れるなよ。まったく、これだけイメージが固まってて、名前が浮かばねえってどういうことだ？　お前、ボキャ貧《ひん》ってヤツじゃねえのか。それでもライターかよ」

「言われなくても考えてます。それに商品や施設のネーミングはコピーライターの仕事で、私はエディトリアルライターです」

睨み合う私たちの間に、ジョン太が「えっ、そうなんすか？　てか、『エディトリアルライター』ってなに？」と首を突っ込んで来て収拾がつかなくなった時、憂夜さんが口を開いた。

「塩谷オーナー、高原オーナー。この後、お時間はありますか？　近くに知人の店がありますます。参考になると思うのでお連れしたいのですが、よろしいでしょうか？」

口調は穏やかで丁寧だが、眼差しから圧を感じる。

「わかった」

先に塩谷さんに答えられ、私も「うん」と頷くしかない。

「俺は？　連れて行ってくれますよね？　置いてきぼりとかなしっすよ」

また首を突っ込み、ジョン太が騒いだ。

私と憂夜さんも加わって設計士や作業をしている男たちと打ち合わせをして、午後七時過ぎに店を出た。

裏通りを少し歩き、隣の南平台町《なんぺいだいちょう》に入った。

このあたりは古くからの高級住宅街で、高い塀や生け垣で囲まれた豪邸や大使館、企業の研修所などが並んでいる。昼間でも人通りは少なく、日が暮れたこの時間はタクシーとハイヤーが走り抜けて行くぐらいだが、レストランやバーらしき看板を出した店がぽつぽつと見受けられた。三宿同様このエリアも、隠れ家感を売りに店舗の出店が増えているのだろう。

前を歩く憂夜さんが小さなビルの前で足を止めた。一階には円形の曇りガラスの中央に、オリエンタルな彫刻が施された重厚な木製のドアをはめ込んだ店が入っている。傍らの壁に取り付けられた看板には漢字で店名が記されているが、小さい上に凝った書体で、読み方がわからない。

憂夜さんがドアを開けてくれたので、私を先頭に店に入った。

「いらっしゃいませ」

キャッシャーの前に立った若い男の店員が頭を下げた。ボリュームのある白いマオカラーシャツに、黒いカンフーパンツ。どちらも素材はシルクだろう。顔見知りらしく、男は憂夜さんに親しげな笑みを向け、私たちを奥に案内してくれた。

カウンター席が縦に延び、その後ろが通路になっている。通路沿いの壁は白漆喰《しろしっくい》で塗られ、目の高さに鮮やかな赤い塗料で龍虎《りゅうこ》や金魚などの絵が描かれていた。

壁の角に丸みを付け、こちらも白漆喰のドーム型の天井は、敢《あ》えて低く造られている。抑えめの照明も相まって、白い洞窟かかまくらの中にいるような、ひっそりとして落ち着いた印象だ。

一方でカウンターの中の厨房では、白衣姿の料理人たちが中国語でやり取りしながら中華鍋を振り、ナタのような包丁で野菜を刻んでいて活気がある。料理もおいしいらしく、開店からそう経っていないはずだが、客席は半分以上埋まっていた。

通路を抜けた突き当たりはテーブル席で、壁際にはアンティークと思しき扉に螺鈿《らでん》細工が施された棚や、漢詩の掛け軸などが飾られている。こちらはしんとして、シックな雰囲気だ。

私たちが通されたのは、一番奥の花鳥画が描かれた屛風《びょうぶ》で区切られた一角だった。中央に大きな円卓があり、それを囲むように背もたれが黒い木の格子建具の、円形のソファが置かれている。

「ステキなお店ね。すごく参考になるわ。ありがとう」

ソファに座り、私は壁際の高さが一メートル近くありそうな、鮮やかな模様の陶器の花瓶を眺めながらコメントした。正直「憂夜さんの知人って」と不安だったのだが、いろいろヒントをもらえそうだ。

「恐縮です」

ソファの端に座り、憂夜さんが厳かに一礼した。私の隣で塩谷さんが「ビール」と告げ、「取りあえず、チャーハンと餃子《ぎょうざ》いいすか？　あとシュウマイも」と騒ぐジョン太には、憂夜さんの「子どもじゃないんだから、メニューをテーブルに立てて読むな」という指導が入った。

酒と料理が運ばれて来て、ジョン太の歓迎と店の成功を祝って乾杯をした。

食事をしながら話を聞いたところ、ジョン太は高校卒業後ずっとフリーターで、主に飲食店で働いてきたそうだ。本人曰く、「長所は誰とでも仲良くなれる。短所は人の名前を覚えられない。『明るく楽しく』がモットー」で、昨夜の私の印象そのまんまだが、もちろん後で憂夜さんに最終的な身元確認をしてもらう。

「残り二人のホストは、どうするんすか？　クラブとか廻《まわ》るなら俺も付き合いますよ」

チャーハンをレンゲでかき込むようにして食べながら、ジョン太が問うた。象牙の箸でエビの炒《いた》め物を自分の皿に取る手を止め、私は返した。

「ありがとう。でも、スカウト以外の方法も試してみたいの」

「求人募集をするということですか？　媒体を選べば、高原オーナーのイメージに近い人材の反応も期待できると思います」

塩谷さんのグラスに紹興酒をお酌しながら、今度は憂夜さんが問う。私が答える前に塩谷さんが、

「だからって、シャレこいた雑誌だのウェブサイトだのに広告を出すのはナシだぞ。誰かさんがビビって『オーナーじゃなくボランティア』とか裏切りやがったから、金がねえ」

と仏頂面で告げた。

「別にビビった訳じゃ……安い予算で、求人情報を見てもらう方法を考えればいいんで

しょ。ポスターを作って、若い子が集まりそうなお店に貼ってもらうとか？　いや、だったらフライヤーの方がいいか」

「いいっすね！　クラブには必ずフライヤーを置くコーナーがあるし、他にもカフェやブティック、ヘアサロンとかも。デカい店は有料だけど、個人でやってるところは『お互い様だから』って、設置と回収だけちゃんとやれば基本タダっす。前にバイトしてた店とか友だちがいる店とか、声をかけますよ」

「ありがとう。助かるわ……塩谷さん、どう？　ちなみにフライヤーって、ポテトやコロッケを揚げる機械じゃなく、チラシのことよ。デザイナーと印刷所にはツテがあるから、料金も安くあげられると思う」

「絶対失敗するなよ」

仏頂面のまま、塩谷さんが返す。「やってみろ」ということだ。反論しないので、フライヤーがチラシだとは知らなかったようだ。

ジョン太を選んだのは間違ってなかった。そう確信し、胸が膨らんだところで憂夜さんが言った。

「水を差すようですが、応対が大変ですよ。応募者一人一人とスケジューリングして会い、面接をする。開店までのタイムリミットだけでなく、『表のお仕事』は大丈夫ですか？」

「それは言わないで～」

そう答えて頭を抱えるとみるみる胸がしぼみ、焦りと憂鬱が押し寄せて来た。

ニコチン依存症がわかる本の仕事は依然原稿を書いて渡してはダメ出しをされる、を繰り返している。浅海さんは「大分よくなって来ました」とは言っているが、他の仕事と店の準備もあり、このところ私はロクに寝られない日が続いていた。

タイミングを推し量ったように私の携帯が鳴りだした。浅海さんかとぎくりとしたが、着メロは菊池桃子《きくちももこ》の「青春のいじわる」。一志からだ。

「これなんて曲すか？　懐メロってやつすよね？」と騒ぐジョン太は無視して憂夜さんと塩谷さんに、

「ちょっとごめん」

と断り、私は席を立った。

テーブル席を抜けて通路に戻り、角の少し奥まった場所に行って通話ボタンを押した。

「もしもし」

「おう、お疲れ。今ちょっといい？」

電波状態がよくないのか少し雑音は混じるが、聞き慣れた声が耳に届く。ほっとした気持ちになり、私は壁に向かって立って頷いた。

「うん。大丈夫」

「やっと夏休みのメドがたったよ。遅くなってごめん」

「本当に？　よかったね。いつ？」

「十月の四週目あたり。夏どころか、秋真っ盛りになっちゃうけどな。せっかくだから、三泊してのんびりしないか？　金曜日の夜に出て、高山の手前の下呂《げろ》温泉に一泊しよう。晶のスケジュールはどう？」

　十月の四週目ってことは店はオープンしてるし、さすがにその頃までにはニコチン依存症がわかる本も、なんとかなってるはず。素早く頭を巡らせ答えた。

「問題なし。新幹線とか宿とか、一志の都合で決めてもらっていいよ」

「わかった。でも、本当に大丈夫？」

　珍しく念押しして来たので、郡上八幡の実家に行く件かと聞き返そうとした矢先、一志はこう続けた。

「いや。このところ、すごく忙しそうだから。昼間電話すると留守電だし、夜もほとんど出かけてるだろ。ニコチン依存症の本？」

「それもあるけど新しい仕事っていうか、ちょっと人を手伝うことになっちゃって。でも、パパッとやって終わらせるから平気」

　一志が昼間に何度か電話をくれたのはわかっていたが、原稿を書いているか仮眠を取っているかで出られず、申し訳なく思っていた。

この状態はしばらく続くし、やはりホストクラブの話をした方がいいかも。でも、今はまずいか。

逡巡《しゅんじゅん》を始めるのと同時に、どんと固く大きなものが背中にぶつかった。

顔面から壁にぶつかりそうになったのを手をついてなんとか回避し、私は振り返った。が、誰もおらず、通路を奥に遠ざかっていくハイヒールの足音が聞こえた。オリエンタル系というのか、動物的で重たい香水の残り香も漂う。

謝罪一つなく、故意にぶつかった気配も感じ、私は足音と残り香の主を追いかけようとしたが、「もしもし？　晶、どうした？」という声に気づき、携帯を構え直した。

「ごめん、なんでもない。とにかく、旅行までには全部片づけるから。楽しみだね。ネットとかガイドブックとかチェックして、行きたいところをピックアップしておくよ」

「俺も晶をどこに案内しようか考えてる。じゃあ、もろもろ手配してまた連絡するよ。あ、でも無理に返事をしなくていいから。晶、『睡眠は取れなくても、食事は摂《と》れ』『忙しい時ほど、いいものを食え』。これ、業種に関係なく、社会人の鉄則だから」

熱いメッセージに自然と笑顔になり、「わかった。ありがとう」と返して電話を切った。

通路を戻ると屏風の向こうから、けらけらという笑い声が聞こえ、

「やだもう。憂夜さんったら」

という甘えと媚《こ》びをたっぷり含みながらも、ドスの利いた低い声が響いた。

屏風の奥に進んだ私の目にまず鮮やかなピンクのシャネルスーツが飛び込み、続いてそれをまとった人が映った。

ロングの巻き髪は艶やかで、整った顔に施された化粧は濃いが、下品になるギリギリ手前で抑えている。しかし無理にジャケットに収めたのが丸わかりの肩は、がっしりして厚みがあり、スカートから伸びる脚も脱毛他ケアは完璧だが、筋肉質で膝小僧や臑《すね》などの骨格も太くごつい。加えてスーツと同じ色のハイヒールのサイズは、私より五センチは上だ。

啞然《あぜん》として突っ立っていると、シャネルスーツの人物の脇から憂夜さんが進み出て来た。

「お帰りなさい。高原オーナー、こちらはなぎさママ。私の知人でこの店のオーナーです」

「はじめまして。高原晶です」

ママ？　じゃあ女性なの？　いや、この体格と声はどう考えても……混乱しながらも頭を巡らせた時、彼女または彼が漂わせる香りに気づいた。動物的で重たい香水。ハイヒールといい、間違いない。通路で私を突き飛ばしたのはこの人だ。

追及するために口を開こうとした私より一瞬早く、彼女または彼が首を回してこちらを見た。

「どうも。なぎさです」

言葉は素っ気なく、笑顔もお愛想なのが見え見え。

私の返事を待たず、なぎさママは顔を戻して憂夜さんの腕に自分の手を絡め話しだした。指も太くごついが、そこにさらにごつくて大きな宝石のついた指輪をいくつもはめている。

さり気なく腕を引いてママの手から逃れ、憂夜さんはさらに語った。

「ママはここ以外にもレストランとバーを三軒経営するやり手で、夜の渋谷では『知らなければモグリ』と言われている人です。先日、塩谷オーナーの許可を得て今回の計画を話したところ、『すごく面白い。力になるわ』と申し出てくれました」

「へえ、すごい。ところで、なぎささん。さっき通路で――」

「『やり手』って、やめてよ。『やり手婆《ばばあ》』みたいじゃない。『商才と美を兼ね備えた女』とか『夜の渋谷の女王様』とか言って欲しいわ」

話を遮って私の追及をかわし、なぎさママはすねたような表情を作って憂夜さんの肩を叩いた。すると、ソファのジョン太が言った。

「えっ。『夜の渋谷の魔王様』？」

「誰が『魔王』よ。あんた、ちょっとかわいいからって、オカマをナメると承知しないわよ。素っ裸にして、四十年ものの紹興酒の甕《かめ》に漬け込んでやる」

「怖っ！　勘弁して下さいよ～」

胸の前で腕を交差させ、本気で怖がるジョン太に塩谷さんがへらへらと笑い、それを見たなぎさママが、「塩谷ちゃん、なに笑ってんのよ」と突っ込む。

初対面、しかも相手は客なのに、この距離の詰め方。加えて、「あんた」「塩谷ちゃん」呼ばわり。しかしジョン太も塩谷さんもまったく気にする様子はなく、楽しそうにしている。これが「やり手」の実力、いや、「オカマ」の武器か。

呆然《ぼうぜん》と考えていると、憂夜さんが私をソファにエスコートし、話を元に戻してくれた。

「求人の件ですが、どうしましょうか……なぎさママ。若者が集まる店にフライヤーを置いて、ホストを集めようと考えています。応募者を効率よく面接するアイデアはありませんか？」

「ホストを効率よくねえ……アイデアがなくはないけど、教えたらいいことある？」

前半は真剣な眼差し、後半は意味深な目つきと口調になり、また憂夜さんの腕に手を伸ばす。

「力になるわ」って言ったのに見返りを求めるの？　私は呆れたが、憂夜さんは静かに微笑んでママの目を見つめ、

「もちろん。ママの御心《みこころ》のままに」

と、これまた意味深な口調で返して、ママの手に自分の手を重ねた。とたんにママはとろんとした目になって憂夜さんにしなだれかかり、彼の肩に自分の頭を乗せた。

「すげ〜。ハンパねえ〜。俺、一生憂夜さんに付いて行きます！」

またジョン太が騒ぎ、塩谷さんは「当たり前だ」と言うようにふんと、鼻を鳴らした。なんか今、すごい取引が成立しなかった？「御心のままに」とか言っちゃっていいの？ていうか憂夜さんも、「知人」もやっぱり普通じゃないんだけど。

うろたえまくる私をよそに、憂夜さんは真顔に戻り、話を進めた。

「それで、アイデアとは？」

「応募者を一堂に集めちゃえばいいのよ。『ホストオーディション』って銘打って、お客も入れて、イベントにしちゃえば？」

憂夜さんにしなだれかかったまま、それでもテンポよく熱の感じられる言葉で、なぎさママは答えた。

ぽっと頭の中に電球が点ったような感覚があり、私は言った。

「確かに。オーディションなら興味を持つ人も多そうだし、マスコミに告知とか取材とかで取り上げてもらえるかも。お客に女性も呼べば、宣伝になるし」

「客には店の割引券を配ろう。ホストクラブってのは、初回来店時は割引にするのがお約束だから、損はねえ」

塩谷さんも反応した。酔いで顔はまだらに赤くなっているが、小さな目は光っている。

「オーディション、賛成。超いいっす！　お祭りにしちゃいましょう。面白そうなことをやってれば、面白いヤツが集まって来るもんすから」

ジョン太は立ち上がって力説し、最後に憂夜さんが、

「さすがはママ。ちなみにオーディションの会場には、ママの文化村通りの店のパーティルームをお借りできますか？　加えて、賞品として店のお食事券をご提供いただけると助かります。見返りはオーディションの特別審査員」

と告げ、またママに意味深な目を向けた。

「まったく。結局、自分においしい方に話を持って行くんだから……いいわよ。提案したのは私だし、店の宣伝にもなるしね。特別審査員だって望むところよ。ダテに渋谷で二十年商売をやってないし、男を見る目には自信があるの。客寄せにもなるし、こういう時、オカマは便利よ～」

捲し立てながらどんどんテンションを上げ、なぎさママは最後に憂夜さんから離れ、ソファのジョン太と塩谷さんに後ろから抱きついた。声を上げて逃れながらジョン太たちが笑い、私も噴き出した。

「渋谷で二十年商売」って、いくつなの？　は気になるけど、いい人なのかもしれない。通路の一件は人違いだった可能性もある。なによりとっさにこれだけのアイデアが出る

のは、すごい商才だ。

その後一時間ほどして、私たちは店を出た。支払いを済ませていると、仕事に戻っていたママと、店員の男の子たちが見送りに来てくれた。

「ありがとうございました。お店をお借りできて助かりますし、すごく勉強になりました。これからもいろいろ教えて下さい」

店から通りに出ると、私はママの前に行って一礼した。

憂夜さんはタクシーを拾いに行き、塩谷さんとジョン太は男の子たちと話している。気がつけば、厨房を含めこの店の店員は男だけ。しかも接客担当は美形揃いだ。

微笑んで、ママは私を見返した。

「あら。嬉しいこと言ってくれるじゃない。あなた、発想はすごくいいし、こっちこそいろいろ教えて欲しいわ。ただし、店が三カ月保《も》ったらね」

「えっ？」

最後の一フレーズに戸惑い、聞き返すとママは続けた。

「ライターだかエディターだか知らないけど、片手間の副業でやっていけるほど甘い世界じゃないから。しかも『パパッとやって終わらせ』て、男と旅行？　お気楽よねえ。脳みそお花畑って感じ？　ド素人だって、一つぐらいは面白いことが浮かぶの。ちやほやされてナメてかかってると、大ヤケドするわよ。若くもないんだし、とっとと嫁に行った方がいいんじゃないかしら」

言いながらつけ睫毛、マスカラ、アイライン、アイシャドーで飾られた大きな目を動かし、値踏みするようにこちらを見る。

「やっぱり背中を押したのはあなた？　電話の盗み聞きまでしてるし、それが客に対する態度？　脳みそお花畑って、大きなお世話よ。そもそも私は開店までのボランティアで、片手間の副業じゃないし」

通路での一件も蘇り、怒りと理不尽さが胸に湧いて私は言い返した。するとママは胸の前で腕を組み、私を見下ろした。憂夜さんと塩谷さんたちは、こちらの状況には気づかない。

「だからその、開店までのボランティア云々《うんぬん》が甘いのよ。あんた、元ヤンキーでしょ。言っていい？　ハンパやってんじゃねえよ」

どすんと、重たく熱いものを腹に放り込まれた気がした。反撃したいのに頭が上手く回らず、

「……『ヤンキー』じゃなく、『ツッパリ』よ」

と訂正するのが精一杯だ。

勝ち誇ったように、ママが顎を上げて笑った。無性に腹が立ち、私はついすごんでしまう。

「利いた風な口を利かないでよ。なにも知らないクセに」

「知ってるわよ」

待ち構えていたようにママがずい、と首を突き出してきた。真正面から私の視線を捉え、こう続けた。

「こちとら元高校教師なの。イキのいい田舎の不良を山ほど見て、相手もしたわ。あんたみたいなハンパ者に、いい仕事なんかできっこない。憂夜さんに免じて、頼まれたことはやってあげる。ただし店がオープンしたら、きっちり手を引きなさい。二度と夜の世界に首を突っ込むんじゃないわよ」

憂夜さんたちに聞こえないように声を落としているが、ものすごい迫力と威圧感だ。こちらの過去を見抜く目と言い、「元高校教師」は本当かもしれない。体格からして、専門は体育。生徒指導も担当していたクチだ。

ぐるぐると考え、怒りと理不尽さも収まらない。しかしどうしても返す言葉が見つからず、私は呼吸が荒くなるのを感じながらママを睨んだ。

「どうかしましたか？」

気配を察知したのか、後ろで憂夜さんの声がした。

「ううん。なんでもない。タクシーがつかまったの？……ほら、みんな。並んでお見送りしなきゃ。お客様のお帰りよ」

笑顔と声を営業用と推測されるものに戻し、ママは無言のまま動けない私を残し、ヒールの音を響かせてその場を離れた。

5

「グイグイ！　よし、来い。グイグイ！　グイグイ！　よし、来い」

男はスタンドマイクの前で手を叩き、リズムを取った。客たちも手拍子をすると、男は、

「超超超いい感じ！　ズンズンドコドコいい感じ！」

とさらに声を張り上げ、足下に置いたシャンパンのボトルを取った。ボトルに口をつけて、一気飲みをする。

勢いも熱も感じられない手拍子が三十秒ほど続き、男はあらかじめ量を減らしてあったと思しきシャンパンを飲みきって、空になったボトルを頭上に掲げた。手拍子が拍手に代わり、男は客席に「あざ〜す！」と一礼した。ステージの隅に控えていたジョン太が、マイクを持って男に歩み寄る。

「お疲れっした〜。見事な飲みっぷりっすね。顔が真っ赤っすけど、大丈夫っすか？」

「楽勝です！」

力強く断言しボトルを前に突き出したものの、男は顔だけでなく目も赤くなり、足下がふらついている。さり気なく背中に手を添えて男を支え、ジョン太はステージの脇の長机に目を向けた。

「では、審査員の感想を訊いてみましょう。憂夜さん、いかがですか?」

ジョン太に問われ、憂夜さんは長机の上のマイクを摑んだ。今日の装いは闘牛士を彷彿させる、派手な刺繡が入ったマオカラースーツだ。

「所作に品がないですね。個人的に一気飲みは接客手法として認めていませんが、お客様のニーズがあるのなら致し方ないと思います。しかしプロである以上、下品な行為にこそ、品位と風格を感じさせるべきです」

マイクを片手に冷静で厳かながらも、説得力と厳しさがひしひしと伝わってくる口調でコメントする。

客たちは感心して聞き入り、女性客の中には熱っぽい眼差しを憂夜さんに向ける人もいた。一方ステージの上の男はコメントの意味がよく理解できないらしく、ボトルを抱えてぽかんとしている。男を見返し、憂夜さんは続けた。

「そもそも当店のコンセプトを理解されているのか、甚だ疑問です。募集要項に目を通された上で応募なさったのでしょうか」

ジョン太が隣を振り向き、客たちも改めて男を眺める。

前髪を長く伸ばした金色のシャギーヘアに、青いカラーコンタクト、日サロで焼いた肌。細身のダークスーツを着てはいるが、余った腹の肉がグッチのベルトのバックルに乗っている。

ステージに登場した時のインタビューでは、「二十五歳のタレントの卵」と答えていたが、実際は三十過ぎの王道系ホストクラブのホスト崩れだろう。

「出ました、辛口コメント。でも大丈夫っすよ。今日のテーマは、『明るく楽しく』っすから。では次に、特別審査員のなぎさママ。感想をどうぞ」

手のひらで促され、憂夜さんの隣のなぎさママが深紅のマニキュアで飾られた指でマイクを取る。美容整形的な施術が確実な、不自然なほど大きな胸を強調した襟ぐりの開いた紫色のワンピースを着ている。

「昔からあるホストクラブのシャンパンコールに、流行歌の歌詞を足しただけ。オリジナリティーの欠片《かけら》もないわね」

冷たく斬り捨てた後、笑顔になってはしゃいだ声でこう続けた。

「でも、お尻がかわいいから許しちゃう。ムチッとして、あたしの大好物よ」

「出ました！　さすがは肉食系野獣」

ジョン太が煽《あお》ると、なぎさママは待ってましたとばかりに立ち上がってわめいた。

「『野獣』って言うな。踏んづけてやる！」

客席がどっと沸き、反対側のステージの脇にいるカメラマンが身を乗り出して、カメラのシャッターを切った。

「おい。ウケてるぞ」

へらへらと笑いながら、塩谷さんが肘で私の脇腹を突いた。

「喜んでる場合じゃないでしょ」

呆れて返し、私はため息をついた。私と塩谷さんは店の奥の、ステージと向かい合う形で並べたパイプ椅子の最後列の端に座っている。

なぎさママの店で会食した後、私たちはすぐにフライヤーとプレスリリースを作り、クラブやカフェに置いてもらったり、若者向けの雑誌やウェブサイトの編集部に送ったりした。即ホストデビューをさせる優勝者の他に、ホスト見習いとして当面はバーテンダーとウェイターとして働き、憂夜さんに教育してもらう入賞者を二名選ぶ。

募集期間は二週間ちょっとしか取れなかったが、ホストオーディションというニュース性と店のコンセプト、「ジャンル・レベルを問わず『これが俺だ!』という『何か』を持ってる十八歳以上の男性なら、誰でも大歓迎」というキャッチコピーが面白がられたらしく、約二十名の応募と数社からの取材申し込みがあった。

私たちは大喜びでステージやパイプ椅子などをレンタルし、今日を迎えた。なぎさママの文化村通りの店は南平台の店とは逆にオープンな雰囲気のカフェレストランで、パーティルームも広々として明るい。

集まるかどうか心配だった観客は、日曜日とあってオーディション参加者の知人友人が来てくれて、ダメ押しでジョン太に渋谷駅前でフライヤーを配っての呼び込みもさせたので、四十脚用意した椅子はすべて埋まった。

しかし現実はそう甘くない。オーディションが始まる一時間前、集まった参加者に運営スタッフと名乗って私と塩谷さんが話を聞くと、参加者のうち二人は十八歳ではあるが、高校生と判明。もう一人は「二十二歳」と言い張るものの、どう見ても三十代後半だった。

その上オーディションが始まり、ステージに現れた参加者が披露するパフォーマンスはトーク、歌、ものまね、ダンス、とバリエーションに富んではいても、「これが俺だ！」という「何か」が感じられるものはほとんどなかった。

ジョン太の司会となぎさママの話術で客にはウケているが、このままでは本来の目的であるホスト捜しは、失敗に終わる可能性が高い。

「最悪、『優勝者なし』でもいいじゃねえか。記事にしてもらえれば、店の宣伝にはなる」

チノパンの脚を組み替え、塩谷さんが言った。

「ダメよ」

思わず大きく尖った声で返してしまい、私は慌てて周りを見た。

客は男女半々で、ほとんどが二十代。ごく普通の学生やフリーターといった感じだ。ステージではボトルを抱えた男が拍手を受けて退場し、代わりの男の子が登場した。シルクハットやステッキを持っているので、手品を披露するつもりだろう。

声を落とし、私は返した。

「『優勝者なし』じゃ記事にならないし、店のレベルもその程度だと思われる。さっき客の女の子がフライヤーに載せた店のイメージイラストを見て、『おしゃれだね』『オープンしたら、行ってみたいかも』って話してるのを聞いたわ。せっかくのチャンスなんだから、なんとかしなきゃ」

「『なんとか』って言っても、どうにもできねえだろ。パフォーマンスをするのは俺らじゃねえんだから」

「そんなの、わかってるわよ」

また声を尖らせてしまい、私は「ああ。もう」と呟いて膝の上のバッグの中を探った。ミントガムのボトルを出して蓋を開け、ガムを数粒手のひらに載せて口に放り込む。その動きを、小さな目を動かして塩谷さんが見た。

「なにイライラしてるんだよ。便秘、いや、もう更年期か？」

「『生理中か？』って言わなければセクハラじゃないと思ったら、大違いだからね……

ニコチン依存症の本で苦労してるって話したでしょ。今、煙草をやめた時に現れるニコチンの離脱症状について書いてるんだけど、何度も書き直して論文とか体験記とか読んでたら、こっちまで症状を感じるようになっちゃったの。イライラに口寂しさに、頭痛。ガムだけじゃ我慢できなくてあれこれ食べてたら、三キロ太ったわ」

ガムを咀嚼《そしゃく》し、つい八つ当たりっぽい口調になるのを感じながら説明した。

ちなみに体験記によると、離脱症状では寒気や眠気、幻覚や幻聴まで現れた人もいるそうで、今後どうなるか不安で仕方がない。

黙って話を聞いていた塩谷さんだったが、

「ま、せいぜい励め。俺に『ちゃんと会社に行って、表の仕事もやること』って言ったんだから、お互い様だ」

と返し、顔を前に戻した。

「それもわかってるわよ。だから」

潜めた声で反論しようとして、ガムを飲み込んでしまった。私は激しく咳き込み、周りの客がこちらを見た。ステージでは男の子がステッキから造花を出し、まばらな拍手を受けている。あと数人で参加者全員のパフォーマンスが終わるはずだ。

片手で喉を押さえて無理矢理咳を抑え、私はバッグを抱え席を立った。背中を丸めて早足で後ろのドアに向かい、パーティルームを出た。

通路の向かいに個室が二つ並んでいて、その先がトイレだ。個室の一つをオーディションの参加者の控え室として使わせてもらっていて、その前に男の子が二人いた。どちらも二十歳そこそこで一人は背が高く、もう一人は背が低い。向かい合って立ち、背が低い方が身振り手振りを交えて小声でなにか話し、背が高い方はこくこくと頷き、真剣な顔で話を聞いている。

二人組の参加者はいないはずだが友だちを相方にして、漫才かコントでもするのだろうか。目が合うと背の低い方が会釈をしたので私も頭を下げ、トイレに入った。

咳が治まるのを待ち、目頭に滲《にじ》んだ涙を拭って洗面台で手を洗った。壁の鏡に映った姿は我ながらひどい。顔色は悪く、化粧と髪の手入れはいつにも増しておざなり。服も手の届くところに脱ぎ捨ててあったパンツスーツを、そのまま着て来た。

さっきオーディションが始まる前になぎさママに挨拶をしたら、こちらを一瞥《いちべつ》するなり小馬鹿にするように鼻を鳴らされた。会うのは二度目だが、とことん嫌われているようだ。

小馬鹿にするのも嫌うのもママの勝手で、気にはならない。しかし、この前の「ハンパやってんじゃねえよ」はキツかった。ツッパリには一番ダメージの大きい、アイデンティティーさえ揺るがし兼ねないフレーズだからだ。あの後、何度思い出しても腹が立つのと同時に、あれこれ考えさせられた。

ハンパをやっているつもりはない。ホストクラブ作りもライター業も、一志との関係も常に真剣に全力で取り組んでいる。しかし状況に流され、翻弄されている感があるのも事実だ。

これを打破するには流れに負けずにしっかりと立ち、目の前のものと向き合って闘うべき相手と闘い、乗り越えるべき壁は乗り越え、正しいと確信を持った方向へ、自分のペースで歩を進めるしかない。

「だからってあれもこれも同時に、っていうのは無茶じゃない？」

思わず弱音を吐いてしまってからなぎさママの勝ち誇ったような顔を思い出し、私は濡れた手で頬をばしばしと叩いて自分に活を入れた。すると志気が高まり、多分叩いたせいだが、顔色もちょっと良くなった気がしたので洗面台の水を止めてハンカチで手を拭き、トイレを出た。

通路を戻ってパーティルームのドアを開けるなり、盛り上がりに気づいた。客たちがこれまでになく笑い、熱心にステージを見ている。スタンドマイクの前でパフォーマンスを披露しているのはさっき控え室の前にいた二人組の、背の高い方だ。

「『渋谷あるある』その二。１０９―②の一階の甘栗屋と、タワーレコードとパルコの間の坂道にある銃砲店の存在感は、『いつか買い物してみたいけど、多分しない』って予感も含めて異常」

どっと、客たちが湧いた。その一部が、「わかるわかる」と言うように首を縦に振っている。一方背の高い男の子は無表情で、体の前で両手を軽く重ねて突っ立ったままだ。

私がパイプ椅子に座るなり、塩谷さんが振り返った。

「あいつ。小田山《おだやま》っていうんだが、面白いぞ」

こちらが返事をする前に、小田山というらしい男の子がまた言った。

「『渋谷あるある』その三。センター街で、ピカチュウの着ぐるみパジャマを着てる女子高生。『五年後に絶対黒歴史になる』って確信を込めて、一緒に写真を撮りたい」

ああ。着ぐるみパジャマの子、いるいる。私も見かけるたびに、「必ず『なかったことにしたい』になるぞ」と思ってた。同意するのとともに映像も浮かび、笑いながら頷いてしまう。他の客も大ウケだ。また塩谷さんが言った。

「な、面白いだろ？　『あるある』の目の付け所がいいだけじゃなく、コメントも一捻《ひとひね》りしてる」

「確かに」

同意し、改めて小田山を見た。

さっきは気づかなかったが、彫りの深い綺麗《きれい》な顔をしている。身につけているのは男には難しい花柄のシャツだが、落ち着いた色使いとスタイルの良さで、上手く着こなしている。

「続いて、瞬間芸。『男性ファッション誌別、ありがちなモデルポーズ』」

客の笑いが落ち着くのを待ち、小田山は告げた。

いきなりハードルを上げたな。演者が選んだ雑誌を知らない客にも、「よくわからないけど、面白い」と思わせないと場が白ける。

私が心配する中、小田山は半歩後ろに下がり、重ねていた手を解いた。そして前髪をぐしゃぐしゃと乱し、脚を少し開いてつま先をVの字型にした。続いて両手をブラックジーンズのポケットに突っ込み、顎を上げて前髪で半分隠れた目で気だるげにこちらを見て口を半開きにした。

「その一。『MEN'S NON-NO』」

小田山が言うなり、私は噴き出した。

実際にこういうポーズをしたモデルがいたかどうかはわからないが、仕事柄ほとんどのファッション誌を把握しているので、言わんとすることはわかる。私見だが、MEN'S NON-NOなら、「女の子に引かれない程度に尖った、カジュアルなモード系」といったところか。

塩谷さんも大笑いし、女の子とMEN'S NON-NOを読んでなさそうな世代の男も、小田山のポーズと表情が面白いのか、ウケている。

ぱっとポーズを解き、小田山は無表情に戻ってマイクに口を近づけた。

「その二。『MEN'S CLUB』」

言うが早いか小田山は前髪を横分けに整え、左手を体の脇に垂らして右脚を少し後ろに引いて、スニーカーのつま先を床に立てた。首も軽く右に曲げて目を伏せ、最後に右手の指を揃えて曲げ、胸の右側に当てた。スーツを着て、ジャケットの右前身頃の縁に手をかけている体《てい》なのだろう。MEN'S CLUBは、トラディショナルで上品なスタイルを提唱する、老舗の男性ファッション誌だ。

「上手い！　ああいうモデル、載ってそう……あの子、出版業界人？　雑誌の特徴の捉え方が的確すぎるわ」

また噴き出してから問うと、塩谷さんは真顔に戻って答えた。

「いや。大学生って言ってた」

「そう。彼はイケるかも。ううん、絶対イケる」

私も真顔に戻り、ステージを見て断言した。隣で塩谷さんが頷いた。

「だな」

参加者全員のパフォーマンスが終わった後、私と塩谷さん、憂夜さんとなぎさママは店の事務所に集まった。

まず全員一致で「優勝者は小田山」と決まり、入賞者の二名は難航したが、「バーテンダーの経験がある」と話したダンスの巧い西川《にしかわ》という子と、「腕と接客には自信があるけど、手荒れがひどくてヘアサロンを辞めた」と言い、ステージでヘアカットを披露して見せた元美容師の尾関《おぜき》という子を、入賞者として選んだ。ステージに現れた憂夜さんがそれを告げると会場は大いに盛り上がり、小田山と西川、尾関は飛び上がったり、客席にVサインをかざしたりして喜んだ。

素の小田山は明るく礼儀正しい男の子で、西川と尾関もそれぞれバーテンダー、ウェイターをしながらホスト修業をすると約束してくれた。私と塩谷さんは身分を明かし、「日を改めて、ゆっくり話しましょう」と告げて別れた。

翌日の午後一時過ぎ。私と塩谷さん、憂夜さん、ジョン太は渋谷公園通りのカフェにいた。

「小山田《おやまだ》のヤツ、遅いっすね」

ジョン太が言い、テーブルの下でジーンズの脚を組んだ。向かいの席でコーヒーを飲み、私は返した。

「小山田じゃなく、小田山。時間にルーズなところがあるのなら、憂夜さんに指導してもらわなきゃね。でも、彼は逸材よ。観察力がすごいし、目の付け所も独特。しかも、イケメンだし」

尾関と午前中に会い、西川とは、明日の午後会う予定だ。そしていま私たちは、店の二人目のホストとなる小田山を待っている。

「それ、ひょっとして俺はイケメンじゃない、って言ってます？」

「違うわよ。でも、わかりやすく女の子の目を引くタイプがいてもいいかな、って。イロモノばっかりになっちゃうとね」

「誰がイロモノすか！　確かに小田山は顔も芸もいいけど、最初に採用されたのは、俺っすからね。つまり、こっちが先輩でヤツは後輩」

アフロ頭を揺らして主張するジョン太を、憂夜さんが「うるさい」と咎《とが》め、塩谷さんは椅子にそっくり返って座り、へらへらと笑っている。年齢もビジュアルもバラバラな私たちを隣のテーブルについた女の子たちが、不思議そうに見た。夏休みが終わって人は少し減ったが、渋谷の街は相変わらず賑やかだ。

金無垢の腕時計を覗き、憂夜さんが眉をひそめた。

「しかし来ませんね。何度か小田山の携帯に電話したのですが、留守電になっています」

「道に迷うか、お店を間違えるかしたのかも」

私の推測にジョン太が、

「いや。それはないでしょ。昨日の『あるある』ネタからして、小田山は渋谷には詳しいはずっすよ」

　と告げ、私、塩谷さん、憂夜さんが「確かに」と頷いた時、テーブルの脇に誰かが立った。みんなで一斉に見ると、男の子が一人立っていた。怪訝に思ってから、私は彼が昨日小田山と一緒にいた背が低い方の子だと気づいた。

「あなた、小田山くんの友だちよね？　昨日、オーディション会場の控え室の前で会ったでしょ」

　彼もこちらを覚えていたらしく、「はい」と頷き、こう続けた。

「小田山の伝言を伝えに来ました。『店で働けなくなりました。すみません』だそうです」

「えっ!?」

　私と塩谷さん、ジョン太が声を上げ、憂夜さんは訊ねた。

「理由は？」

「就職が決まったから。小田山は就職試験を落ちまくってて、『もう、ホストにでもなるしかない』って、ヤケクソでオーディションを受けたんです。でも今朝どこかの会社から採用の連絡があって、そっちに行くことにしたそうです。俺もさっき電話で聞いて、渋谷にいるって言ったら、ついでに謝りに行ってくれって頼み込まれちゃって」

「電話で」と言う時に、手にした携帯を持ち上げ、淡々と説明した。

くりくりした大きな目と、やや長めな鼻の下。イケメンではないが、猿っぽい童顔で愛嬌《あいきょう》はあるな。焦り動揺しながらも、つい観察してしまうのはホスト捜しばかりしているからか。

ジョン太がテーブルを叩き、勢いよく立ち上がった。

「ふざけんなよ！　ついでにって、なんだよ。『すみません』と思うなら、自分で謝りに来いよ。てか、ヤケクソでオーディションを受けるんじゃねえよ。昨日は『嬉しいです。がんばります』って言ってたクセに！」

憂夜さんに制止されながらも、摑みかからんばかりの勢いで捲し立てる。しかし彼に動じる様子はなく、ジョン太を見上げて返した。

「でも、どのみち長続きしなかったと思いますよ。昨日の小田山のパフォーマンスを考えたのは、俺だから」

「どういう意味だ？」

塩谷さんが口を開き、じろりと見た。

「『渋谷あるある』も『ありがちなモデルポーズ』も、俺の持ちネタなんです。それを教えて、話し方とか表情の作り方も指導してやりました。あと、服のコーディネートも」

「『持ちネタ』？　あなた、お笑い芸人かなにかなの？」

昨日控え室の前での小田山と彼の様子を思い出し、私は問うた。しかし彼が答える前に、塩谷さんは傍らの空いた椅子を引いた。

「信じられねえな。他にもネタはあるのか？　なら、やって見せろ。小田山のドタキャンの違約金代わりだ」

「いいですよ」

彼は椅子に座った。表には出さないが、「信じられねえな」と言われたのが心外だったのだろう。

ジョン太がぶつくさ言いながらも椅子に腰を戻し、私と塩谷さん、憂夜さんが目を向けると、彼は一瞬間を開けてからこう言った。

「ものまね。『犬の気持ち』」

それから肘を内側に軽く曲げた右腕を体の前に上げ、左手を肘の下に添えた。そして、

「飼い主さんが帰って来て、『わくわく～！』」

と言いながら満面の笑みを浮かべ、右手と右腕を小刻みに左右に振った。

ぽかんとしてから、「もしかして、手と腕は犬のしっぽのつもり？　嬉しくてしっぽを振ってる状態？」と浮かんだ。すると彼は、右手と右腕の動きを止めた。

「と思ったら知らない人で、『ムカムカ～』！」

そう続け、今度は顔をしかめて頬も膨らませ、右腕を垂直に立てた。右拳をきつく握り、右腕にも力を込め、ぶるぶると震わせる。

怒ったのね。しっぽの毛が逆立ったのを、震えで表現するのはいいアイデアだわ。

感心しつつ、首や肩にも力を込めているのが面白く、笑ってしまう。ジョン太も、「血管切れるぞ」と言って笑顔になった。

「みんないなくなって、『しおしお～』！」

言うが早いか、右肘を下ろして立ち上がり、右手を内側に曲げて股の間に挟んだ。

「しっぽを巻いた」状態になっちゃったのね。眉を寄せて唇を尖らせた表情から、寂しさと不安が伝わってくる。

派手さはないが観察力と表現力がずば抜けているし、腕をしっぽ代わりにしよう、とはなかなか思いつかない。

昨日の小田山のネタを考えたのはこの子だわ。私は確信し、塩谷さんも納得した様子で鼻を鳴らした。

「今度こそ本当に飼い主が帰って来て、『わくわく～！』マックス！」

立ち上がったまま声を大きくし、最初の「わくわく～！」より大きく右手と右腕を振った。加えて舌を突き出して肩も上下させ、「ハッハッハッ」と荒く呼吸をして見せる。

「ちょっと。そこまで真似なくていいから」

噴き出し、私が突っ込むと、ジョン太は笑い転げ、塩谷さんも頬を緩めた。憂夜さんは、いつの間にかこちらを注目していた周りの客に、「お騒がせしてすみません」と頭を下げている。

「以上です」

短く告げ、彼は真顔に戻って手と腕の動きも止め、椅子に腰掛けた。

「お前、すごいじゃん。さっきの話、信じるよ」

真っ先にジョン太が手を差し出した。彼は戸惑い気味ながらも、「どうも」と、ジョン太の手を握り返した。

隣を見ると、塩谷さんと目が合った。「行け」と言うように、顎をしゃくる。視線を感じ憂夜さんを振り向いたら、こちらを力づけるような笑みで頷かれた。

私は決心し、彼に向き直った。

「ありがとう。すごく楽しかったわ。まだ名前を聞いてなかったわよね。あなたも学生？」

「マサルって言います。一応大学生ですけど、ほとんど通ってません」

「そう。マサルくん、ホストにならない？　きっと売れっ子になると思う」

期待に満ちた気持ちで申し出たが、マサルはあっさり返した。

「俺、ホストって嫌いなんですよね」

「どうして？」

「センター街で女の子をナンパしてると、キャッチやってるホストに『目障りだ』ってケンカを売られるんです。チャラいし、強引だし、ダサいスーツ着てるし、目障りなのはどっちだって話ですけどね」

心底イヤそうに、顔をしかめる。

マサルが着ているのはシンプルなポロシャツにジーンズだが、ワンポイントの刺繍とボタンの形が凝っていて、身幅や裾の長さのバランスもとてもいい。顔が小さく小柄ながら手脚が長いので、なにを着ても気が利いている風に見えるのかもしれない。

「うちはそういう店じゃないから。昨日のオーディションを見て、わかっただろ？」

ジョン太がフォローを入れてくれたが、マサルは素っ気なく肩をすくめた。

「金を取るために女の子を喜ばせるのは、変わらないでしょ。俺も女の子を喜ばせるのは好きだけど、自分のため。金なんて欲しくないし、楽しければそれでいいんです」

「お金をいただくからこそ、お客様に生半可な接客はできない。『楽しければそれでいい』が通用しないのが、プロの世界だ」

満を持して、という感じで憂夜さんが会話に加わった。マサルが自分に目を向けたのを確認し、こう続けた。

「たとえばきみのネタ。店で披露してもウケるだろうが、すぐに飽きられるな。世の中に『面白い』は、溢《あふ》れている。ネタだけではなく人として魅力や存在感がなければ、お客様はきみを指名しない。つまり金を払う価値のある男とは思わない、ということだ。

一期一会はセンター街もホストクラブも同じ。それなら逃げ場がなく、言い訳もできない、プロという名のフィールドで勝負してみないか？」

四字熟語や比喩《ひゆ》に胡散臭さを感じるが、言葉と眼差しから滲み出る説得力が、それを凌駕《りょうが》している。その証拠にジョン太は、

「さすが！　憂夜さん、マジ、リスペクトっす！」

と暑苦しく騒ぎ、マサルも押し黙って考え込んでいる。

閃くものがあり、私は身を乗り出して告げた。

「マサルくん。服とかインテリアとか、好きでしょ？　店のバーテンダーのユニフォームや接客用のソファ、雑貨、照明なんかのセレクトを頼めない？　私がやってるんだけど、一人じゃ手が回らなくて」

「セレクトですか」

口調は変わらないが、目が輝いたのがわかった。

おしゃれ好きでセンスに自信もある人間なら、「大勢の人の目に触れる場所に自分の選んだものを並べる」には、魅力を感じるはずだ。

案の定マサルはまた考え込むような顔をしたが、心は揺れている模様だ。塩谷さん、憂夜さんと目配せしつつ見守っていると、マサルが顔を上げた。

「時給は千二百円でしたっけ？　小田山に、オーディションのフライヤーを見せられま

した」

「そう。店が軌道に乗ったらもっと上げるし、お客様の指名が付けば、時給とは別に指名料も入るわよ。オープンまでは研修期間ってことで、固定給で月に十五万円支払います」

私の説明をふんふんと聞いていたマサルに、ジョン太が首を突き出して語りかける。

「まだ働いてないのに十五万ももらえるんだぜ？　すごくね？　俺、感動しちゃった」

「いや。普通だし、オーディションの司会をやったり、この場にこうして来たり、しっかり働かされてるでしょ……きみ、部屋に怪しい健康食品とか情報商材のＤＶＤとか転がってそうだね」

「転がってねえよ！　……情報商材ってなに？」

わめいてから真顔で訊ねるジョン太に、マサルがぷっと噴き出した。笑うと童顔が、さらに幼く感じられる。

マサルがこちらを見て、口調を少し柔らかくして告げた。

「俺、二十歳《はたち》を過ぎたし、ナンパはそろそろ引退かなって思ってたんですよ。でも、仲間に引き留められちゃって。『プロになる』ってことなら、みんなも納得してくれる気がします」

「うんうん。じゃあ、決まりね」

「ナンパ」ってさっきから連呼してるけど、趣味なんだろうか。チャラくも、遊んでるようにも見えないけど。疑問は浮かんだが口には出さず、「うん。じゃあ、決まりね？」と確認するとマサルは、

「それに、『友だちの付き合いでオーディションに行ったらスカウトされた』って、アイドルみたいじゃないですか……これ、ネタになりますよね？」

と問い返し、いたずらっぽく笑った。童顔がさらに幼くなり、小さな目がきらりと光る。

返事は「イエス」と言うことらしく、ほっとした私の向かいで、早速ジョン太がはしゃぎだした。

「ネタになるなる。大ウケ間違いなし。ってことで、俺、ジョン太。お前はなんて呼べばいい？　マサルは本名だろ？　源氏名っていうか、ホストとしての名前を考えた方がいいよ」

「そう言われても、ずっと『マサル』で来たから」

「マサルは、どんな字を書くの？」

私の問いに、マサルは指で空に「大」という字を書いて見せた。

「俺が考えてやるよ……晶さん。ペンと紙、持ってますよね？　貸して下さい」

ジョン太に乞われ、私はバッグからボールペンとノートを出した。受け取ったジョン

太はノートを開き、白いページにボールペンで「大」と大きく書いた。

「本名をベースにして、ってのもいいと思うんだ。相撲の四股名《しこな》とか、そのパターンのヤツがあるだろ？」

「四股名と源氏名を一緒にするか？」

タメ口になったマサルに突っ込まれたが、ジョン太は構わずノートに「大介」「大也」「大二郎」などと汚い字で書いていった。しかしすぐに行き詰まり、「大」の字を見下ろして胸の前で腕を組んだ。

「急いで決める必要はない。源氏名はホストの看板だぞ」

憂夜さんの指導が入った時、ジョン太は「わかった！」と声を上げてボールペンを握り直し、ノートに書かれた「大」の右上に点を振った。

「なんで『犬』なのよ。あり得ないでしょ。真剣に考えてる？」

私が脱力し、マサルと塩谷さんが笑う。しかしジョン太は、

「真剣っすよ！　だって真ん中に点だと『太』になって、『ジョン太』とかぶるから」

と大真面目に言い訳した。すると、マサルが言った。

「じゃあ俺、『犬マン』にする」

「なにそれ。なんで『じゃあ』で、『犬マン』が出て来るの？　やめた方がいいって。『ジョン太』だけでもどうかしてるのに、『犬マン』なんて」

「ちょっと、晶さん。それどういう意味っすか!?　……俺はいいと思うぜ。お前、もしかして『ダウンタウン』のファン?」

ジョン太の問いに、マサルが「うん。お前も?」と問い返す。するとジョン太は、「うん。『犬マン』ってあれだろ、『超高校級精密機械』」と告げ、マサルが「違う。そっちは『ウインダム』」と訂正し、二人でどっと笑う。

私、塩谷さん、憂夜さんの「チーム中年」が呆然としているのに気づき、マサルは笑いながらこう告げた。

「意味を知りたかったら、『メカロボット　犬マン』でネット検索をして下さい」

そしてまた、ジョン太と爆笑する。

なにがなんだかさっぱりわからないが、初対面の二人がこれだけ打ち解けているし、二人目のホストも見つかったし、よしとするか。

呆然としたままそう思い、私は無邪気かつ能天気に盛り上がる新人ホストたちを眺めた。

「犬マンの歓迎会をやろう」という話になり、カフェを出た。

「なぎさママの店に行きましょうよ。犬マンを紹介したいし」

歩道の端に立ち、ジョン太が提案した。腕時計を見て私が返す。

「まだ二時半よ。開いてないでしょ」

「いや。三時までランチ営業をしてるんすよ。この前行った時、店の子に聞いたっす」

「ふうん。そうなんだ」

知らず相づちのテンションが下がってしまい、「しまった」と思っていると、塩谷さんが言った。

「ランチじゃロクに酒が飲めねえ。他にねえのか？」

「俺、昼間から飲めるいい店を知ってます」

犬マンが進み出て告げ、「はい、決定！」とジョン太が手を叩く。歩きだした二人に、塩谷さんが付いて行く。その背中に私は問いかけた。

「会社は？　昼休みに抜けて来たんでしょ」

「違う。『打ち合わせで直行直帰』だ。昨日のうちに、編集部のホワイトボードに書いておいた」

振り向いてしれっと答えた塩谷さんに呆れ、私はさらに言った。

「なにそれ。要はサボりじゃない。いい加減にしないとクビになるわよ」

「いちいち騒ぐな。まだイラついてるのか？　ガムを噛め。飴《あめ》を舐《な》めろ。じゃなきゃ、あの薬だ。『命の母A』」

「だから、私は更年期障害じゃないってば」

言いながら、私も足を前に踏みだした。

残暑厳しい中、アイスクリームや飲み物を手に歩く若者たちにぶつからないように注意しながら、公園通りを北上した。

「なぎさママとなにかあったご様子ですね。失礼をお詫《わ》びします」

耳元のバリトンボイスにぎょっとして首を回すと、最後尾を歩いていたはずの憂夜さんが隣にいた。

やっぱり、さっきの相づちで気づかれたか。あとこの人、足音だけじゃなく、気配まで消せるんだな。戸惑いながらも感心し、私は返した。

「なんか嫌われちゃったみたい。でも気にしてないし、憂夜さんが謝る必要はないわ」

「ママは、女性に厳しいところがあるので」

「ああ。いかにもね」

今度は嫌みっぽい口調になってしまった。気づいた私が口を押さえると、憂夜さんは小さく笑った。

「しかし、高原オーナーが考えられた今回の店のコンセプトは本気で褒めていましたし、期待もしていると思います。そもそも、なぎさママは人格や才能を認めていない相手には、何も言いません」

「そうなの？」

訊ねて、私は憂夜さんの横顔を見た。

日焼けをしているせいもあるがシミは見当たらず、シワもない。年齢不詳。だがデカい金ボタンのついたミッドナイトブルーのダブルスーツには、強烈なバブル臭が漂う。振り返って見ていく若者も多く、なにかのコスプレだと思っている可能性も高い。

こくりと、憂夜さんが頷いた。

「はい。『だって、時間のムダでしょ?』と以前話していました」

「へえ」

それはそれで筋は通っている気がする。「筋を通す」は「ハンパをやらない」と並ぶ、ツッパリの哲学だ。

「ところで、ママとはどこで知り合ったの? 憂夜さんもキャラが濃いけど、ママは『特濃』って感じよね」

「蛇の道は蛇というやつですよ」

笑顔をキープして、憂夜さんは答えた。

塩谷さんの発言の引用でごまかすつもりね。でもこっちにも意地があるし、そろそろ本当のところを語ってもらうわよ。

体の脇で拳を握り、私が食い下がろうとした刹那、憂夜さんの携帯が鳴った。「失礼します」と断り、憂夜さんは携帯に出た。歩きながら抑えめの声でやり取りし、間もなく通話を終えて告げた。

「店の営業許可の手続きを頼んでいる司法書士からです。営業許可の申請は問題なく進んでいますが、確認したいことがあるそうなので、行って参ります」

「了解。宜しくお願いします。みんなには話しておくから、用が済んだら連絡して。後で合流しましょう」

「お気遣い痛み入ります」

恭しく一礼し、憂夜さんは身を翻すと足音を立てずに香水のかおりを残し、雑踏に消えた。


パルコ前の交差点を左折してオルガン坂を下り、井《い》の頭《かしら》通りを進んだ。渋谷ビデオスタジオの手前で右折し、脇道に入った。

狭く急な上り坂の左右に小さなビルが並んでいて、目に付くのは輸入レコードショップ。ブティックや飲食店などもある。道の中ほどは階段になっていて、ぶつくさ言う塩谷さんをジョン太がなだめ、四人で踏み面の狭いコンクリート製の段板を上がった。

十段ほど上がり狭い踊り場に出たところで気配を感じ、顔を上げた。

階段を上りきったところに、男が二人立っていた。一人は二十代半ばで、左小鼻の脇にダイヤモンドのピアスをはめている。もう一人は二十歳そこそこで、顎の真ん中にヒゲを一筋生やしていた。

「えっ。なに？　なんか用？」

無言、しかし圧の感じられる目でこちらを見下ろしている二人に、ジョン太が問うた。

「『道を教えて』とかじゃ、なさそうだね」

後ろを振り向き、犬マンも言う。みんなで倣うと、階段の下にも男が二人いた。

こちらも二十代で、痩せているが背は高い。階段の上の二人も合わせカジュアルなファッションだが、ワックスで束感を持たせた茶髪の長い前髪に焼けた肌、じゃらじゃらとつけたプラチナやシルバーのアクセサリーからして、素人ではない。

「あなたたち、ホストでしょ？」

私は問うた。

数は少ないが、渋谷にもホストクラブはある。もちろん、すべて王道系の店だ。

こちらを見下ろしたまま、鼻ピアスの男が口を開いた。

「わかってるなら話が早い。あんたら、店を始めるそうだな。なにか忘れてねえか？」

「なにかって？」

「誰の許しを得て、商売をするつもりだ？」

「渋谷警察署と保健所。あと、消防署もだっけ？」

最後の問いは隣の塩谷さんに向けたものだ。すると顎にヒゲを生やした男が、髪と同じライトブラウンに染めた眉を釣り上げて怒鳴った。

「ふざけんな！　まず同じ商売をしてる先輩に挨拶に行くのが、礼儀ってもんだろうが」

「ああ。そういうこと」

「『同じ商売』とも『先輩』とも、思ってないけどね」、出かかった言葉を飲み込み、私は頷いた。

これが憂夜さんが言っていた、よそ者への圧力か。何かあるならそろそろ、とは思っていたが、意外と正攻法、というよりベタだ。

憂夜さんに受けたレクチャーによると、王道系ホストクラブには売り上げの高い順に付けられ、ホストのステータスとなる「ナンバー」の他に、役職があるそうだ。

まず、「社長」。オーナーが別にいる店では雇われ社長だが、売上金の管理や人材確保、トラブル処理、イベントの企画などを行う現場の最高責任者だ。引退したホストが就くことが多いが、プレイヤーを兼業する場合もある。

社長に続くのが「代表」または「店長」で、売り上げトップクラスのホストが就く花形役職らしい。店の顔としてガンガン稼ぎ、マスコミ対応もし、リーダーとしてホストたちを取りまとめる責任もある。

その下に将来有望な若手ホストが就く「チーフ」「幹部」「主任」といったポストがあ

り、代表または店長をサポートしつつ、新人ホストの教育なども行う。その他、「プロデューサー」「リーダー」「マネージャー」「主任」など名称は店によって違いはあるが、多種多様な役職が存在するという。

名前ばかりで手当は付かずステータスもない役職もあるのだが、ホスト本人には自覚と責任感が芽生え、店側にとっても肩書きを理由に仕事やノルマを増やしやすいというメリットがあるようで、一応サラリーマンである塩谷さんは、「ホストクラブも、一つの企業で組織だからな」とコメントしていた。

鼻ピアスの男が代表または店長。ヒゲの男がチーフ、幹部、あるいは主任。後ろの二人は、役職なしの下っ端。店の所在地は道玄坂《どうげんざか》か宇田川町《うだがわちょう》だ。

レクチャーに基づき私が見立てていると、鼻ピアスの男は、

「これまでにない、まったく新しい店なんだって？　派手に動き回ってるらしいが、集めたホストがこれか」

と鼻を鳴らし、薄笑いも浮かべて、ジョン太と犬マンを眺めた。ヒゲの男と他の二人も笑い、ジョン太が反応した。

「これって言うな！　なんか文句あるのか？　ホストは見てくれじゃねえぞ。ハートと男気で勝負するもんなんだ。てか、お前らこそなんだよ。変な前髪。『誰の許しを得て、商売』って、ビデオ映画の台詞《せりふ》かよ！」

顎を突き出すようにしてわめき、アフロ頭の前髪を引っ張ってみせる。「ホストは見てくれじゃねえぞ」云々は憂夜さんの受け売りだろうが、「変な前髪」と「ビデオ映画の台詞」は私も思っていたので、つい笑ってしまう。隣の塩谷さんも、ふっと鼻で笑った。

「てめぇら、ナメてんのか！」

待ち構えていたようにキレ、ヒゲの男も顎を突き出した。その脇を抜けて階段を降りようとしていた若いカップルが驚き、後ずさりをして立ち去った。

「ナメてんのはそっちだろ。そもそも、お前ら何者なんだよ。言いたいことは名乗ってから言え！　どうせダサい源氏名なんだろうけど。なあ、犬マン」

言いたいだけ言って振り返ったジョン太だったが、犬マンはいつの間にか踊り場の隅に移動し、こちらに背中を向けて携帯を構えている。「四人なんですけど、席は空いてます？」と聞こえるので、これから行く店の予約をしているらしい。「関わり合いになりたくない」の意思表示で、よほど王道系のホストが嫌いなのだろう。

肩透かしを食らったジョン太が、ぽかんと犬マンの背中を見ていると、またヒゲの男がキレ、

「なんだと、コラ！　ぶっ殺すぞ」

と進み出た。とたんにジョン太は怯《おび》え顔になり、私と塩谷さんの後ろに逃げ込んで身

を縮めた。

「よそ者の素人が気安く割り込めるような商売じゃねえんだ。この世界には掟ってものがある。一度掟破りを許せば、みんなが破る。やりたい放題の無法地帯だ。だから絶対に許されねえ。掟を破ったヤツは手段を選ばず、徹底的に叩き潰す。それも掟だ」

声のトーンを低く冷たく変え、鼻ピアスの男が告げた。同時にヒゲの男が階段を降り、下の二人は階段を上ってこちらに近づいて来る。

人数は同じだが、こちらは半分が中年。しかも一人は女だ。

その事実と男たちの眼光の鋭さと邪悪なオーラに圧《お》され、私と塩谷さん、ジョン太はじりじりと、踊り場の隅に追い詰められた。結果的に犬マンと合流したが、依然彼は知らん顔で携帯で話し続けている。

「これは脅迫。立派な犯罪だぞ。手を出せば傷害罪。こっちの開店を邪魔するつもりなら、威力業務妨害罪もプラスだ」

さすがに焦りを覚えたのか、塩谷さんが前後を見て告げた。ぶんぶんと首を縦に振り、私も言った。

「そうよ。どこで働いてるかなんて、調べればすぐに突き止められるんだから。店ぐるみでやってるとわかれば、営業停止になるかもね」

「営業停止」に反応したのか、下の二人がぴくりとして固まった。しかしヒゲの男は、

「うるせえ、ババア！」

と声を裏返し、階段を駆け下りて私に摑みかかろうとした。

「おい」

低く太く、でもよく通る声がして、ヒゲの男が動きを止めた。鼻ピアスの男と下の二人、踊り場の私たちも声のした方を見る。

階段の登り口の数メートル手前に男が立っていた。身長は二メートル、体重は百キロ近くあるだろう。髪を短く刈り込み、筋骨隆々の体を、ヒョウ柄の地に骨をくわえた犬の顔のイラストがデカデカとプリントされたTシャツと、白いジャージのパンツで包んでいる。

「なんだ、テメェは」

興奮状態でわめこうとしたヒゲの男を「おい」と止め、鼻ピアスの男は筋骨隆々の男に告げた。

「取り込み中だ。他の道を使え」

「あ？」

大きな声で返し、筋骨隆々の男が太い首を傾げた。

無表情だが眼差しは射るようで、大きな体全体から威圧感が漂う。彫りの深い顔と色素の薄い目からして、外国の血が入っているのかもしれない。

「聞こえなかったのかよ！　ここは取り込み中だから、あっちに――」

言いかけたヒゲの男を遮るように、男はすうっと鼻で大きく息を吸い、両腕を腰に当てて胸を張った。鍛え上げられた三角筋と上腕二頭筋が盛り上がり、Tシャツの袖がはじけんばかりに膨らむ。分厚く大きな大胸筋も強調された。間違いなく、腹筋も六つに割れているはずだ。

「で？」

首を元に戻し、男が訊ねた。同時に両手を体の前に持って来て、太くごつい指を折り、ぽきりと鳴らした。威圧感はさらに増し、殺気すら漂う。

ごくりと、下の二人のどちらかが唾を飲み込んだのがわかった。ヒゲの男も気圧された様に固まってしまった。

「おい。なにやってるんだ」

階段沿いのカフェのドアが開き、眼鏡をかけた中年男が顔を出した。

気がつけば他にもいくつか、店の窓やドアを開けてこちらを見ている人がいた。そのうちの一人は警察に通報するつもりか、電話のコードレスの子機を手にしている。

「行くぞ」

鼻ピアスの男が告げ、こちらを睨みつけてから身を翻して坂を上りだした。

「このままで済むと思うなよ！」

これまたベタな捨て台詞を吐いてヒゲの男が後に続き、下の二人は慌てたように私たちの脇を抜けて階段を駆け上がった。

四人の男が立ち去るのを確認し、こちらを見ている人たちに「通りがかりに絡まれただけでもう大丈夫です」と説明もし、私と塩谷さん、ジョン太はほっと息をついた。

真っ先にジョン太が通話を終えて携帯をポケットにしまっている犬マンに、「なんだよ。あんまりじゃねえか!」と文句を言い、私は筋骨隆々の男に頭を下げた。

「ありがとうございます。お陰で助かりました」

「いや」

短く返し、男は目を伏せた。

よく見ればまだ若い。二十歳そこそこだろうか。目鼻立ちは整っているが、額や目の脇に傷跡らしきものがあった。

「マジ助かったよ。お兄さん、カッコいいね。すげえいい体してるし」

ジョン太も言い、階段を降りて行こうとした。しかし男は、

「じゃ」

と片手を小さく上げて回れ右をし、そそくさと坂道を降りて行った。

残された私とジョン太、犬マンはぽかんとしてから、「危なかったわね」「あいつら、どこのホストすか?」「てか、店を予約しちゃったんですけど」と言いたいことを言い

合った。すると、ぱんと塩谷さんが手を叩いた。驚いて振り向いたみんなに、こう告げた。

「決めたぞ。三人目のホストはあの男だ」

小さな目は、男が降りて行った坂道に向いている。私は訊ねた。

「今のマッチョマン？　無理無理。多分いい人だしカッコよかったけど、ホストって感じじゃないわ」

「そうっすねえ。女の子が怖がりそう。あのお兄さん、『おい』『あ？』『で？』『いや』『じゃ』しか言ってなかったし」

男の声と表情を真似てジョン太が同意し、犬マンも頷いた。

「あの人、カタギじゃないと思いますよ。地回りの下っ端ヤクザでしょ。ていうか、ファッションセンスがあり得ない。あの犬のイラストのTシャツ、ヤクザとかヤンキー御用達のブランドのですよね？」

「えっ、そうなの？　確かに私の地元の友だちも、あのブランドのジャージを着てるわ」

「うわ、最低。ヤンキーに着られたらファッションは終わりですよ。モードの番外地。センスの墓場」

「そこまで言わなくても――じゃなくて、塩谷さん。あのマッチョマンはなしよ。『誰でも大歓迎』とは言っても、筋者はまずいでしょ」

私は語りかけ、ジョン太と犬マンも首を縦に振った。すると、塩谷さんは勢いよくこちらを振り向いた。

「うるせえ。決めたって言ったら、決めたんだ。俺はあいつを雇う。オーナー命令だ。文句あるか？」

そして私たちの返事を待たず、大股で階段を降りて坂道を下って行った。

6

「お忙しいところお邪魔しました。失礼します」

店のドアのハンドルを摑み、憂夜さんは縦縞《たてじま》のダブルスーツの背中を丸めて挨拶した。ドアが閉まると憂夜さんの後ろで同じように頭を下げていた私、塩谷さん、ジョン太、犬マンはほっとして体を起こした。

「雰囲気のいいお店だったわね。マスターも優しかった」

曇りガラスのドアに目をやり、私は通路を歩きだした。前を行く憂夜さんが振り向いて返した。

「はい。小さなバーですが四十年以上続いている老舗です。カクテルに定評があるので、近いうちに西川と尾関を連れて来るつもりです」

「いい考えね。きっと勉強になるわ」

頷き、私は通路の左右に並ぶ店のドアを眺めた。大きさも造りも様々だが、出している看板はすべて飲み屋のものだ。

私の後ろでジョン太が言った。

「そろそろ休憩にしませんか？　俺、喉が渇いちゃって」

「賛成。この近くにロッテリアがありますよ」

ジョン太の隣で犬マンが賛同した。二人ともTシャツにジーンズ姿で、胸に大きな手提げ紙袋を抱えている。

「何を言っている。さっき夕飯を食ったばかりだし、今夜はまだ八軒も残っているぞ」

憂夜さんに返され、ジョン太たちは落胆と抗議の声を上げた。

「文句を言わない。これも仕事よ」

私が振り向いて告げると、ジョン太は口を尖らせた。

「わかってますけど、歩き通しじゃないすか。暑いし頭を何十回も下げてるから、血が上ってフラフラするっすよ」

「情けない。店がオープンしたら、お客様に何十回と頭を下げるのよ。それに、フラフラはこっちも同じよ。開店準備は大詰めだし、ニコチン依存症がわかる本の原稿も正念場って感じだし。なんか、ボランティアの域を超えてる気が……やだ。フラフラだけじゃなく、頭痛もしてきた。まさかこれもニコチンの離脱症状？」

後半は独り言になり、私はうろたえた。と、先頭を歩く塩谷さんが通路の端のエレベーターホールで立ち止まり、口を開いた。

「それより、マッチョマン捜しはどうなってる？　本当にこの方法で見つかるのか？」

「はい。ご足労いただき恐縮ですが、今しばらくお付き合い下さい」

塩谷さんの隣に行ってエレベーターの下りの呼びボタンを押し、憂夜さんが深々と一礼した。

王道系ホストクラブのホストに絡まれたのが、二日前。あの後、飲み屋で合流した憂夜さんに事の次第を報告し、塩谷さんはマッチョマンについても伝えた。

憂夜さんが出した答えは、「挨拶回りをしましょう。開店準備が整ったら私とホストたちで行くつもりでしたが、いま行って、オーナーもご同行下さい。夜の世界は予想外に狭いので要所要所に筋を通しておけば、なにかあった時に味方になってくれるはずです」というものだった。

加えてマッチョマンについては、「とにかく何者か突き止めましょう。地廻りの筋者なら必ず飲み屋に顔を出しているので、挨拶回りをしながら聞き込みをすれば、情報が得られるはずです」とのことで、それももっともなので、翌日から挨拶回りを始めた。

夕方の飲み屋が開店準備をしている時間帯からスタートし、昨日は井の頭通り、センター街、宇田川町と廻って、今日は道玄坂。渋谷で飲み屋街と言えばここで、膨大な数の店がある。

挨拶をする店は憂夜さんがピックアップした。クラブやバー、カフェなど私たちの店とコンセプトが近いところは理解できるのだが、ホステスがいる方のクラブやキャバクラ、居酒屋などもあり、戸惑うことも少なくなかった。憂夜さんに「なんで？」と訊いても、返事は「ここも要所です」だけ。

それでも店主が憂夜さんと知り合いという店も多く、大概は歓迎してくれて「飲んで行きなよ」と誘われることもあった。

私とジョン太、犬マンは憂夜さんの顔の広さと謎の人脈に驚き、感心する一方、誘いにのっているうちに夜はどんどん深まり、昨日の挨拶回りが終わったのは今日の午前二時だった。加えてマッチョマン捜しは、彼の風体や「多分その筋の関係者」と説明しても、「知らない」「見たことがない」と首を傾げられた。

エレベーターで一階に降り、ビルを出た。脇道から道玄坂に戻り、登り坂を進む。

若者に交じってサラリーマンやＯＬの姿も目立ち、まだ午後八時過ぎだが赤い顔で千鳥足の人もいた。路肩には店のメニューや割引券を持った居酒屋の店員と、黒服姿のキャバクラの客引きが立ち、顔を覗き込むようにして通行人の足を止めさせようとしている。

「マッチョマンがヤクザだったら店の人は知ってても、『知らない』って言うんじゃないですか。下手に関わり合いになって、ヤバいことになったら大変だし」

慣れた様子で人混みをすいすいとすり抜け、犬マンが言った。隣でジョン太が頷く。

「言えてる。てか、店の人がマッチョマンが入ってるヤクザの組に俺らのことをチクったらどうします？　逆にこっちが捜し出されて『何の用だ』とか、囲まれるかもっすよ」

「そうなれば願ったり叶《かな》ったりだ。組云々はともかくお前たちの話からすると、マッチョマン自身は正義感の強い、まっとうな若者だ。会えば話ぐらいは聞いてくれるだろうし、チャンスはある」

私の隣で憂夜さんが、後ろのジョン太たちを振り向いて語る。憂夜さんの隣で「そのとおり」と言うように、塩谷さんが首を縦に振った。

「でも、ヤクザはまずくない？　絶対トラブルになるわ。ただでさえ、王道系の連中にプレッシャーをかけられてるのに」

私は二日前からずっと抱き、何度も口にも出してきた疑問と不安をぶつけた。すると、憂夜さんが答えた。

「その連中ですが、道玄坂二丁目のヤマハの近くにある『カルナヴァル』という店のホストのようです。王道系の店にもできる限りの根回しをしているのですが、あちらにも掟と面子《メンツ》がありますから」

「掟も面子も嫌いじゃないし、わからなくもないけど。でもあの連中、必ずまた現れるわよ。今度会ったらなにをされるか……そうだ。敢えてその、カルナヴァルとかいう店にも挨拶に行く、っていうのはどう？」

私の提案に、憂夜さんは首を横に振った。

「火に油を注ぐようなものです。話し合いでなんとかなるような関係でもありませんし。ただ、我々のような店は王道サイドにとっても想定外で、戸惑っている部分もあると思います。業界内での居所を確保するなら、その間ですね」

「居所ねえ」

私がため息をつくと、後ろで犬マンが、

「あ～、やだやだ。俺はホストが嫌いだけど、ヤクザはもっと嫌い。どっちもセンスなさすぎ」

とこき下ろし、ジョン太は、「お前はなんでも見てくれかよ」と突っ込む。その間も塩谷さんは、「俺の気持ちに変わりはない」とでも言いたげに前を向いて口を引き結び、その横を憂夜さんが寄り添うように歩く。

この二人の関係って、どうなってるの？　憂夜さんの忠誠心の根拠はなに？　実は塩谷さんに弱みを握られてたりして。塩谷さんの性格からして、人を助けるより脅す方が絶対に得意だし。

ぐるぐる考えているうちに、私とみんなはザ・プライム前の横断歩道を渡り、道玄坂小路に入った。

道玄坂から文化村通りに抜ける長さ百メートルほどの狭い通りで、左右に飲食店や個室ビデオ店、質店などがぎっしりと並んでいる。風俗店も多く渋谷らしくない猥雑《わいざつ》な雰囲気があるが、老舗の台湾料理店やラーメン店などもあって、人通りは絶えない。

緩やかにカーブした小路の中程で、憂夜さんは足を止めた。向かいには一軒の店。民家に使われているものをちょっと立派で頑丈にした感じの木製のドアと、「来夢来人《らいむらいと》」と青地に白で店名が染め抜かれた足拭きマット。傍らには上に店名、下に飲料メーカーのロゴが入った古ぼけたスタンド看板が置かれていた。ドアの奥からは酒焼けと思しきガラガラ声の中年女が歌う、妙に上手い演歌と手拍子、タンバリンの音が漏れ聞こえてくる。

「えっ。ここ？」

立ちこめる昭和感と場末臭がとても二十一世紀の渋谷とは思えず訊ねると、憂夜さんは優雅に微笑み、答えた。

「要所ですので」

「どこが!?」

疑問と突っ込み両方の意味で再び問うと、塩谷さんが言った。

「いいじゃねえか。俺の好みのど真ん中だ」

「納得。てか、『そのまんま』って感じっすね」

コメントしたジョン太は塩谷さんに睨まれ、加勢を求めて私が目を向けた犬マンは、

「こういう店、『スナック』って言うんでしょ？　いいな。逆にイケてますよ。俺、入ってみたいです」

とわくわくした様子で店のドアや看板を眺めている。

「『逆に』って、なんの逆よ」

脱力してまた突っ込んだ私には構わず、憂夜さんは手早く髪とスーツの襟の乱れを整えた。

「行くぞ」

振り向いて告げると、ジョン太と犬マンは「はい」と頷き、抱えた紙袋を探った。

ジョン太が取り出したのは、熨斗《のし》つきで包装された粗品のタオル。犬マンは開店の挨拶と、店のコンセプトが綴られた紙を手にしている。覚悟を決め、私もバッグの持ち手を肩にかけ直した。

進み出て、憂夜さんが店のドアを開けた。

「こんばんは。ちょっと、よろしいでしょうか」

頭を低くして店の中を覗き、丁寧かつ遠慮がちな声で告げる。

「はい。いらっしゃ～い！」

演歌が途切れ、ママらしき女性のマイクを通したガラガラ声が小径《こみち》に響いた。いひひ、と塩谷さんが嬉しそうに笑った。


来夢来人に入ってママに来店の目的を伝え、タオルと紙を渡した。紙に補足して憂夜さんと私が店の説明をすると、「昔は銀座のクラブのナンバーワンホステスだった」というママは、「面白いじゃない。若いんだから、どんどんやりなさいよ」と激励し、「開店したら遊びに行くわ」とも言ってくれたが、目当てはジョン太でも犬マンでもなく、明らかに憂夜さんだ。


その後も挨拶回りを続け、リストの最後の店を出たのは午前一時前だった。

「あ～、飲んだ。二日連チャンはさすがにキツいっすねえ。俺、明日は使い物にならないかも」

道玄坂を下りながらジョン太が言い、空になった紙袋をぐしゃりと潰した。その勢いで足がふらつき、路肩の植え込みに突っ込みそうになる。私は手を伸ばし、ジョン太の腕を摑んで支えた。

「飲みすぎだし、ペースも早すぎよ……憂夜さん。お酒の飲み方の指導もよろしく」

「承知しました。ホストがお客様より先に酔い潰れてしまうのは論外ですから」

一礼し、憂夜さんはジョン太を引き取ろうとした。しかしジョン太は私の肩に腕を回し、のしかかるようにして顔を近づけて来た。

「なんすか。冷たいじゃないすか。めっちゃ酒強いし、晶さんが飲み方を教えて下さいよ～」

「甘えるな」

短く、しかしきっぱりと返し、私はジョン太を押しのけた。「秒殺かよ！」と叫ぶジョン太を憂夜さんが引っ張って行き、代わりに煙草をくわえた犬マンが近づいて来た。

「結局、マッチョマンの手がかりはなしでしたね」

「うん。でも正直ほっとしてる。これで塩谷さんも諦めるでしょ」

最後の一言は声を落としたつもりだったが、前を行く塩谷さんは首を回し、私を睨んだ。

「諦める訳ねえだろ。探偵を雇ってでも、あいつを見つけ出すぞ。取りあえず知り合いのイラストレーターに似顔絵を描かせる」

「あっそう」

呆れて返した私の脇を、若い男女のグループがダッシュで駆け抜けて行った。他にも数人、慌てた様子で道玄坂を駆け下りて行く人がいる。

間もなく山手線の終電が渋谷駅を出るからだ。反対に坂を上って来る人もいて、これからクラブ、または二軒目、三軒目の飲み屋に行くのか、大声で騒ぐ若者や赤い顔をしたサラリーマンのグループが目立つ。

「いってぇ！　なにすんだよ」

上手く呂律《ろれつ》の回っていない声に振り向くと、ジョン太が歩道の真ん中で身をかがめ、肩を押さえていた。向かいには五、六名の男女のグループ。みんな若く、男は茶髪で細身のスーツ姿、女は茶髪の盛り髪でタンクトップやミニスカートなど、露出度が高めの格好だ。

「はあ？　そっちがぶつかって来たんだろうが」

グループの中から、男が一人進み出た。

どうやら、すれ違いざまに男とジョン太がぶつかってしまったらしい。

すぐに憂夜さんが、「やめろ」と後ろからジョン太の腕を引き、私も向かおうとした。が、胸に違和感が湧く。男の声に聞き覚えがあるのだ。それが誰か思い出す前に、

「なんだ。あんたらか」

と、これまた聞き覚えのある声がして、グループの中から別の男が出て来た。

中背で、左小鼻の脇にダイヤモンドのピアス。二日前、私たちに絡んで来たカルナヴ

ァルのホストだ。ジョン太にぶつかったのはヒゲの男で、暗いのでよくわからないが、他に二人いる男はあの時階段の下にいた男たちだ。女たちは彼らの客で、多分キャバクラ嬢。ホストたちと同伴し、これからカルナヴァルに行くのだろう。

王道系ホストクラブのほとんどが午前一時開店というのは、客の大半を占めるキャバクラ嬢や風俗嬢の仕事が終わる時刻に合わせているからだ。

「あっ！」

鼻ピアスの男の言葉で気づいたらしく、ヒゲの男とジョン太がお互いを指さして声を上げた。鼻ピアスの男は視線を巡らせ、ジョン太の隣に来た私と塩谷さんを見た。

「煙草を買いに行って来ます」

今回も関わり合いになりたくないらしく、当たり前のようにその場を離れた犬マンをぽかんと見てから、鼻ピアスの男は私たちに向き直った。

「一昨日は邪魔が入ったが、こんなところで会えるとはな。なにをしてる？　道玄坂は、俺らのシマだ。あんたらにはウロつかれたくねえな。気分が悪い」

「言われなくても消えるわよ。どうせ、帰るところだったし」

怪訝そうにしている客の女たちを横目で見て、私は返した。

女たちも含め、この場にいる全員が酒が入っている状態だろう。しかし飲んでいる量はこちらの方が多いはずで、これからどんな展開になっても分が悪い。

「なんだ、その口の利き方は！　新入りなら新入りらしく頭を下げろ。シマ荒らしも掟破りだからな」

　既に安定感すら覚えるキレ方で、ヒゲの男がわめく。酔いで気が大きくなっているのか、ジョン太も体を起こし、アフロ頭を揺らしてわめいた。

「口の利き方がわかってねえのは、そっちだろ。晶さんはお前よりどれだけ年上だと思ってるんだ。聞いたらぶったまげるぞ。人生の大先輩、ベテランのお嬢さんだ！」

「ちょっと！　ジョン太こそ、私をいくつだと思ってるのよ。そこまで老けてないし。そもそも――」

　論点がズレているとわかりつつ、つい捲し立ててしまった私の肩を、後ろから誰かがつかんだ。香水のかおりが漂い、憂夜さんが進み出て来た。

「どうか、お気を鎮めて……場所をわきまえろ。お客様の前で、恥ずかしいと思わないのか？　カルナヴァルの看板に傷がつくぞ」

「お気を鎮めて」の後は鼻ピアスの男に向け、静かだが重たい声で言う。

「ああ、あんたがこの連中のボスか。話をつけなきゃならねえことがたくさんある」

「わかった。ただし、河岸《かし》を変えるぞ。そっちだ」

　頷き、憂夜さんは傍らのビルとビルの間の路地を指した。

「いいだろう……二人とも、ごめんね。ヤボ用ができちゃった。すぐに済むから先に店に行っててくれる？」

胡散臭いほど白い歯を見せ、客の女たちに告げる。憂夜さんは、カルナヴァルはヤマハの近くと言っていたので、店はすぐ近くのはずだ。

女たちが文句を言いながらもその場を離れると、鼻ピアスの男はヒゲの男と階段の下の男たちに目配せをした。頷いて男たちが路地に向かい、憂夜さんも歩きだす。私たちも続こうとしたが、憂夜さんは足を止め、

「オーナーはここにいて下さい。ジョン太たちも来るな」

と告げた。

「えっ、でも」

「ご心配なく。時間はそうかかりません」

あくまで優雅に口の端を上げて微笑み、憂夜さんはうろたえる私を見返した。そして体を反転させ、再び歩きだした。

「憂夜さん！」

思わず呼びかけてしまうと、路地の入口に差し掛かっていたヒゲの男が立ち止まった。

「『憂夜』？」

怪訝そうに言い、薄暗がりに目をこらして自分に近づいて来る憂夜さんを見た。と、次の瞬間、「あっ！」と声を上げて目を見開いた。

「あ、あんた。まさか」

言いかけたところで憂夜さんが脇を通り、ヒゲの男は今度は、「ひっ！」と声を上げて脇によけた。憂夜さんが路地の奥に消え、代わりにヒゲの男が戻って来た。

「おい。なにやってんだ」

「ヤバいですよ。あの憂夜って男、シャレにならない」

潜めてはいるが必死な声と、すがりつくような眼差しからヒゲの男が本気で焦り、なにかに怯えているのがわかった。しかし鼻ピアスの男は鼻で嗤《わら》い、

「どこが？　時代錯誤な、まんま二十年前のホストって感じのおっさんじゃねえか。ほら、行くぞ」

と返してヒゲの男の腕を摑み、引っ張って行った。「いやでも」「ヤバいですって」とうわごとのように言い、路地の暗がりに消える直前、ヒゲの男は助けを求めるようにこちらを見た。

そして、憂夜さんと男たちはいなくなった。

残された私とジョン太は「やっぱり、私たちも行った方がいいわよ」「いや、警察を呼ぶのが先でしょ」と騒いだが、塩谷さんは「いいから、憂夜に任せておけ」の一点張りで、そこに煙草の箱を手にした犬マンが、「あれ？　まだやってるんですか」と戻って来た。

十分ほどで、憂夜さんは路地から出て来た。足音を立てずに私たちの元に戻り、

「お待たせしました。さあ、行きましょう」

と微笑んだ。髪形や服装、呼吸にも、まったく乱れはない。

「ホストの連中は？」

路地と憂夜さんの顔を交互に見て、私は訊ねた。路地から誰かが出て来る気配はない。

「もう大丈夫です。連中はもう我々の前には現れません。渋谷の街で姿を見ることも、二度とないでしょう」

笑顔を崩さずに告げ、憂夜さんは道玄坂を下りだした。「えっえっ。なにがどうなってんすか？」と、犬マンに支えられながらジョン太が後を追い、塩谷さんも歩きだした。

「二度とないって」

不安は消えず、私は歩道を横切って路地に入った。

長さ三十メートルほどで、人が二人すれ違えるかどうかの狭さだ。明かりは外灯と店の看板だけが頼りの薄暗がりに、ゴミ箱やビールケースなどが置かれているだけで人影はなく、声や音も聞こえない。

私は何度か路地を行き来し隅々まで見たが、争ったような跡はなく、血痕なども落ちていなかった。

十分の間になにがあったの？　ホストの連中はどこ？

多分四人は路地を抜けて、別の場所に行ったのだろう。しかし空気の乱れすらまったく感じられない静けさが私をますます不安にし、かすかな恐怖も覚えた。

「あなたは、なにも知らない方がいい」

唐突に真後ろから言われ、私は短い悲鳴を上げて振り返った。憂夜さんが立っていた。さっきと同じ笑顔。しかし、目は笑っていない。

「でも」

言いかけた私に、憂夜さんはゆっくりと首を振って見せた。思わず黙ると、憂夜さんは回れ右をして路地を戻って行った。ばくばくと胸が鳴るのを感じながら、足が勝手に動いて私も歩きだした。

「あなた」と呼ばれたのも、タメ口を利かれたのも初めてだな。混乱した頭の片隅で、そう思った。

路地を出て少し歩くと、ジョン太たちに追いついた。酔いを覚ますためか、ジョン太は路肩の自動販売機に寄りかかってペットボトルの水を飲んでいる。その横で塩谷さんがあくびをし、犬マンは煙草を吸っていた。

気を落ち着かせようと、私も自動販売機に硬貨を入れ缶コーヒーを買った。プルトップを開けていると、犬マンが近づいて来た。

「大丈夫ですか？」

「なにが？」

「なんとなく。晶さん、いっぱいいっぱいな感じだから」

「ああ、そう」

会って四日目なのに、さすがによく見てるな。感心しつつ本当にいっぱいいっぱいなので、私は苦笑いでごまかしてコーヒーを飲んだ。憂夜さんは、塩谷さんと小声でなにやら話している。

「でも、店の準備はちゃんとやるわよ。ボランティアとはいえ、発案者としての責任と意地があるから」

「それはわかってますけど、店がオープンしたら晶さんはいなくなるんですよね？」

「うん。オーナーなんて、柄じゃないもの。ライター業と両立する自信もないし」

「でもオーディション会場で初めて晶さんに会った時、すぐに『この人がここのボスだな』って気づきましたよ。なんかこう、腹とか肝とか、いろいろ据わってる感じで」

「ちょっと。それ、褒めてるの？」

笑いながら問うと、犬マンは大真面目に頷き、続けた。

「だって晶さん、俺らをまったく男として意識してないでしょ？　目が合った瞬間にわかりました。そりゃガキだけど、女性にあそこまでクールな目で見られたのは初めてで、だからこそオーナーなんだって納得しましたもん。それに俺、ホストもホストクラブも嫌いだけど、小田山から店のコンセプトを聞いて、すげえ発想だなって感動したんですよ」

「ありがとう。確かに『男』としては意識してないけど、『人』として尊重してるわよ。それにきみが思ってるほど私は腹も肝も据わってないし、クールでもない。だからこそ、いっぱいいいっぱいな訳で」

最後に自嘲すると、犬マンは「ははは」と笑った。そして、

「本当にやめちゃう、てか、やめられるんですか？」

と、妙に挑戦的な目でこちらを見た。

この子とは、もっとたくさん話してみたいな。そう感じたが、今がその時ではない、とも思った。私はさらに一口コーヒーを飲み、

「やめられるわよ。だって、あの二人とやっていく自信がないもの。変っていうか、面倒臭すぎ」

と返して、憂夜さんと塩谷さんに目をやった。

「ああ。それはそうかも」

犬マンが頷き、私は「でしょ？」と返し、二人で笑った。

「なに笑ってんすか。面白い話なら交ぜて下さいよ」

まだちょっと呂律の回らない声でジョン太が割り込んで来て、私は言葉を返そうと、

彼に目を向けた。ついでに、ジョン太の後ろにあるビルの外壁が目に入る。

汚れた白いタイル張りの外壁に、なにかが貼ってある。ポスターだ。下部には大勢の男の顔写真が並んでいて、なぜか左から二番目の男に目が留まる。

缶コーヒーを手に、私はポスターに歩み寄った。「どうしたんすか？」と訊ねるジョン太は無視し、壁に顔を近づける。

そう古くはないが風雨にさらされ、イタズラもされて、あちこち剝がれたり破れたりしていて、なにを告知するポスターかは不明だ。しかし写真の男たちが、みんなこちらを鋭く挑むような目で見ているのはわかった。そして左から二番目の男は、間違いなく二日前に会ったマッチョマンだ。

「晶さん。どうしたんすか？」

近づいて来たジョン太に再度訊ねられたので、私は写真に見入ったまま左から二番目の男を指した。

「なんすか？　……えっ。これって……塩谷さん、来て下さい。大変っすよ！」

ジョン太が騒ぎ、塩谷さんと憂夜さん、犬マンも集まって来た。私の肩越しに首を突き出し、塩谷さんがポスターを見た。

「見つけたぞ」

そうコメントし、塩谷さんは鼻を鳴らした。その拍子に私の耳に鼻息がかかり、思わず身を引いて避けた。

7

壁際に追い詰められ、マッチョマンは肘を曲げて両腕を上げ、顔面をガードした。

だが、向かいに立つ相手の男は容赦なく腕を伸ばして、マッチョマンの顔の脇と腹を打った。そのどちらかが効いたのか、マッチョマンは身をかがめた。

チャンスとばかりに、相手はマッチョマンの肩に手を置き、膝を折ってみぞおちを蹴ろうとした。が、一瞬早くマッチョマンは身をよじり、相手の手を振り払って、横歩きで数歩移動した。

逃がすまいと相手も付いて行き、パンチを繰り出す。が、二人の間に距離ができたのと身長差があるので、相手が背伸びをする格好になる。

すかさずマッチョマンは腰を落とし、両腕で相手の胴体を抱え込んだ。そのまま相手を横倒しにして覆い被さり、片腕で上半身を押さえ込んだ。同時にもう片方の腕を顎の下に回し、首を絞める。

相手は片手でマッチョマンの脇腹を打ち、脚と腹筋を使って体も起こそうとしたが、苦しくなったのか顔を歪め、片手で二回マッチョマンの背中を叩いた。

「おっ。ギブしたぞ、ギブ」

「今の、初めから寝技に持ち込んで勝つつもりでしたよね」

ジョン太と犬マンがコメントし、憂夜さんに、「静かにしろ」と注意された。私と塩谷さんは黙って窓越しにマッチョマンと、相手の男を見続けた。

二人はスカイブルーのマットが敷かれた床から起き上がり、指なしのグローブをはめた手でヘッドギアを外し、汗を拭っている。どちらもトレーニングウェアらしき体にフィットした半袖のTシャツと、ハーフパンツ姿。Tシャツはラッシュガードと呼ばれるものだと、さっき犬マンが教えてくれた。

マットスペースは広く、二人の後ろでも似たような格好をした男たちがスパーリングをしていた。背後と左右の壁には、床と同じマットが貼られている。

マットスペースの脇にはトレーニングスペースがあり、三、四人の男が天井からぶら下げられたサンドバッグを叩いたり、細長いベンチに横たわってバーベルを持ち上げたりしている。サンドバッグには、「二宮《にのみや》ジム」と飾り気のない書体でこのジムの名前が書かれていた。

昨夜はあの後ポスターが貼ってあったビルの居酒屋に行き、話を聞いた。

結果、ポスターは半年ほど前に行われた総合格闘技の試合のもので、顔写真の男たちは試合に出場した選手と判明した。

居酒屋の店主はマッチョマンを知らなかったが、顔写真の別の男と知り合いだそうで、その男の名前を教えてもらい、みんなでネットカフェに行ってパソコンで検索をかけたところ、二宮ジムの公式サイトがヒットした。公式サイトの「所属選手」のページには居酒屋の店主の知り合いの男と一緒に、マッチョマンも載っていた。

公式サイトのプロフィールによると、マッチョマンのリングネームは「アレックス」。二十歳で東京都出身、趣味は筋トレとランニングらしい。

「アレックスは、高校卒業と同時に格闘家としてデビューしています。アマチュア時代には複数の大会で優勝経験がありますが、プロになってからは試合数は多いものの、これといった結果は出していません。まだ若いですし、これからという見方もできますが」

昨夜ネットカフェで得た情報をプリントアウトした紙を手に、憂夜さんが語る。隣で塩谷さんが、「ふん」と言って、ポロシャツの胸の前で腕を組んだ。ジムの窓の外に横並びで立つ私たちにつられ、後ろを通りかかった若いサラリーマンも足を止め、室内を覗いた。

二宮ジムは赤坂《あかさか》にあった。小さなビルの一階に入っていて、所属選手約三十名のうち、コンスタントに試合に出場しているのは十名ほど。他にもダイエットやストレス解消が目的の入会も歓迎しており、女性の会員もいるようだ。

換気と宣伝を兼ねているのか、通りに面した壁は上半分がすべて窓で全開になっている。見物人には慣れているらしく、私たち五人は三十分近くこうして覗いているが、ジムの中にいる人にこちらを気にする様子はない。

「ヤクザじゃなく、格闘家だったとはね。だったらなんであんな服を……まあ、どっちみちホストなんてやりっこないでしょうけどね」

クールに、犬マンが私見を述べた。隣でジョン太も言う。

「でも、あんまり活躍してないんだろ？　なら転職すればいいじゃん。よく見ればイケメンだし。ねえ、塩谷さん？」

振り向いて問いかけたが、端に立つ塩谷さんはノーリアクション。アレックスを凝視している。

アレックスはマットスペースを出て、タオルで汗を拭きながらトレーナーらしきジャージ姿の中年男と話している。

檄を飛ばされているのか、中年男はパンチを繰り出すポーズをしながら強めの口調でなにか言い、アレックスはこくこくと頷いているものの、私たちを助けてくれた時や、スパーリング中に漂っていたような気迫は感じられず、どこか浮かない顔だ。スパーリング中に痛めたのか、時々グローブのような分厚く大きな手で、右の頬をさすっている。

「晶さん。なんか言って下さい」

塩谷さんに無視されたのが悲しかったのか、ジョン太は私に話を振ってきた。

「確かにイケメンだけど、性格的にどうかしら。私たちを助けてくれた時の様子からして、アレックスは無口で愛想もないみたいじゃない。憂夜さんに指導してもらっても、限界があるでしょうし」

ハンカチで鼻の下の汗を拭い、私は返した。

九月も後半になって朝晩は少ししのぎやすくなったが、昼間はまだまだ暑い。今も午後四時を回って陽《ひ》は傾き始めているものの、気温は三十度近くあるだろう。そんな中、ダークスーツを着てネクタイまで締めながらも汗一つかいていない男・憂夜さんが言った。

「無口だったり、愛想がなかったりするホストがお好みのお客様もいらっしゃいますが。ただし、言葉ではなく行動で優しさを示すなど売りがないと、長続きはしないでしょう。高原オーナーがおっしゃる、『何か一つ、自分はこれだ、ってもの』ですね」

「そうそう。そういうこと」

私は相づちを打ち、ジョン太と犬マンも頷いた。しかし塩谷さんは微動だにせず、アレックスを見つめ続けていた。

しばらくしてその場を離れ通りの向かいで待っていると、一時間ほどでアレックスがジムから出て来た。

私たちは小走りで歩道を進み、通りを渡ってジムから離れた場所でアレックスに声をかけた。

「こんにちは」

足を止め、太い首を回してアレックスが私を見た。怪訝そうだったがジョン太が、

「どうも〜」

と笑いかけると、アフロ頭を覚えていたのか「ああ」と頷いた。

「この間は、ありがとうございました。お陰で助かりました。アレックスさんっておっしゃるんですよね。お礼を言いたくてずっと捜していて、二宮ジムのサイトを見つけました」

私も笑顔で語りかけ、その間にみんなが横に並ぶ。また、アレックスが怪訝そうな顔をした。

今日はTシャツにジーンズ姿。Tシャツは白地に金色で植物の枝葉と花が描かれ、胸の真ん中にギリシャ神話の怪物・メデューサの首のイラストがデカデカと入っている。その下に「V」で始まるブランドロゴもあり、これまたヤクザまたはヤンキー御用達のブランドらしく、犬マンは「げっ」と言って顔をしかめた。その脇腹を肘で突いて黙らせ、私は話を続けた。

「実は私たち、近々お店を始めるんです。一緒に働いてくれる人を捜していた時に、偶然アレックスさんに会って、『この人しかいない』と思いました。よければ、お話を――」

「無理」

短く返し、アレックスは歩きだした。肩からナイロン製の大きなドラムバッグをかけている。近くで見ると体の大きさに驚くのはもちろん、肌の白さとキメの細かさに、見入ってしまう。

憂夜さんとホスト捜しをしていた時に散々似たような反応をされ、もう慣れっこなので、私はすぐに後を追った。

「格闘家をされているのは知っています。でも、どうしても諦めきれなくて。こうやって会えたのも、なにかの縁かと思いますし」

アレックスは無言。表情を動かさず、まっすぐ前を向いたまま進み続ける。脚が長くて歩幅も大きいので、私たちは自然と早歩きになる。

「おっかない顔しないで、明るく楽しく行こうよ。ちなみに『お店』って言うのは、ホストクラブ。で、俺とこいつがホスト。こんなんで、ホスト」

ジョン太が犬マンを引っ張り私の反対側から語りかけると、アレックスの歩みが少し緩んだ。

「ホスト？」

「そう。だからこれは、ホストのスカウト。ウケるだろ？」

アレックスの薄茶色の大きな目が動き、ニカッと笑うジョン太と、そっぽを向いている犬マンを見る。しかしすぐに顔を前に戻し、

「もっと無理」

と返し、前より速く歩き始めた。こうなると、私たちは小走りだ。

「せめて、これを読んで下さい」

私を追い抜いてアレックスに並び、憂夜さんが紙を差し出した。挨拶回りで配ったものだ。続けて、後ろからジョン太が声を上げた。

「なんだよ。話ぐらい聞いてくれたっていいだろ。絶対楽しいぞ。女の子にもモテまくりだ！」

声に含まれた失望と怒りに気づいたのかアレックスはまた立ち止まり、ジョン太を振り返った。

「それどころじゃないから」

ぼそりとした声。だが眼差しは真剣で、切羽詰まっているようだった。

足が止まった私たちを残し、アレックスは歩き去った。

しかし、私たちは翌日も二宮ジムに行った。昨日と同じように、みんなでジムの窓の

外に立っている。

　私とジョン太、犬マンは「見込みはないし、他を捜そう」と言ったのだが、塩谷さんは「アレックスじゃなきゃダメだ」と譲らず、口論になりかけると、「オーナー命令」で押し切った。

「そんなに思い入れがあるなら、自分で口説きなさいよ」

　私は隣の塩谷さんに言った。ジョン太が「そうだそうだ」と同意し、犬マンも頷く。

　しかし塩谷さんは、

「ボスは『ここぞ』ってところで、出て行くもんなんだよ」

と威張りくさって返し、窓の奥に目を向けた。

　今日もアレックスは熱心に練習に取り組んでいた。しかしベンチに横たわってバーベルを持ち上げていたと思ったら急に起き上がり、膝の上に片肘を乗せて頰杖《ほおづえ》をつき、難しい顔で考え込んだり、プラスチック製のボトルに入ったプロテインらしき液体を飲んだ直後、俯いて動かなくなったりしていた。さらに昨日と違う相手とスパーリングをしたところ、素人目に見ても動きが鈍くボコボコにされ、トレーナーの中年男に、ジム内の人が振り返って見るほど激しく叱責されていた。

　昨日と同じ午後五時過ぎに、アレックスはジムから出て来た。一緒に私たちも歩きだし後を追ったが、声をかける気にはなれなかった。

「昨日の『それどころじゃないから』といい今日の練習中の様子といい、アレックスは相当追い込まれてるわよ」

前を行く広く大きな背中を見て、私はコメントした。隣で憂夜さんも言う。

「ええ。しかし故障などもないようですし、選手生命の危機やクビといった状況ではないはずですが」

「いずれにしろ、あんなんじゃ何をやったって上手くいきませんよ……今日も最悪。俺、あんなセンスのないヤツと一緒に働くのイヤだな」

後半はグチっぽい口調になり、後ろで犬マンもコメントした。

「最悪」は、アレックスの服装を指していて、今日の彼は入れ墨タッチのイラストで、前に龍、後ろに虎が描かれたTシャツにジーンズというコーディネート。肩には、昨日と同じドラムバッグをかけている。

話しているうちにかなり距離が空いてしまったが、アレックスは人混みから頭一つ出ているので、通行人が多くても、見失う心配はない。

と、アレックスが歩道の端で立ち止まった。きょろきょろと周囲を見る。やましいことはなにもないのに勝手に体が動き、私たちも歩道の端に寄って、自動販売機の陰に隠れてしまう。

「あいつ、なにやってんだ？」

ジョン太が言い、自動販売機の陰から顔を出した。私と塩谷さん、憂夜さんも、その下や脇から顔を出し、前方を窺った。

何度かきょろきょろした後、アレックスは体を反転させて傍らの店に入った。首を突き出し目も凝らすと、ドラッグストアだとわかった。

「ドラッグストア？　なんで？　ケガなら、ジムで手当してもらえるっすよね」

「うん。ヤケを起こすか現実逃避のために、怪しい薬でも買うつもりかもよ」

ジョン太の疑問と私の推測に、犬マンが煙草をふかしながら、

「今どきドラッグストアで、怪しい薬は売ってないと思いますけどね。プロテインか、栄養ドリンクでも買うんじゃないですか」

と、クールに応対する。

五分ほどで、アレックスはドラッグストアから出て来た。手にはレジ袋を提げている。駅に向かうかと思いきや、少し進んで脇道に入った。私たちもついて行く。

脇道に入ってすぐのところに、公園があった。中央に噴水、その周りに滑り台やブランコ、ジャングルジムなどの遊具があり、子どもが遊んでいるが、アレックスの姿はない。

「ヤバい。見失ったか？」

ジョン太が言い、私たちは公園に入って周囲を見回した。「園内では、煙草を消せ」と犬マンに指導してから、憂夜さんが傍らのトイレに向かい、私とジョン太、塩谷さんも前方と左右に散った。

しばらく遊具の間をうろつき、子どもの付き添いの母親に不審の目を向けられだした頃、私はジョン太に呼ばれた。振り向くと、三十メートルほど後方で手招きをしている。元来た道を戻り、ジョン太の後について公園の反対側に行った。

「あそこです」

他のみんながいる大きな木の陰に着くと、ジョン太が前方を指した。

十メートルほど先に藤棚があり、その下のベンチにアレックスがいた。こちらに背中を向けて座り、ごそごそと手を動かしている。

「なにをしてるの？」

「さあ」

私の疑問にジョン太が首を傾げ、塩谷さんは顎でこちらを指した。

「様子を見て来い」

「私が？　怪しいことをやってて襲って来たらどうするのよ」

「そのとおりです。私が行きます」

憂夜さんが申し出てくれたが、塩谷さんは首を横に振った。

「あいつは女に手を上げるような男じゃねえ」

「そこまで信用してるなら、自分で行きなさいよ。今こそ『ここぞ』じゃないの？……わかったわよ。行けばいいんでしょ」

途中で言い争うのが面倒臭くなり、私は木陰から出た。

ベンチに近づいて行くと、アレックスがこちらを振り返った。同時に、右手を右頰に当てる。

あれ。いま、なにか隠した？　閃くのと同時に目が動き、私はベンチの上を見た。アレックスの体の脇にはミネラルウォーターのペットボトルと、開封された鎮痛剤の箱。その横に冷却ジェルシートの箱もあった。とたんに私の脳裏に、数時間前の記憶が蘇った。

バーベルのベンチに腰掛け、難しい顔で頰杖をつくアレックス。続いてプロテインを飲んだ直後、俯いて動かないアレックス。そして最後に私は、目の前でグローブのような右手を右頰に当てているアレックスを見た。

「ひょっとして、歯が痛いの？」

何も考えずに問うと、アレックスは太い首をぶんぶんと横に振った。しかし右手の脇から、右頰に貼った冷却ジェルシートの端が覗いている。

「虫歯か、親知らずでしょ。私も経験があるわ。辛《つら》いわよね」

そう続け、私は後ろを振り向いて手招きした。駆け寄って来るみんなを見て、アレックスは慌てた様子で首を横に振った。

「いや」

「力んだり常温の液体を飲んでも痛むんでしょ？　脅すつもりはないけど、それはかなり重症よ」

私が人差し指で自分の右頬を指して言うと、ジョン太が反応した。

「虫歯なの？　だから元気がなかったんだ。さっさと歯医者に……あ、もしかして、歯医者が怖い？」

アレックスは無言。しかし右手を下ろし、すごい勢いでベンチの上のものを片づけだした。片づけたものを抱え、ドラムバッグも摑んで立ち上がろうとしたアレックスだったが憂夜さんの、

「痛みがほぼゼロな治療が受けられる歯科医院を、知っているが」

という言葉に動きを止めた。進み出て、憂夜さんは続けた。

「専門医が常駐していて、全身麻酔をしてから治療を行う。麻酔から醒《さ》めた後も、極力痛みを感じないようにコントロールしてくれる。場所は新宿歌舞伎町だ」

アレックスは依然無言。しかし薄茶色の目は、大きく揺れている。その目を見返し、憂夜さんはダメ押しといった様子でさらに告げた。

「治療を希望する患者は多く、予約は三カ月待ちとも半年待ちとも言われ、諦めてしまう人も多い。だが私の紹介なら、すぐに治療してもらえるだろう……どうする？」

夜の世界だけじゃなく、歯医者にまで知り合いがいるの？　それも「蛇の道」？　ていうか歌舞伎町の歯科医院って、憂夜さんが言うと露骨に怪しいんだけど大丈夫？

疑問というか疑惑が、じわじわと私の胸に湧く。ジョン太たちも似たような気持ちらしく、なんとも言えない顔をしている。

どさりと、ドラムバッグとアレックスが片づけたものが地面に落ちた。私とジョン太、犬マン、塩谷さんが驚く中、アレックスは両手を伸ばして憂夜さんの左手をがっしりと握った。

「Help me」

そう言って大きな背中を丸め、憂夜さんの顔を覗き込んだ目には、うっすら涙が浮かんでいた。

憂夜さんはその場で歯科医院に電話し、タクシー二台に分乗して、みんなで新宿に向かった。

歯科医院は本当に歌舞伎町のど真ん中にあったが、私の疑惑に反して、とても綺麗で立派だった。術前の検査が必要だそうで、全身麻酔の治療は受けられなかったが、応急処置と次の診察までしのげるだけの鎮痛剤を処方してもらい、アレックスと私たちは歯科医院を出た。西武新宿駅まで歩き、みんなで同じ建物内にあるホテルのカフェに入った。

心からほっとしたらしく、アレックスは憂夜さんに礼を言い、自分のことをぽつりぽつりと話してくれた。

日本人の父親とアメリカ人の母親の元に生まれたアレックスは、体格と運動神経に恵まれ、物心ついたときから野球やサッカー、柔道などに打ち込んできた。高校でボクシングを始めたのをきっかけに総合格闘技に目覚め、二宮ジムに入ってプロになった。

対戦相手は容赦なく叩きのめし、リングの外でも弱い者いじめや「Fairじゃない暴力」をふるう者が許せず、現場に居合わせれば迷わず立ち向かう。

一方で、平時は「痛いこと」「怖いもの」「悲しい話」にめっぽう弱く、歯医者やホラー映画、人や動物が死ぬドラマなどは一切ダメ。私たちを助けてくれた時も、歯が痛くてあの坂道の近くの歯医者に行こうとしたものの勇気が出ず、ウロウロしていたそうだ。

また海外での生活が長かったため、日本語のヒアリングは問題ないのだが、ボキャブラリーが少なく、英語のアクセントが出てしまうこともあって、からかわれたりイヤな顔をされたりしているうちに、口下手で内向的な性格になってしまったらしい。

二宮ジムのトレーナーと会長は、アレックスのそういう面がプロデビュー以来ぱっとしない原因と考え、「自分を変えろ」と発破をかけられているという。

「ひょっとして、その服も自分を変えるため？」

話を聞き終え、最初に犬マンが問いかけた。

歯への刺激を避けるため、氷抜きのアイスコーヒーをストローで慎重に少しずつ飲んでいたアレックスは自分のＴシャツを見下ろし、こくりと頷いた。

「こういう服を着れば、強くなれるかなって」

「なんだ、そういうことか」

呆れと安堵半々といった様子で息をつき、犬マンは灰皿に置いた煙草に手を伸ばした。

アレックスは大きな背中を丸めて指先でストローを弄び、さらに言った。

「でも、怖がられたり絡まれたりするのが増えただけ。どうしたらいいのか」

「ホストになればいい」

すかさず、といった様子で憂夜さんが返した。アレックスが顔を上げたのを確認し、こう続けた。

「その若さでプロデビューできるのは、並大抵のことじゃない。脇目も振らず、格闘技や他のスポーツに打ち込んできたからだろう。しかしそれは他の世界を知らない、世間知らずとも言える。夜の盛り場は、喩《たと》えるなら『人間動物園』。訳あり過去ありは、当たり前。いわば魑魅魍魎《ちみもうりょう》が働き、客として酒を飲み、そのすべてを受け入れる懐の深さもある。とくにホストクラブは、女性という格闘技とは対極の世界の住人、つまり異星人《エイリアン》を楽しませ、癒やしを与える場だ。間違いなくきみの刺激となり、学びと気づきの場にもなるだろう」

出た。四字熟語と比喩。胡散臭さが増してる気がするんだけど、考えすぎ？　私にとっては憂夜さんこそが、「魑魅魍魎」で「エイリアン」なんだけど。

心の中で既に習慣化してきた感のある突っ込みを入れたが、アレックスは真剣な顔で憂夜さんを見返し、ジョン太と犬マンも「おっしゃるとおり」というように頷いている。ただ一人、塩谷さんだけがノーリアクション。私の隣で、向かいに座るアレックスを凝視している。

憂夜さんが話し終えた後も魅入《みい》られたように斜め向かいの彼を見ていたアレックスだったが、我に返ったようにはっとして首を横に振った。

「でも、練習があるし」

「練習は午後五時には終わるのよね？　うちの店は、午後七時開店にするつもりなの。取りあえず、一日二、三時間出勤してくれればいいわ。無理はさせないし、居酒屋さんとか、ラーメン屋さんとかで働く感覚で。今もなにか、バイトをしているんでしょう？」

塩谷さんの隣から私が問うと、アレックスは気まずそうに首を横に振った。

「俺、広尾《ひろお》の実家暮らしで、働いたことがないんです。試合のチケットノルマはあるけど、親が出してくれるし」

「はあ。お坊ちゃんなのね……だったらなおさら、うちの店に来るべきよ。格闘家もホストも、プロって意味では同じ。働けば、きっと意識が変わるわよ」

「だけど、酒はあんまり飲めないし。話すのも苦手で、とくに女の子は」

弱々しく返し、アレックスは一度やめていたストロー弄《いじ》りを再開した。

練習中や私たちを助けてくれた時とは、別人だな。でも、これが素なら仕方がないか。

そう思い私が諦めかけた時、塩谷さんが口を開いた。

「それでいい」

アレックスが手を止め、塩谷さんを見た。

ついに、「ここぞ」か？　私は隣を見て、アレックスと並んで座ったジョン太と犬マンも身を乗り出す。塩谷さんは続けた。

「客と話さなくていいし、酒も飲まなくていい。怖いものがあれば、『怖い』と言え。お前はただ座って、その体を見せて、時々リンゴを握り潰したり、電話帳を引き裂いたりすればいい。それで十分だ」

「そんなの、そのまんまの俺じゃないですか」

驚いた様子で、アレックスが返す。大きく頷き、塩谷さんはきっぱりと告げた。

「そうだ。俺は闘っていない、そのまんまのお前が欲しいんだ」

プロポーズか。また突っ込みが浮かぶ。しかしアレックスは心を打たれたらしく、眼差しが揺れ、白くてすべすべの頬はピンクに染まっていく。

「……俺、闘っていない自分には価値がない、って思ってました」

「恐怖や痛みを知ってるから、強くなれるんだ。『怖いものがない』なんてヤツは、ただの無鉄砲の命知らず。真《しん》の強さじゃねえ」

ずっと考え、シミュレーションもしてきた決め台詞で、殺し文句らしく断言した後、塩谷さんは自慢げに小鼻を膨らませた。その思惑どおりハートを鷲摑みにされた様子で、アレックスは眼差しをさらに揺らし、塩谷さんを見返し続けている。

一方私は納得し、大いに感心していた。

アレックスの素こそが、彼の「何か一つ、自分はこれだ、ってもの」か。繊細で優しいからこそ、人一倍恐怖や悲しみを感じるのだろうし、ウソがつけない性格だから、それは人にも伝わる。なにより見た目と中身のギャップという意味では、ジョン太以上の魅力とインパクトだ。

するとジョン太が、

「よっ！　さすがはオーナー。俺らのボス」

と声をかけ、犬マンは拍手をした。憂夜さんも感銘を受けたように、塩谷さんを見る。

「声がデカいぞ。俺はあくまで『陰のオーナー』で、『裏番長』みてぇなもんなんだ」

迷惑そうに注意しながらも、塩谷さんはますます小鼻を膨らませ、ふんぞり返って短い脚を組んだ。

誰が「裏番長」だ。中学・高校と卓球部、しかも遅刻と早退、無断欠席の三冠王で、すぐに退部させられたクセに。

私が呆れ、塩谷さんに冷めた視線を向けた時、アレックスは勢いよく立ち上がった。衝撃でテーブルが揺れ、みんなのグラスから水がこぼれる。

「Thank you. Thank you, so much. 俺、やってみます。いや、やらせて下さい」

震え気味の声で言い、私のふくらはぎほどの太さがある腕を伸ばし、さっき憂夜さんにした時よりさらに強く、塩谷さんの手を握った。

「いてて。握り潰すのはリンゴで、俺の手じゃねえ……わかった。やってみろ。今日からお前も俺たちの仲間だ。なにかあったら、こいつらに相談すりゃいい」

痛みに顔を歪めながらも告げ、塩谷さんは顎で私と憂夜さん、ジョン太、犬マンを指した。

「はい」

塩谷さんの手を握ったままアレックスは返し、犬マンが「いいですか？」と挙手して立ち上がった。

「アレックスが着るものも、俺にセレクトさせて下さい。完璧に仕上げます」

「いいわよ」

私が返し、塩谷さんも、

「好きにしろ」

と言ってアレックスを促し、握手をやめさせた。「了解です」と犬マンは満足気に頷き、ジョン太も立ち上がった。

「話がまとまったところで、改めて自己紹介。俺はジョン太で、こいつは犬マン。で、憂夜さんと塩谷さんと、晶さんね。ちなみに、最初にスカウトされたのは俺だから。きみの先輩で店の看板。暫定ナンバーワンってことで」

名前を言った人を指しながら、調子よく捲し立てた。アレックスは、「はい」と返しながら神妙に聞いている。しかし早速、憂夜さんからジョン太に、

「ナンバーワンは売り上げで決まるもので、店の在籍の長さは関係ない。いい加減なことを言うな」

と指導が入った。

「まあまあ。晴れてホストも揃ったことだし、固いことは言いっこなし。晶さん、よかったっすね。最強のメンバーじゃないすか。店は繁盛間違いなしっすよ」

こちらを見て告げ、ジョン太はニカッと笑った。

「そうね。最強かどうかはさておき、渋谷どころか、日本中どこを探しても絶対に見つ

からないメンバーだと思うわ。店の準備も着々と進んでるし、後は肝心の」

言葉を続けようとして、ふとジョン太と犬マン、アレックスの服に目が留まった。

トップスはバラバラだが、ボトムスは三人ともジーンズ。色は濃くて暗い青、インディゴブルーだ。

「〈club indigo〉！」

思いつくのと同時に言っていた。きょとんとして、みんながこちらを見る。私は続けた。

「店の名前よ。〈club indigo〉って、よくない？　みんなデニムを着てるし、店のコンセプトにも合うでしょ。深い夜ってイメージもあるし、なによりすごく綺麗でいい色だわ」

「いいですね。デニムは俺らの制服って感じで、正装でもある。すごく『らしい』と思います」

真っ先に犬マンが賛同してくれた。ジョン太も、

「いいっす！　俺も、インディゴブルーもデニムも大好きっす。〈club indigo〉で、いきましょう！」

とアフロ頭を揺らし、アピールした。

「Cool」

アレックスが親指を立てた拳を突き出して来て、残りの二人は、と私はドキドキしながら振り向き、様子を窺《うかが》った。

「悩まれた甲斐《かい》がありましたね」

低く甘い声で言い、憂夜さんが微笑んだ。「賛成」ということだろう。

「ま、悪くはねえんじゃねえか」

最後に塩谷さんが鼻を鳴らし、コメントした。

「悪くない」は、褒め言葉ではないが、すぐに憂夜さんと「じゃあ、店の名刺や備品も、インディゴブルーか」と算段を始めたので、「大賛成」と受け取っていいはずだ。

〈club indigo〉、よろしくね。名前にふさわしい、いい店にするから。心の中で語りかけるとわくわくして来て、私はテーブルの下でガッツポーズを作った。

8

浅海さんが原稿を読みふける気配があったので、私はコードレスの子機を耳から遠ざけ、空いた方の手で緑茶の入ったグラスを取って口に運んだ。

電話で三十分以上話し続けているのに加え緊張し疲れてもいるので、やたらと喉が渇く。

「失礼しました」

浅海さんに告げられ、私は慌てて緑茶を飲み込んでグラスを机に戻し、「いいえ」と返した。

「ですから、闘病記は『ニコニコ元気ブックス』の売りなんです。他社にも同様の記事を載せている健康実用書はありますが、医師から聞いたエピソードをまとめただけのものや、完全なフィクションなどが多い。その点うちは患者さん本人に実名、顔写真付きでご登場いただいています。読者に有益なだけでなく、ライターさんにとっても得がたい体験だと思います。実際、患者さんのインタビューをした後、高原さんの原稿はぐっとよくなりました」

「ありがとうございます。では、どこが問題なんでしょうか。禁煙のきっかけやそれまでの喫煙歴、離脱症状とその対処法。途中で挫折された方は理由と再チャレンジへのいきさつ、禁煙に成功した後の変化と感想、周囲の反応、これから禁煙に挑戦する人、挑戦中の人へのメッセージ……必要なことは全部伺って文字にしたつもりです」

机上に広げた原稿を見下ろし、私は問うた。

インタビューしたニコチン依存症の元患者さんは男性二名、女性一名。著者となる医師に紹介してもらい、それぞれ二時間近く話を聞いた。

浅海さんと会って、ひと月とちょっと。全部で七章ある、ニコチン依存症がわかる本の六章までは「細かい部分は著者に目を通してもらってから、ゲラで直してもらいます」とは言われているがＯＫをもらい、最終章の「禁煙体験記」に取りかかっている。

　また少し沈黙があり、浅海さんは答えた。

「なにか一つ足りないと言いますか。曖昧《あいまい》で申し訳ないんですが」

「はあ」

「ここは曖昧じゃダメでしょ！」、心の中で叫びながらも、間の抜けた相づちを打つしかない。浅海さんは続けた。

「禁煙外来を受診した患者さんの禁煙成功率は、七割から八割と言われています。逆に言えば、専門医の治療を受けて最新の禁煙補助薬などを使っても、失敗してまた煙草を吸い始めてしまう人が二、三割はいる訳です。今回ももう耐えきれない、と追い詰められて本を手に取る患者さんがいるでしょう。闘病記にはそういう患者さんが、支えやよすがにできるような言葉やエピソードが欲しいんです」

「それはわかりますし、そんな言葉やエピソードを書けたらいいとも思います。でも、聞ける話は全部聞きましたし、現実になかったことをあったとは書けません」

「当然です。過誤やねつ造、誇張は絶対許されません。ただ病気の重い軽いに関わりなく、それと闘って乗り越えた患者さんは、誰でも金言と言えるものを持っているはずです」

「それはそうでしょうけど」

「じゃあ、どうしろと？」、心の中で問いかけ、堂々巡りのドツボにはまったのを感じる。私は浅海さんに聞こえないようにため息をつき、机に片肘をついて前髪を掻き上げた。時計を見ると午後四時前だ。

原稿に編集者から直しの指示が入り、そのとおりに改稿するも再度「直せ」と言われ、さらに直すとまた、というのを繰り返していくうちに原稿は原形をとどめないほど変わり、ライターも「これ私が書いたんだっけ？」と戸惑う、というのはよくあることで、私も駆け出しの頃には散々体験した。だが相応のキャリアを積んだ今、この状態に陥るとは思ってもいなかった。下手にテクニックやボキャブラリーがあるだけに、迷いも大きい。

要は「訳がわからなくなっちゃったんですけど」ということで、ここ何日かそのフレーズが何度も浮かび、今は喉まで出かかっている。しかしこれは書き手としての「降参」を意味し、口にはできない。私にだって意地もプライドもあるし、ここまでがんばる、というより、浅海さんに食らいついてきたのだ。

ふいに、中山美穂《なかやまみほ》の「JINGI・愛してもらいます」の着メロが流れだした。

私は机上に山積みになった資料と煙草の箱やガムのボトル、頭痛薬のアルミシートなどをかき分け、携帯を引っ張り出した。一志からだ。

「お電話ですか？」

「はい。でも大丈夫です」

鳴り続ける着メロに慌てながら返すと、浅海さんは、

「どうぞ、出て下さい。原稿はもう少し粘ってみて下さい。では」

と告げて電話を切った。私はコードレスの子機を置き、携帯に持ち替えた。

「もしもし？」

「一志だけど。明日の朝、会えるかな」

早口だし、いきなり用件を言うのも珍しいので、私はちょっと面食らってから「うん」と返した。

「じゃあ、六時にいつものファミレスで」

「わかった」

「そうだ。新幹線と宿を予約したよ。親にも晶と一緒に帰るって伝えた。俺の仕事終わりに、東京駅で待ち合わせして出発しよう」

「わかった。ありがとう」

声も話し方もいつもの一志に戻ったので、ほっとする。一方で「晶と一緒に帰る」と伝えたら、親はどんな反応で、なにか訊かれたのか。訊かれたとしたら、どう答えたのか等々の疑問と不安が心に浮かんだが、一志は余裕がない様子なので、「じゃあ、明日」

とだけ言い合って電話を切った。

歩道を歩きながら窓越しに店内を覗くと、一志がいた。私は足を速め、ファミレスに入った。レジには誰もいなかったので、まっすぐ奥のテーブルに向かった。

「おはよう」

ソファにバッグを置き、向かいに声をかけた。携帯を弄っていた一志が顔を上げる。

「おはよう。禁煙席でよかった？」

「うん。このまえ一志に言われてすぐに、煙草はやめた。ニコチン依存症じゃなく、別の病気になりそうだったし」

私の答えに、一志が笑った。ワイシャツは半袖から長袖へ、スーツも秋物に替わっている。

「注文しないの？」

一志がメニューを取らないので訊ねると、彼は真顔に戻って頷いた。

「コーヒーでいい。今日は話をするために来たんだ」

ただならぬ空気を感じつつ、店員を呼んでコーヒーを二つ注文した。店員が去り、一志が改めて私を見た。

「一昨日の夜、渋谷の道玄坂にいた？」

「いたけど。なんで知ってるの？」

驚いて訊き返すと、一志は話しだした。

「昨日の昼休みに渡辺から聞いた。一昨日の夜、接待で道玄坂のクラブに行ったんだって。渡辺には、このところ相談に乗ってもらってるんだよ。あいつはその、結婚したばっかりだから。で、心配して教えてくれたんだ」

「心配って？」

「接待の帰りにタクシーを捕まえようとしてたら、高原さんを見た。三、四人の男と一緒で、そのうちの一人の若い男に肩を抱かれてた。かなり親しそうな感じだった、って」

胸に溜め込んでいたことを吐き出すように一気に、一志は話した。困惑しているような咎めているような。本人もどうしたらいいのかわからない感じの、これまでに見たことのない顔をしている。

すぐに指摘された状況を思い出し、私は答えた。

「ああ、あれ。前に人を手伝うことになった、って話したでしょ？　その関係の人たちよ。一人は、いつも話してる塩谷さん。肩をどうのっていうのは間違ってはいないけど、酔っ払っててふざけただけ。すぐに振り払ったし。渡辺さん、そこは見てなかったのかなあ」

ウソはついていないし、やましいこともなにもない。それでも鼓動が速まって焦りを覚えるのはなぜか。

「わからない。でも、話には続きがある。渡辺は『タクシーに乗って見てたら、高原さんたちはホストみたいな連中と言い合いになった。タクシーが遠ざかったから、その後どうなったかはわからないけど、かなりヤバそうな雰囲気だった』とも言ってたよ」

ますますどうしたらいいのかわからない感じの顔になり、一志は言った。

覚悟を決め、私は頷いた。

「それもおおむね間違ってない。一志、全部話すから聞いてくれる？」

「聞くよ。そのつもりで来たんだ」

一志も頷き、私はこれまでのことをできるだけ丁寧に、包み隠さず説明した。一志は途中で運ばれて来たコーヒーには手をつけず、真剣な顔でそれを聞いていた。

「言いたいことはわかった。『ふざけただけ』っていうのも信じるよ。でも、なんでもっと早く話してくれなかったの？」

私が話し終えるのと同時に一志は訊ねた。喉が渇いたのでコーヒーを一口飲み、私は答えた。

「ごめん。申し訳なく思ってる。何度も話そうとしたのよ。でも、タイミングが合わなくて。そのうち、お互い忙しくなっちゃったし」

「でも、その『忙しい』もホストクラブのためだったんだろ？　なんだってまた」

「だから、いきさつは説明したじゃない。それに、この間ホストクラブに取材に行った時の話をしたら、面白いって喜んでたわよね」

私の問いに、一志は強い目でこちらを見て即答した。

「取材に行くのと経営するのは違うだろ。しかも、水商売で男社会じゃないか。露骨に胡散臭いし。思いつきや好奇心で関わっていい商売じゃない」

「経営じゃなく、オープンまでのボランティア。そういうイメージを覆す、新しいお店を作りたいの。見てもらえれば一志もきっとわかってくれる」

「見てくれの問題じゃないんだよ」

その「見てくれ」こそが〈club indigo〉の命で、みんなが私を認めてくれた要因なのに。大切なものを否定された気がして、ショックだった。でも、それは今は問題ではない。言うことはもっともだが、一志らしくない。これまでも私のやろうとすることを止めたり反対したりすることはあったが、頭ごなしに否定されたのは初めてだ。

釈然としないものを感じながらもコーヒーを一口飲んで気持ちを立て直し、私は改めて一志を見た。

「私がどこに行っても『帰って来ること』を大切にしてるから、『行って来い』『どんどんやれ』って思ってくれてるんじゃないの？　だから私はボランティアをしよう、って決めたのよ」

「先達のホストクラブの連中とトラブってる時点で、帰って来られないところに行きかけてる証拠だろ。実際ライター業に支障が出てるし。ニコチン依存症の本が上手くいかないのは、店作りに頭と時間を使っているからだ」

「それは」

言いかけて、先が続かなかった。「絶対違う」と否定するだけの自信がなかったからだ。

黙り込み視線を落とした私に、一志は気まずそうに一旦横を向き、再度こちらを見て告げた。

「一方的にいろいろ言ってごめん。でもさ、俺が黙ってキャバクラのオーナーになって、店の女の子とイチャついてるところを見られて『ふざけてただけだよ』って言われたら、晶はどう思う？」

少し考えて、浮かんだ答えに自分自身が納得しているか確認した上で、私は返した。

「すごくイヤだし、心配。『ふざけてただけ』って言葉は信じられても、もやもやするっていうか勘ぐっちゃうと思う」

聞き終えるなり大きく頷き、一志は言った。

「そういうことだよ」

すごくわかりやすいし、説得力もあるけど「ああ。そういうこと」と受け入れるには抵抗がある。しかしこちらが悪いのは明らかなので、私は頭を巡らせた。

「相手がなにか隠したり、不安にさせること自体間違ってるし、ルール違反なんだよね」

物事を大きく捉えてディテールは流す、という力業だが、仕事でも使う方法だし、これならすんなり受け入れられる。

案の定、一志は少し考えるような顔をしながらも、「うん」と頷いた。私もすっきりし、二人でコーヒーを飲んだ。

やっといつもの空気に戻った。私がほっとしていると、一志は言った。

「店を手伝うのはオープンまでなんだろ？　その後は、ノータッチなんだよな？」

「うん。約束する」

「わかった。信じるよ」

「ありがとう」

嬉しいのと同時に罪悪感も覚え、私は再度頭を下げた。と、頭上から一志の呟き声が聞こえた。

「しかし、よりによってなんでこのタイミングで」

「えっ？」

頭を上げ思わず訊くと、一志も驚いて「えっ？」と訊き返した。私は慌てて、

「ううん。なんでもない」

と首を横に振った。

「このタイミングで」の「この」が旅行、つまり私と一志の両親の対面を指しているのは明らかだ。

「そうなんだけど、母親がね。どう思うか、わからないでしょ」。頭が勝手に、この前ここに来た時の一志の言葉も再生する。

要は世間体？　お母さんが気に入らないってこと？　一瞬理不尽な気持ちになった。しかしすぐに思い直す。

頭と人柄がよく、名門大学を出て一流企業に就職。母親からすれば一志は、かわいくて仕方がない、自慢の息子だろう。そんな息子が未来の嫁候補として連れて来たのは、ツッパリ上がりの自由業、しかも裏でホストクラブを経営し、とどめが喫煙者。よく思うはずはないし、百パーセント「嫁失格」の烙印《らくいん》を押されるだろう。一志にもそれがわかるから、心配し呆れてもいるのだ。

法に触れたり人に迷惑をかけさえしなければ、自己責任の名のもと、やりたい放題。それがフリーランスの世界で、実際変わった人も多い。私にとってはそれが当たり前で、店作りを始めてから出会った「特濃」の人にも、すぐに慣れてしまった。

しかし世の中の大多数は一志や一志の家族のような人たちなのだろうし、家族としてそこに加わるつもりなら、認識や行動を改めなくてはならない。つまりは、

「ちゃんとしなきゃ」

ということで、口に出して自分を戒めた。

「なにか言った？」

怪訝そうに一志に問われ、私は首を横に振った。

「ううん。まだ時間はある？　原稿や店作りの合間に、飛騨高山《ひだたかやま》や郡上八幡《ぐじようはちまん》のガイドブックを読んでるの。行きたいところや食べてみたいものをピックアップしたから、見てくれる？」

バッグを引き寄せ、大量の付箋が貼られたガイドブックを取り出すと一志は笑った。

「すごいな。よし。そこ全部、行って食べよう」

嬉しそうに答え、私の手からガイドブックを受け取った。

そういえばさっき一志は、初めて「結婚」という言葉を口にしたな。できれば、もっといいタイミングで聞きたかったかも。

ふとよぎったが、いちいち感想や蘊蓄《うんちく》を口にしながらガイドブックのページをめくる一志を見ていたら、どうでもよくなった。

その後、私は店の準備と原稿書きに集中した。塩谷さんと憂夜さんもそれぞれ奔走し、ジョン太、犬マン、アレックスはホストの、西川はバーテンダーの、尾関はウェイターの修業をしながら手助けをしてくれた。

そして、一志にホストクラブの話をしてから十日後。〈club indigo〉は開店の日を迎えた。

「晶さん、来て下さいよ。ほら」

ドアの前に立ち、ジョン太が手招きした。

ドアは木製で目線より少し高い位置に、黒い鉄格子付きの曇りガラスの小窓がある。小窓の下には、『club indigo』と刻まれた、黒い鉄のプレートが斜めに取り付けられている。

「私はいいわよ。遠慮しとく」

通路の奥に立って顔の前で手を横に振ると、ジョン太の隣に立つ犬マンが言った。

「ここまで来て、それはないでしょう」

犬マンの横のアレックスも太い首を縦に振り、その前に立った西川と尾関は、私を見ながらロープをたぐり寄せるようなジェスチャーをしておどけた。

「こういうのって、ずっと残るでしょ。店の事務所に飾ったりするかもしれないし。これからやって行くメンバーだけにするべきよ」

固辞する私に、犬マンとは反対側のジョン太の横にいた憂夜さんが進み出て来た。

「ずっと残るものだからこそ、高原オーナーが欠けてはなりません。遠慮は無用です」

「なんでもいいから、早くしろ。こちらさんにだって迷惑だろ」

アレックスの隣で、塩谷さんが面倒臭そうに告げる。

「こちらさん」と言いながら見たのは、通路の向かい側に立つ中年男。頰から顎にかけて白髪交じりのヒゲをたくわえ、手には小型のデジタルカメラを持っている。隣のワインバーの店主で、さっき出勤して来たところにジョン太が、「写真を撮って下さい」と頼み込んだ。

「どうぞ」

ダメ押しで、憂夜さんに頭を下げながら店のドアを示され、私は仕方なく歩きだした。ドアの左右には、開店祝いのスタンド花がずらりと並んでいる。花に挿された立て札に記された贈り主は、改装工事を頼んだ設計士や工務店、内装業者、その他もろもろ。なぎさママからのものもあった。

カメラを手に、こちらをにこにこと見ているワインバーの店主に謝罪と感謝の言葉を述べ、私は塩谷さんの隣に行った。塩谷さんと一緒にドアの前に押し出され、二人で店名のプレートを挟む形になる。

塩谷さんの隣に憂夜さん、私の隣にジョン太、その隣に犬マン、アレックスは憂夜さんの隣、西川と尾関は膝を折って私と塩谷さんの前に座る。

「じゃあ、撮りますよ」

ワインバーの店主が告げ、デジカメを構えた。

「花を全部入れて下さいね。あ、日付って入るようになってましたっけ？」と騒ぐジョン太の口を、憂夜さんが「やかましい」と封じ、私と憂夜さん、ジョン太、犬マンは笑顔を作り、塩谷さんは仏頂面。アレックスは胸を張って腕を組み、デジカメのレンズを見据えた。

「いよいよっすねえ」

興奮気味にジョン太が言い、犬マンは、

「どうなることやら」

と笑顔をキープしたまま他人事《ひとごと》のように呟き、アレックスは鼻で荒く息をした。

私は大きな期待と達成感、加えて少しの不安と寂しさを胸に覚えた。笑顔を崩さず横目で塩谷さんを窺ったが、仏頂面のままで心の内は読めない。

「はい、撮りますよ。開店おめでとうございまーす！」

明るく大きな声で告げ、ワインバーの店主はデジカメのシャッターボタンを押した。

ジジッ、とシャッター音がしてフラッシュも焚《た》かれ、がらんとした通路はほんの一瞬、まばゆい光で満たされた。

続けて数回シャッターを切ってもらってからデジタルカメラを受け取り、ワインバーの店主に礼と改めて「宜しくお願いします」と挨拶をして、みんなで店に戻った。

西川と尾関はバーカウンターに入ってそれぞれ仕事の準備に抜かりがないか確認し、憂夜さんはシェフと打ち合わせをするために奥の厨房に向かった。

シェフ捜しは最後まで難航し、結局なぎさママが「うちの若い子を、修業のつもりで貸してあげる」と文化村通りの店で働くスーシェフを派遣してくれた。

バーカウンターの中のＤＪブースに入っている男の子は、ジョン太がバイト中に知り合った若手ＤＪに「ギャラは安いけど、好きなように回せるよ」と声をかけ、集めてくれたうちの一人だ。

「開店まであと五分か。ああ、なんか俺、緊張とワクワクでその辺を走り回っちゃいそう」

わずかに頬を紅潮させて言い、ジョン太はフロア中央に置かれた大きなソファに座り、クッションを抱え込んだ。

ソファは布張りで、色はくすんだ赤。前には天板がガラスの楕円形《だえんけい》のローテーブルがあり、その前にも、一人掛けの青を基調としたチェック柄の布張りのソファがある。

間隔を空け、隣にはいい具合に使い込まれた茶の革張りの大型のソファが置かれ、長方形の木製のローテーブルを挟んで、マルチストライプの一人掛けソファがセットされている。

私は客席のソファは、どちらも布張りで新品と考えていたのだが、犬マンに「マテリアルが異なるものを置いた方がメリハリが付くし、古いものが一つあると落ち着く」と言われ、彼がチョイスしたユーズドの革張りのソファを買い、他のソファやローテーブル選びも犬マンに任せた。

その犬マンは、ソファの向こうの壁に設えられた本棚の前に立ち、

「お前は犬か。いや、正しくは『お前も犬か』だな。俺は『犬マン』なんだから」

とジョン太に独り言めいた突っ込みを入れ、煙草をふかしながら手にした洋書の写真集のページをめくっている。

三段ある本棚に並ぶ本と雑貨も、犬マンのチョイスだ。

本はアート系のしゃれた装丁のものがメインだが、犬マン曰く「外し」で、若者に人気だというギャグマンガなどもある。雑貨は額縁に入った絵やランプなどの他に、客と遊べるように輸入もののボードゲームも買った。

一方アレックスは革張りのソファの脇で、腕立て伏せの最中。真剣な表情で、かけ声なのか、時々英語でなにか短く鋭く言うのが耳に届く。

とても初日の開店五分前とは思えない光景だが、「ホストの子たちがルームシェアしてるマンションのリビングに、お客の女の子が遊びに来る」という〈club indigo〉のコンセプトからすれば、これが正しい待機姿勢。ジョン太はパーカー、犬マンはチェックのシャツ、アレックスは、これまた犬マンチョイスのタンクトップ姿だが、ボトムスは

三人ともインディゴブルーのジーンズだ。

開店二分前になり、ローテーブルや本棚の上に置いたアロマキャンドルの火が消えていないか確認していた私は急いでバーカウンターに入り、奥の棚の陰に隠れた。塩谷さんは、既に同じ場所にスタンバイしている。

「開店一分前。みんな頼むぞ」

フロアに進み出て、憂夜さんが厳かに告げた。

ホストたち、つられて私と塩谷さんも頷き、憂夜さんはドアの脇の曇りガラスがはまった衝立《ついたて》の中に入った。衝立の中は、キャッシャーとクロークになっている。

午後七時、開店。フロアには程よいボリュームでダンスミュージックが流れ、アロマキャンドルの香りも漂っている。それぞれの場所で落ち着いているように見えるホストたちだが、場の空気がぴりっと張り詰めたのがわかった。

この前のオーディションの取材記事には店のオープンの日時も載っていたし、テナントの皆さんにお願いしてこのビルの他のお店にも、開店告知のフライヤーを置かせてもらった。壁の時計の秒針が七時三十秒、四十秒と進んで行くのを見ながら、私は祈るような気持ちで心の中で確認した。

唐突に勢いよく、ドアが開いた。

「こんばんは～。来たわよう」

ハイテンションかつ野太い声とともに踏み入って来たのは、深紅の革のスカートとジャケットをまとった女。

「なぎさママ。いらっしゃいませ」

憂夜さんは素早く進み出たが、他のみんながずっこけたのがわかった。塩谷さんも、私の隣でがっくりとうなだれる。

ママはヒールの音を響かせてフロアの中央まで行き、店内を見回した。

「あたしが口開け？　ちょっと、大丈夫？　三カ月どころか、ひと月保たないんじゃないの？」

開店祝いと思しきドンペリのボトルを憂夜さんに渡しながら、大声で捲し立てる。最後のワンフレーズは、絶対私への嫌みだ。

「開店して八分っすよ。縁起でもないこと言わないで下さいよ」

クッションを抱えたジョン太が口を尖らせ、犬マンは、

「こうなるんじゃないかと思ってた」

とため息をついて、棚の端に載せた灰皿に煙草を押しつけた。これが初対面のアレックスは、腕立て伏せを中断してママを上目遣いに凝視している。「怖いもの」かどうかを確認しているのだろう。

時間は早いし、初日だ。自分で自分に言い聞かせながらも胸に不安が湧く。店内も緊

張が途切れて変な空気になり、それに気づいたのかママが不満げに言った。

「なによ、あんたたち。せっかく駆け付けてやったのに、そういう態度?」

みんながノーリアクションなのでママがさらになにか言おうとした時、きい、とかすかな音がして、またドアが開いた。みんなで一斉に目を向けたが、ドアは四分の一ほど開いたところで止まり、誰も姿を見せない。

「いらっしゃいませ。どうぞお入り下さい」

憂夜さんが素早く移動し、ドアの少し手前から優しく、抑え気味のトーンで声をかけた。するとドアが開き、おずおずと女が顔を出した。歳は二十代前半。ダークブラウンの厚めの前髪を、眉毛の上で切り揃えている。

「こんばんは〜。ようこそ、〈club indigo〉へ!」

クッションを放り出し、ジョン太が立ち上がった。犬マンは写真集を本棚に戻して背筋を伸ばし、アレックスも体を起こした。

ジョン太の声と笑顔に安心したらしく、女が店に入って来た。後ろにはもう一人、同じ年頃で黒髪ショートカットの女もいる。

ジョン太が二人に歩み寄り、続く犬マンは、

「二人とも、ホストオーディションの会場で会ったね。来てくれたんだ。すげえ嬉しい。ありがとう」

と、いつもとは別人のような無邪気な笑顔を浮かべ語りかける。それを聞いて私は、小声で「あっ」と言った。怪訝そうにこちらを見た塩谷さんに、早口で告げる。

「オーディションの会場で『おしゃれだね』『オープンしたら、行ってみたいかも』って話してる女の子がいた、って言ったでしょ？　彼女たちよ。本当に来てくれたんだ。私も嬉しい……犬マン、さすがの記憶力ね。話すのは初めてのはずだけど『会ったね』って言っちゃうのは、憂夜さんの指導？　それとも犬マンのオリジナル？」

「わかったから落ち着け。どんどん声がデカくなってるぞ。客に聞こえる」

眉をひそめて身を引き、塩谷さんがたしなめる。その間に女二人は、布張りのソファに案内され、腰掛けた。両隣にジョン太と犬マンが座り、アレックスは向かいの一人掛けのソファに座った。

「ママ。店を案内させて下さい。まずは事務所から」

憂夜さんが告げ、「案内はいいとして、なんで事務所からなのよ」と返すママを引っ張って奥の通路に向かった。

「すごい。フライヤーのイラストよりおしゃれ」

店内を見回し、厚め前髪の女が言った。ショートカットの女も同様にして頷く。

「うん。フライヤーには『カジュアルで気楽に楽しめる』って書いてあったけど、ホストクラブには変わりないし、イケイケで強引な感じだったらどうしようって入るのをためらってたの」

「なんだ、そうだったの？　心配ご無用。俺らの家に遊びに来たつもりで明るく楽しく過ごしてよ。あ、二人とも割引券持ってるよね？　だったら初回はチャージ料込み、飲み放題で、二千五百円ぽっきりだよ」

前のめりで説明するジョン太を、女二人は「へえ」「よかった」と返しつつ、ちょっと引いている。

「バカ。いきなりお金の話なんかして。気持ちはわかるけど」

棚の陰からソファを窺い、私はつい言ってしまう。塩谷さんも、「あいつ、テンパってるな。憂夜を呼ぶか？」と呟く。と、犬マンが口を開いた。

「まずは自己紹介から。俺、犬マン。よろしくね。きみたちはなんて呼べばいいかな？」

言いながらジーンズのヒップポケットから名刺入れを出し、インディゴブルーの名刺を抜き取って差し出す。

「犬マン？　なにそれ。ウケる。私はユリ」

厚め前髪の女が笑って名刺を受け取り、ショートカットの女も、

「私はミホ。あなたは？」

と答えてジョン太に目を向けた。

「よくぞ聞いてくれました！　俺こそが、〈club indigo〉の看板。未来のナンバーワン。その名も」

テンポよく畳みかけたあと言葉を切り、ジョン太はアフロ頭に指を差し入れた。取り出したのは名刺。噴き出したユリとミホに「ジョン太っす！」と告げ、下げた頭の上に掲げるようにして名刺を渡した。

おしぼりとメニューを運んで来ながら西川と尾関も挨拶し、ユリとミホはカクテルとつまみを注文した。ジョン太たちも女二人に断り、それぞれ酒を頼む。

「ところで、オーディションで優勝した人は？　面白かったよね。いないの？」

ミホが訊ね、改めて店内を見回した。

そりゃいると思うわよね。オーディションまでやって選んだんだから。私は思い、ジョン太たちも一瞬固まった。が、すぐに犬マンが、「ああ。あいつね」と返した。

「いろいろあって、いないんだ。でも俺の方がもっと面白い、てか『元祖』だよ。オーディションであいつがやったネタを考えたのは、俺だから」

「え～っ。本当に？」

ユリに疑いの目を向けられ、犬マンは返事の代わりに勢いよく立ち上がった。そのままユリとミホの前に進み出る。

「『男性ファッション誌別、ありがちなモデルポーズ』その三。『Samurai magazine』」

驚くユリとミホに無表情に告げ、ごそごそとなにか始めた。

塩谷さんともども棚の陰から首を突き出して確認したころ、シャツの裾をめくり上げてベルトを緩め、ジーンズを腰骨の下までずり下げたようだ。少し前に流行った、「腰パン」だ。

続いて犬マンは足を広げて立ち、両肘を曲げて顔の脇に上げ、左右の指を不思議な形に折った。親指を立てて人差し指の先でユリとミホを指しつつ、残りの三本の指は指先だけを軽く曲げる。同時に目を見開いて口も開け、舌を出して「あっかんべえ」のような顔を作った。

「ラッパーかよ！」

犬マンを見上げてユリが突っ込み、うんうんと頷きながら、ミホが手を叩いて笑う。

そのとおり、Samurai magazine はヒップホップやレゲエなどの音楽情報にページを割き、ミュージシャンをモデルに起用することも多い、ストリート系のファッション雑誌だ。

巧い。さすが、元祖だわ。いつまでもポーズを崩さず、立ち上がったジョン太に「ええ加減にせえ！」と、関西のお笑い芸人ノリで後頭部を叩かれている犬マンを眺め、私は思った。

「感心してねえで、あいつを見てみろ」

こちらの心情を読んだのか塩谷さんは告げ、顎で前方を指した。

その先にはアレックス。一人掛けのソファに背中を丸めて座り、盛り上がる向かいの四人をおどおどと眺めている。気がつけばアレックスはユリとミホが来店してから、一言も発していない。

「挨拶も名刺の渡し方も憂夜さんに何度も教わって、私を相手に練習もしたのに」

焦り、アレックスが気の毒にも思えて返すと、塩谷さんはまた言った。

「あいつが苦手なのは『女の子』。『おばさん』相手に何百回練習しようが、意味ねぇよ」

「悪かったわね。じゃあ、どうしろって言うのよ」

「言ったろ。あいつはただ座って、体を見せて……おい、待て。例のやつを準備しろ」

後半は、酒とつまみを載せたトレイをソファに運ぼうとしている尾関に告げる。頷き、尾関はトレイをバーのカウンターに置き、厨房に向かった。すぐに戻って来て、手にしたものを載せて改めてトレイを持ち、フロアに出た。

「お待たせしました」

尾関はソファに歩み寄って笑顔で告げ、酒のグラスとつまみの皿をローテーブルに並べる。そして最後にアレックスに目配せし、厨房から持って来たものを渡した。

はっとして、アレックスが首を回してこちらを見た。棚の陰から一瞬大きく身を乗り出し、塩谷さんは「行け」というようにアレックスに頷いて見せた。

「では、乾杯の前にショータイムを。彼はアレックス。我がindigoが誇る、肉体派ホストです！」

アレックスが手渡されたものに気づいたらしく、ジョン太が立ち上がり、アレックスを指して告げた。

初めてその存在に気づいたかのように、ユリとミホが一人掛けのソファに目を向けた。

アレックスはずいと立ち上がり、その大きさとたくましさに、ユリとミホが目を見張る。

ジョン太は続けた。

「身長一九八センチ、体重九十七キロ。握力は、ななななんと！　八十六」

「握力八十六」のなにが「ななななんと！」なのか理解できないらしく、ユリとミホはきょとんとした。だが、ジョン太のナレーションが格闘技の試合のアナウンスでも思い出させたのか、アレックスはたちまち表情を引き締め、目の光も強まった。

「さあ、アレックス。やっちゃってちょうだい！」

ジョン太が叫ぶやいなや、アレックスは右腕を前方に突き出した。ぎょっとして身を引いてから、ユリとミホはアレックスが右手に持ったものを見る。リンゴだ。

肩を揺らして深呼吸し、アレックスは右手に力を込めてリンゴを握った。

「えっ、マジ？」

「できるの？」

ユリとミホが見守る中、アレックスはリンゴを握り続けた。こちらから見える横顔がみるみる赤くなり、こめかみに血管も浮き上がる。

ぷしゅっと音がして、アレックスの指先がリンゴに食い込んだ。ソファの四人はどよめいたが、リンゴは潰れない。

「本当にできるの？　私、練習してるところは見てないんだけど」

思わず塩谷さんに問いかけた時、アレックスが英語でなにか唸《うな》るように叫んだ。

次の瞬間、軽く乾いた音を立て、アレックスの右手の中でリンゴが潰れた。ぼたぼたと、果汁と果肉の破片がローテーブルに落ちる。すかさず、犬マンがつまみに添えられていた紙ナプキンを取り、果汁と果肉の破片を片づけた。

「すご〜い！」

「筋肉もすごいよね。なにかスポーツをやってるの？」

拍手して目も輝かせ、ユリとミホが問う。アレックスは尾関が持って来てくれた皿に潰したリンゴを置き、おしぼりで手を拭いてから深々と一礼した。

「ありがとうございました。格闘技を少々。ヘビー級です」

ぼそぼそと、でも憂夜さんに繰り返し言われたとおり、ユリとミホの目を見て答える。

「格闘家なの？」

「プロってこと？　試合とか出てるの？」

騒ぎだしたユリとミホにはジョン太と犬マンが、

「そうだよ。デビュー二年目、バリバリの現役」

「よければ応援してやって。今度、一緒に試合を見に行こうよ」

と補足してやった。場は盛り上がり、アレックスも照れ臭そうに言葉少なながらも、みんなの会話に加わった。

ホスト三人がお互いを盛り立てて補い合ってる。危なっかしいところはあるけど、ちゃんと空気と流れができてるわ。これなら大丈夫。

安堵するのと同時に確信も得て、私は体の脇で小さくガッツポーズを作った。ふん、と塩谷さんも鼻を鳴らす。「おおむね満足」という意味か。

それから三十分ほどすると、「ネットの記事を見た」という二人組が来たので革張りのソファに案内し、犬マンと尾関が同席した。さらに三十分後、ユリとミホが帰り、見送りに行ったジョン太とアレックスが、「ネイルサロンでフライヤーをもらった」という別の二人組を連れて戻って来た。

その後も客足は絶えず、中にはホストの知り合いや、先日挨拶回りに行った店の人もいて、ほぼ全員が二時間経つと延長せずに帰ってしまったが、ピークとなった午後十一時過ぎには、カウンターを含む全ての席が埋まった。憂夜さんも接客し、塩谷さんが即席ウェイター兼キャッシャーとなり、私も客から姿が見えない位置で西川を手伝った。それでも席と人手が足りずに入店を断ることが、数回あった。

グラスを洗ったり、厨房からバーまでフードを運んだりしながら確認したところ、客の平均年齢は二十二、三歳。職業はＯＬ、フリーター、学生で、一人だけ主婦という人もいた。みんなカジュアルなファッションでホストと同じジーンズ姿も目立ち、おおむね私の狙いどおりの客層だった。

ちなみになぎさママは延々事務所に居座り、持って来たドンペリを自分で開けて飲んでいた。午前零時頃に来店し、「事務所も見せて」と憂夜さんの案内で入ってきた来夢来人のママと一瞬火花を散らしたものの、すぐに双方へべれけに酔って意気投合。「女同士で飲み直そう」と夜の街に消えて行った。

午前四時。最後の客を送り出し、〈club indigo〉は初日の営業を終えた。

憂夜さんがレジを締め、残りのみんなで片づけをした。といっても、ジョン太は酔っ払っていて、ほぼ役立たずだ。

「あ〜、楽しかった。初日から大盛況。やったたっすね」

片づけが終わる頃、ジョン太が言った。塩谷さんに、「邪魔だから埃取り《ほこりと》でもしてろ」と布張りのソファに追いやられ、横向きに寝転がったまま粘着式クリーナーのローラーを持ち、ソファの座面の上で動かしている。

「初日だから大盛況、かもよ。マスコミの威力と物珍しさでしょ」

淡々と犬マンが返した。革張りのソファに腰掛け、ローテーブルに集めたアロマキャンドルを一つ一つ持ち上げ、火が消えているかを確認している。

「でも俺、生まれ変わったみたいだ」

私の指示で壁の棚の最上段を整理する手を止め、アレックスがぼそりとコメントした。まだ少し紅潮しているその横顔を見上げ、私も言った。

「みんな、すごくよかった。がんばってくれて、ありがとう……でしょ？　塩谷さん」

話を振られ、バーカウンターを拭いていた塩谷さんは振り向いてふんと、鼻を鳴らした。

「まあな」

「よっしゃ！」

ジョン太が寝転んだまま両手両足をぴょんと上げ、それを見て犬マンとアレックス、バーカウンターの中の西川と尾関も笑う。私も笑うと、ジョン太は起き上がった。

「初日打ち上げに行くぞ。塩谷さん、いいすよね？」

「この時間に開いてる店があればな」

「俺、知ってます。席を取りますね」

当然のように返し、犬マンはポケットから携帯を出した。

「その前に着替えて荷物を持って来て。ジョン太は、水でも飲んで酔いを醒ましなさいよ」

私が命じると、ホストたちは店の奥へ移動した。事務所が彼らのロッカールームを兼ねている。「お疲れ様」と言ってみんなの背中を見送り、私は塩谷さんに、

「お客様が店の外を汚してないか、見てくるわね」

と告げて、さっきこっそり店の隅に移動させておいたバッグとジャケットを持って、ドアを開けた。

エレベーターホールに行き、エレベーターに乗った。ドアの「閉」ボタンを押そうとしたとたん、

「高原オーナー」

真向かいから呼びかけられ、思わず短い悲鳴を上げた。エレベーターホールに、純白のダブルスーツを着た憂夜さんが立っている。

「まったく。なんだってこう、毎度毎度」

つい文句を言いながら私は片手でばくばくいう心臓を押さえ、もう片方の手でドアの「開」ボタンを押した。

「申し訳ありません。塩谷オーナーから『あいつのことだから、黙って消えるぞ』と伺

っていたもので」

かすかに眉を寄せ、憂夜さんが返す。気がつけば、憂夜さんの少し後ろにはそっぽを向いて立つ、ボタンダウンのシャツにチノパン姿の塩谷さんもいた。

「バレたか。でも、後から電話で挨拶するつもりだったのよ」

苦笑して返すと憂夜さんは背筋を伸ばし、深々と一礼した。

「大変お世話になりました。〈club indigo〉が無事に開店を迎えられたのは、高原オーナーのお陰です」

「やめてよ。そういうのが苦手だから、黙って消えようとしたの。言い出しっぺの責任が果たせて、よかったわ。すごくいい店になったと思う」

「ご事情はあるかと存じますが、今後も我々と一緒に働いていただく訳には参りませんでしょうか？　高原オーナーのお力が必要になるのは、むしろこれからです」

「気持ちは嬉しいし正直ちょっと心も引かれるけど、無理。ライター業で手一杯だし、あとは」

一志の顔が浮かび、私は黙った。「ちょっと」どころか「ものすごく」気を引かれていることも、口にはしない。

なにかを察知したのか、憂夜さんが顔を上げてこちらを見た。しかし無言のままだ。

私は、視線を塩谷さんに向けた。

「この先は頼んだわよ。みんなもいるし、きっと大丈夫。あと、『表の仕事』もちゃんとやりなさいよ。で、また私に仕事をちょうだい。パソコン雑誌の企画も原稿も、完璧なのを渡すから」

おどけたつもりだったのに、たまらなく切なく、目頭が熱くなった。

脳裏に、ここ二カ月ほどの出来事が次々と蘇った。初めに塩谷さんがいて、次に憂夜さん。そしてジョン太、犬マン、アレックス。思ってもみなかったような出会いがあって、一緒に歩く仲間が増え、いつの間にか「私の居場所」「自分の立ち位置」ができていた。でももう、あの場所には戻れないのだ。

「けっ」

そっぽを向いたまま、塩谷さんが言った。そして、

「もう他人事かよ……お疲れ」

と告げて片手を上げた。耳の縁が少し赤くなっているのは即席ウェイター兼キャッシャーをしながら、ちびちびと酒を盗み飲みしていたからか。それとも……。

胸にも熱いものがこみ上げ、涙が溢れそうになった。

「じゃあ、そういうことで。お世話になりました。お疲れ様」

早口で告げ、私は目を伏せて「閉」ボタンを押した。

「お疲れ様でございます。ご武運をお祈り致します」

低く甘い、いつもの声で告げ、憂夜さんは再び深く頭を下げた。香水のかおりが私の鼻先をかすめ、するするとエレベーターのドアが閉まった。

顔を上げ両手でバッグの持ち手を握り、私は下り始めたエレベーターの中で必死に涙を堪えた。

胸を締め付けるような思いにもなんとか耐え、「よし。大丈夫」と呟いた時、エレベーターは一階に着いた。

ビルを出ると外はまだ暗く、通りはがらんとしていた。

肌寒さを感じ、「もう夏は終わったんだな」と思うとまた切なくなり、心細さも覚えた。私は急いでジャケットを着て携帯を出し、一志の電話番号を呼び出した。

まだ寝ているのはわかっていたが、どうしても一志の声が聞きたくて我慢できなかった。

呼び出し音を聞きながら一度も〈club indigo〉のビルを振り返らずに、私は通りを進んだ。

9

ボランティアを終えたあと二日間は、寝まくった。

一志は私が〈club indigo〉の仕事をやり遂げたことを喜び、「お疲れ様」と言ってくれた。それだけでこのまえ心に浮かんだもやもやは消え、報われた気持ちになった。私たちは電話やメールで連絡を取り合い、旅行の計画を進めた。

それはそれで忙しく、闘病記の手直しもあり、私の中の〈club indigo〉への想《おも》いは、消えはしないが、徐々に鎮まっていった。

〈club indigo〉の開店から、間もなく一週間という日の午前九時。私のアパートに子門《しもん》真人《まさと》の「ホネホネロック」の着メロが流れた。

夜型生活を送る者にとってはもっとも眠りが深い時間なので、ベッドの枕元に置いた携帯を摑んだのは、「ホネホネロック」の一番の歌詞が全部流れた後だった。

「……もしもし？」

相手が誰かも確認せず、半分寝たままの状態で電話に出た。窓には厚い遮光カーテンを引いているので、部屋は暗い。

「あ、晶さん？　助けて下さい！」

いきなり、すがりつくように叫ばれた。

この声、誰だっけ？　横向きに寝て携帯を耳に当てぼんやり考えていると、声の主はさらに言った。

「もしもし、聞こえてますか？　店が、〈club indigo〉がヤバいんすよ。警察が来ちゃって、憂夜さんが連れて行かれちゃって。もうお終《しま》いっす。助けて下さい！」

最後にまた叫ばれ、私は声の主を思い出すのと同時に、暗がりの中でぱっちりと目を開けた。


身支度もそこそこにアパートを出てタクシーに乗り、渋谷に向かった。

〈club indigo〉にはジョン太と犬マン、西川と尾関、塩谷さん、そして憂夜さんもいた。アレックスはジムに練習に行っていて、代わりになぎさママがいた。

「申し訳ございません。ジョン太には、『高原オーナーには連絡しないように』と言ったのですが」

真っ先に、憂夜さんが頭を下げた。

藤色のダブルスーツにヒョウ柄のネクタイ。櫛目《くしめ》も鮮やかになでつけられた茶髪といい、一週間前と変わりはない。他のみんなも元気そうで、店内が荒らされたような形跡もなかった。

「それはいいけど、大丈夫？　警察に連れて行かれたって聞いたわよ。なにがあったの？」

憂夜さんのエスコートで布張りのソファに歩み寄りながら、私は訊ねた。

ソファの両端に座っていたジョン太と犬マンが立ち上がり、会釈した。真ん中のなぎ

さママは、脚を組んで座ったまま。長く細い煙草を指に挟んで私をチラ見し、

「あら。まだいたの？　とっくに、どこかの田舎に嫁に行ったと思ってたわ」

と煙を吐いた。カチンと来たが無視し、私はママの隣に腰掛けた。

憂夜さんがソファの向かいに立ち、話しだした。

「昨夜の午後八時過ぎでした。ハルミ様とチカ様という新規のお客様が来店されました。ハルミ様は明らかにお若かったので、身分証明書を拝見したところ十九歳とわかったため、ジョン太と犬マンに『決してアルコール類はお勧めしないように』と申しつけ、席にご案内しました」

ふんふんと頷いて聞き、私はソファの脇に立つジョン太と、バーカウンターのスツールに腰掛けた犬マンを見た。

私に電話をしたあと憂夜さんに叱られたのか、ジョン太はしょげた顔で俯いている。犬マンはジーンズの脚をぶらつかせながら、無表情に煙草をふかしていた。犬マンの隣には、塩谷さん。仏頂面でこちらを見ようともしない。バーカウンターの中には、西川と尾関が立っていた。

「ハルミ様もチカ様も楽しそうに過ごされ、延長もしていただき、午前十二時前に帰られました。しかし今日の午前三時過ぎに渋谷署の刑事が店に来て、『立ち入り検査をする。客を退店させ、従業員を集めろ』と言われました」

「『立ち入り検査』？　なんで？　十八歳以上でお酒や煙草さえやらなければ、風俗店で遊んだり、働いたりしても法的にはＯＫなんでしょ？」

驚いて訊ねると、憂夜さんは答えた。

「はい。しかしハルミ様は店を出てチカ様と別れた後に気分が悪くなり、救急車で病院に搬送されたそうです。病院の医師は『軽度の急性アルコール中毒』と診断し、ハルミ様も快復なさいましたが、『〈club indigo〉というホストクラブで無理矢理お酒を飲まされた』と話されたため、医師が警察に通報したとか」

「なにそれ。きみたち、未成年にお酒を飲ませたの？　何を考えているのよ」

立ち上がり、私はジョン太と犬マンを交互に見た。アフロ頭を揺らし、ジョン太はぶんぶんと首を横に振った。

「飲ませる訳ないじゃないすか！　ハルミちゃんには『お酒はなしね』って伝えて、本人もちゃんとジュースとかノンアルコールのカクテルを飲んでましたよ。だろ、犬マン？」

「初めのうちはね。俺は途中で指名が入って席を立ったから。ガンガン盛り上がったのは、その後。とくにハルミちゃんはハイテンションで、隣のコーナーで『しらふで、あのノリはすごいな』と思ってたんだ」

「隣」と言いながら革張りのソファに目をやって淡々と答え、犬マンはカウンターの上の灰皿で煙草の火を消した。

「でも、お酒は飲んでいないのよね？　尾関くん。どう？」

「ジョン太さんの言うとおりです。ただチカさんの方は、ワインとかカクテルとかオーダーされていたので。それを飲んじゃった可能性はあるかもしれません」

戸惑い気味に尾関が返す。背が高く細身で、縁なしの眼鏡をかけている。隣の西川は、小柄で筋肉質だ。

「でも本人は『飲んじゃった』じゃなく、『無理矢理飲まされた』って言ってるんでしょ？　……ジョン太。ひょっとして、酔っ払ってた？　記憶が曖昧なんでしょ」

不吉な予感を胸に問うと、ジョン太はみるみる元気を失い、こくりと頷いた。「やっぱりか」、そう呟き、私は脱力して頭を抱えた。

「だとしても俺、女の子に無理矢理酒を飲ませたりしません。ましてや未成年なんて。そんなの全然『明るく楽しく』ないじゃないすか」

ジョン太が身を乗り出し、必死に訴えているのがわかった。私は顔を上げた。

「まあ確かに救急車で搬送とか大事《おおごと》になっちゃって、焦って『飲まされた』と言った、って疑いもあるけど……憂夜さん。そのあたりはどうなの？」

「はい。私もそう思いまして、立ち入り検査の後、渋谷署に呼ばれた際に確認しました。しかしハルミ様は『無理矢理飲まされた』と明言されたそうで、お詫びを兼ねて事情を伺おうと搬送された病院に出向きましたが、既に退院されていました。初回来店のお客様には住所氏名などを伺ってメンバーズカードをお作りするのですが、ハルミ様とチカ様は『カードはいらない』とおっしゃいましたので、連絡先も不明です」

「そう。確か未成年者に飲酒させると、風営法違反で店側は……『一年以下の懲役または百万円以下の罰金』だっけ？　が、科されるけど、それはたびたびやってるとか手口が悪質とかいう場合で、初めてでいきなりってことはないんでしょ？　立ち入り検査だって警告的な意味合いのはずよ」

私は見解を述べたが、隣のなぎさママは小馬鹿にするように鼻を鳴らし、ローテーブルの上の灰皿に煙草の灰を落とした。

「いかにもネットやら本やらで仕入れた、やっつけの知識ね。言ったでしょ？　この世界は甘くないの」

「どういう意味？」

私の疑問には、犬マンが答えた。

「ハルミちゃんはすげえ怒ってて、ジョン太とindigoの悪口をネットの風俗店系の掲示板とか情報サイトに書き込みしまくったんですよ。で、それを『実話レポート』ってゴシップ誌が目を付けて。記事にするから取材させろって、さっき記者が来ましたよ。追い返したけど」

表情は変わらないが、「追い返したけど」のところは語気が少し荒くなる。ヤンキー、ヤクザに加え、ゴシップ誌の記者も嫌いなようだ。

「なにそれ。まずいじゃない」

私が身を乗り出すと、ジョン太が情けない顔でうなだれた。

「だから電話で、『もうお終い』って言ったんすよ。晶さんがいなくなった後も初日ほどではないけど繁盛してたし、俺らの指名客も増えて来てたんすよ。今週の初めには、憂夜さんの知り合いのコネだけど、テレビの深夜の情報番組でも紹介してもらえたし。でも、それで実話レポートに目を付けられちゃったみたいで。それに警察が来た時、店には結構お客さんがいたんすよ。ドン引きしてたし、噂は広まるだろうし……ああ、ヤバい。全部俺のせいだ。すみません」

ジョン太は言い、床に座り込んだ。すると、憂夜さんがまた私に頭を下げた。

「重ね重ね申し訳ございません。すべて私の監督不行き届きです」

「謝る必要はねえ。そいつは、ここをやめたんだ。店とはもう無関係だ」

口を開き、ぶっきらぼうにそう告げたのは塩谷さんだ。みんなで目を向けると、ボタンダウンシャツの胸の前で腕を組み、こう続けた。

「ハルミも実話レポートも、俺がなんとかする。お前はもう帰れ」

最後のフレーズは私を見て言う。「そのとおり」と言うように、なぎさママが手を叩いた。

バーカウンターに向き直り、私は返した。

「そう言うなら帰るけど、どうするの？　なんとかって？」

「ハルミを捜して、実話レポートには記事を取り下げてもらえるように交渉する。俺だって同じ出版業界の人間だ。ツテを辿ればなんとかなる」

「ダメよ。交渉すれば身元を調べられるし、『大手出版社の社員の副業がホストクラブのオーナー』なんて格好のネタじゃない。未成年飲酒の件と絡めて書きたい放題に書かれて、騒ぎはもっと大きくなるわよ。そうなったらこの店だけじゃなく、塩谷さんも『もうお終い』だわ」

私の反論が的を射ていたらしく、塩谷さんはむっとしながらも黙った。つまらなそうに鼻を鳴らし、ママが訊ねた。

「じゃあどうするのよ。偉そうに人の意見を却下したからには、なにか策があるんでしょうね？　ないならさっさと消えて」

「あなたに言われる筋合いは、ないんだけど。策なら……考えればいいんでしょ」

ママを振り向き売り言葉に買い言葉で返してから、私は考え込んだ。しかしなにも浮かばず、ジョン太に問いかけた。

「ハルミちゃんって、どんな子だったの？」

「いい子だったっすよ。ノリがよくて、かわいくて。俺が『アルミちゃん』って呼んじゃった時も、笑って許してくれたし」

両手で顔を覆い床に座り込んだまま、ジョン太が力のない声で返す。私が、「そういうことじゃなくて」と呆れると、代わりに犬マンが教えてくれた。

「特に派手でもなく、普通の子でしたよ。フリーターで、チカちゃんとは『前のバイト先が同じだった』って言ってました。二人とも渋谷の地理とか店とかに詳しかったから、バイト先も渋谷なんじゃないかな」

「なるほど。でも、若い女の子のバイト先が渋谷にどれだけあるか。他に手がかりは……写真は？　撮らなかった？」

「撮りました！　これっす」

すっくと、ジョン太が立ち上がった。ジーンズのヒップポケットから携帯を出し、操作して私に渡す。

長方形の液晶画面の手前にジョン太の顔のアップ、奥に女が二人写っていた。しかしアフロ頭が邪魔で、女の顔がよく見えない。

「他にないの？　見るわよ」

返事を待たずに私は携帯のボタンを押し、別の写真を表示させた。

今度は、ソファに座った女二人をローテーブルの向こうから写したカットだった。

「右がハルミさんです」

ソファの後ろから憂夜さんが教えてくれた。いつの間に移動したのかは、既に気にならない。隣からママが液晶画面を覗き、犬マンと尾関、西川もこちらに来る。

ベース型の顔に小さな目。ハルミは美人ではないが、愛嬌のある顔立ちだ。隣のチカは細面で、なかなかの美人。歳は二十歳ぐらいか。どちらもほとんどすっぴんで、服装もカットソーにパーカー、デニムのミニスカートとカジュアル。犬マンの言うとおり、「普通の子」だ。

「塩谷ちゃんも見なさいよ」

首を突き出し、なぎさママが手招きをした。なにかぶつぶつ言いながらも、塩谷さんはスツールを降りてこちらに来た。

店をやめてから連絡を取っていなかったので少し気まずさを覚え、私は振り返らずに憂夜さんの隣に立った塩谷さんに、携帯の画面を向けた。

「見たところで、なにも」

面倒臭げにぼやき、塩谷さんが画面に顔を近づける気配があった。

五秒後。私の手から携帯がもぎ取られた。驚いて振り向くと、塩谷さんが携帯を持って画面を凝視していた。

「どうかなさいましたか？」

問いかけた憂夜さんに、塩谷さんは無言で画面の下の方を指して見せた。

「これは」

はっとして憂夜さんが画面に見入り、ジョン太となぎさママが騒いだ。

「なによ。どうかしたの？」

「なにか写ってるんすか？　俺は気がつかなかったけど」

ずいと、塩谷さんが携帯を持った手をこちらに伸ばした。私、なぎさママ、ジョン太が頭をぶつけ合うようにして画面を覗き、犬マンと尾関、西川も私たちの脇や後ろから画面を見た。

「これを見ろ」

そう言って塩谷さんが指したのは、画面の左下端。

ローテーブルが写っていて、飲み物のグラスとつまみの皿、フォーク、端の方におしぼりが載っている。グラスと皿の前にはハルミが座っていた。

「さっきも見たけど、とくになにも」

言いかけて、私の視線がおしぼりで留まった。

二十八センチ四方の、ごくごくありふれた業務用の四角く白いタオル。しかし、折り方が変わっている。厚みと立体感のある三角形なのだ。

「あら。『三角折り』じゃない」

ママが言い、塩谷さんは頷いた。訳がわからない私とホストたちに、憂夜さんが説明してくれた。

「客が使い終えたおしぼりを見苦しくないようにして手元に置き、いつでもテーブルを拭けるようにしておくための折り方で、キャバクラを中心に浸透しています。キャバクラ嬢が入店して最初に覚えるマナーの一つですね」

「えっ。じゃあ、ハルミちゃんは」

「キャバクラ嬢だ！」

私を遮ってジョン太が声を上げ、体を起こした。腕を引っ込め、塩谷さんが告げた。

「仕事のクセで、出されたおしぼりを無意識に三角折りにしちまったんだろうな。まずは渋谷のキャバクラを片っ端から調べるぞ」

「了解！」

ジョン太が返し、身を翻して歩きだした塩谷さんに付いて行く。犬マンたちとなぎさママも続き、私が躊躇《ちゅうちょ》していると、目の前に憂夜さんの手が差し出された。

「参りましょう。お嫌でなければ」

低く甘い声で告げ、憂夜さんは口の端を上げて微笑んだ。

「行くわよ。こうなったら」

私は返し、憂夜さんの手を借りずに立ち上がった。

みんなで店の事務所兼ロッカールームに移動した。

五畳の狭いスペースの壁際にホストたちのロッカーが並び、反対側の壁際に憂夜さんの仕事机、真ん中に灰皿や雑誌の載ったテーブルと椅子が置かれている。

憂夜さんが仕事机からテーブルにノートパソコンを運んで椅子に座り、もう一つの椅子に塩谷さんが腰を下ろした。残りのみんなは、憂夜さんを取り囲んで立つ。

「塩谷さん、よく三角折りに気づきましたね。憂夜さんやなぎさママならわかるけど」

ノートパソコンが立ち上がるのを待つ間に、犬マンがコメントした。ふんと鼻を鳴らし、塩谷さんは椅子の上で脚を組んで返した。

「ダテに遊んでねえよ。ちなみに、俺は三角折りのやり方も知ってるぞ。キャバクラ嬢と付き合ってた時に教えてもらった。まず、おしぼりの角と角と持って合わせて、次に」

得意げに語りだしたので私は、

「パソコンが立ち上がったわよ。どうやってハルミの店を探すの？」

と遮った。

こちらを睨んでから、塩谷さんは憂夜さんに「ネットブラウザを立ち上げて、キャバクラの情報サイトを探せ」と命じた。横目で塩谷さんを睨み返しながらどさくさで気まずさが消え、いつものノリが戻って来たことにほっとする。

憂夜さんがノートパソコンを操作し、画面にキャバクラの情報サイトが表示された。茶髪の盛り髪に濃い化粧、露出多めのドレスを着た女の写真がずらりと並び、下に日本地図のイラストが描かれ、脇には地域や店名、源氏名など、店を絞り込むための検索用の枠があった。

「十九じゃ経験も浅いし、高級店は雇わねえな。今回の騒動みてぇなリスクは避けるから、バックのデカい大箱もねえだろう。料金が六十分五千円以下で卓数、つまりテーブルの数が二十以下の小箱だ」

迷うことなく塩谷さんが告げ、憂夜さんはノートパソコンを操作し、店を絞り込んでいく。

表示された結果は「7件のお店が該当しました」。下にそれぞれの店の名前と住所や営業時間、料金などが並ぶ。店の公式サイトへのリンクも張られていたので、一軒目から見ていった。

トップに店名。下に店内とキャバクラ嬢の写真。その下に今日出勤している女の子、フードやドリンクのメニュー、料金システムなどのページに飛ぶバナーが並ぶ。indigoの公式サイトを作る時に散々ホストクラブやキャバクラのサイトを見たが、大体どこもこんな作りだ。

二軒、三軒と見ていき、その都度塩谷さんとホストたちが求めてもいない感想やら雑学やらを述べたが、ハルミは見つからなかった。

そして四軒目。宇田川町の「コフレ」という店で、憂夜さんが「GIRLS」というバナーをクリックすると、在籍するキャバクラ嬢の顔写真がずらりと並んだ。それぞれ「杏奈」「ゆい」「エミリ」といった源氏名の脇に「21」「24」「20」と自称年齢が添えられている。

「どう？　ハルミちゃんはいそう？」

私は訊ね、憂夜さんが上から下にスクロールさせる画面に見入っていたジョン太が返した。

「わからない、ってか、みんな同じ顔に見えるっす」

「あんた、それでもホストなの？」

呆れたママがジョン太の背中を叩いた時、塩谷さんが言った。

「いたぞ」

「えっ！」

みんなで一斉に塩谷さんが指す写真を見る。

ジョン太の携帯の写真より目が倍近く大きく、瞳の色はシルバーグレー。肌は「マネキンか？」と思うほど白く、すべすべだ。化粧とカラーコンタクトのなせる業とはいえほぼ別人だが、ベース型の顔の輪郭だけは変えようがない。

「ハルミちゃんね」

私が呟き、みんなも頷く。

ハルミの顔写真の下には、「ひなた（19）」と記されていた。驚いたり感心したりしながらハルミの顔写真を見ているホストたちに、塩谷さんが告げた。

「いいか、覚えておけよ。女ってやつは、『バケる』し『フケる』んだ」

「フケる」のところでは勝ち誇ったようにこちらを見たが、そう来るだろうと思っていたので、

「そうよ。男は『バケ』られないから、『フケる』一方だけどね」

と応戦してやった。塩谷さんがむっとし、ホストたちが噴き出す。珍しくママも、

「巧いこと言うわね」と笑っている。

「でも、なんでハルミちゃんはあんな格好で来たんだろう。いくらindigoがカジュアルを売りにしているとは言え、普段はこれだけ気合いが入ってるし、もうちょっと着飾っててもよかったんじゃないかな」

ジョン太が疑問を呈し、場に静けさと緊張が戻った。肩をすくめ、犬マンが返す。

「昨夜は休みで楽をしたかったんじゃないか？　メイクをする必要がない日は肌を休めたい、って子もいるよ」

すると、憂夜さんも言った。

「私も気になることがある。たとえ未成年でも仕事では酒を扱い、酔っ払いも見慣れているはずだ。急性アルコール中毒になるような飲み方はしないだろう」

「確かに。じゃあ、ハルミちゃんは自分がキャバクラ嬢だってバレるとまずい理由があり、なおかつ意図的にお酒を飲み、『無理矢理飲まされた』と言ったってこと？　理由は……ジョン太かindigoに恨みがあったから？　じゃなきゃ誰かに頼まれるか、命令されるかしたとか」

私が仮説を述べ、ジョン太は「俺、なんにもしてないっすよ！」と主張した。顎に手を当て、塩谷さんが考え込むような顔をした。

「キャバクラ嬢が頼みごとや命令を断れない相手と言えば、所属してる店。あるいは、入れ込んでる男。可能性として考えられるのは」

「ホスト！」

憂夜さんと犬マン、私が同時に声を上げ、顔を見合わせた。

二日後、午前一時前。

私は道玄坂にいた。隣には、なぎさママ。

「あ〜あ。なんだってあたしがこんなことしなきゃならないのよ。しかも、こんな女と」

「こんな女」と言いながら横目で私を見て、なぎさママは吸っていた煙草を地面に捨てた。その声と姿に驚き、通りかかった若い男が振り向く。

「ちょっと。声がデカいし、前に出すぎ」

そう咎め、私はママを通り沿いに立つビルのエントランスの陰に引き戻した。私の手を振り払い、ママはさらに言った。

「そもそも、その格好はなに？　いつにも増してひどいわよ」

「えっ。そう？」

思わず訊き返し、私は自分が身につけているものを見た。

パフスリーブのブラウスに、濃紺のフレアスカート。靴はベージュのローヒールのパンプスで、アクセントとしてシンプルなデザインのパールのネックレスをしている。

「そうよ。そういう化繊のペラペラの服を着て許されるのは、二十代まで。あんたの歳じゃ、みすぼらしく見えるだけよ。しかもパフスリーブって。大方、『彼ママの印象アップ！　結婚挨拶にぴったりのファッションはこれ!!』とかいうサイトに載ってたコーディネートをそのまま揃えたんでしょ？」

ぎくりとして、私はママに背中を向けた。

図星だ。このところ私はヒマを見つけては「彼氏　親　挨拶　ファッション」「結婚

挨拶　手みやげ」等々のキーワードでネット検索をかけ、ヒットしたサイトを熟読している。仕事柄リサーチは得意なので、あっという間に基礎知識は頭にインプットし、試しにあれこれ買って予行練習のつもりで着て来た。情報としてのファッションは好きだが自分の身なりにこだわりはないので、「ちゃんとして見えればいい」程度だったのだが、面と向かって「ひどい」と言われるとショックだ。加えて、普段スカートはほとんど穿かないので下半身が心もとなく、肌色のストッキングにいたっては、これが人生初。とにかく落ち着かず、気疲れもする。

ぐるぐると考えていると、後ろでまたママの声がした。

「ちなみに化粧もひどいわよ。チークが濃すぎてオカメインコみたいになってるし、あんたにその色のグロスは似合わない。じゃあ、どうしたらいいのかって言うと」

「どうしたらいいの？」

勢いよく振り向き、私はママを見上げた。それを待ち構えていたようにママは、

「教えてあげな〜い」

と返し、顎をあげて笑った。

「あっそう」

うんざりして、私は再び背中を向けた。指先でこっそり頬のチークを拭い、改めてママと向き合って告げた。

「とにかく私がイヤでもなんでも、我慢して。ホストたちは仕事で動けないし、憂夜さんはハルミを見張ってるんだから」

「だったら、憂夜さんと組みたかったわ」

「その憂夜さんが、『高原オーナーお一人では危険ですから、なぎさママにボディガードをお願いします』って言ったのよ」

「まったく。都合のいい時だけ人を男にするんだから。塩谷ちゃんは？　なにやってんのよ」

ボヤいて、ママはコートのポケットから煙草の箱を出した。コートは黒。さすがに目立つ格好はまずいと思ったらしいが、コートの下は派手な幾何学模様のドレスだ。

「一昨日ハルミの店を突き止めた後、『会社でやることがある』って出て行ったきり姿を現さないし、連絡も取れないのよ」

「なにをやってるんだか。そもそも、ハルミは本当にカルナヴァルのホストに入れ込んでるの？　昨夜も一昨日の夜も、姿を現さなかったじゃない」

くわえた煙草に銀のライターで火を点け、ママは通りの先に目を向けた。私も倣う。カルナヴァルは三軒先のビルの四階に入っている。さっきから数人出勤して来たホストらしき男が、ビルに入って行った。

「塩谷さんは、間違いないって言ってたし、カルナヴァルがindigoを目の敵にしてるのは確かだからハルミを使って、っていうのは、話の筋は通ってるのよね」

「自分だってキャバクラ嬢なんだから、『客は金づる』『いい顔するのも、売り上げのため』ってわかってるのになんでホストなんかに。逆に、キャバクラ嬢に入れ込んで身を滅ぼしたホストなんてまずいないんじゃない？　女って本当にバカ、っていうか愚かよねえ」

　そう言い放ち、顎を上げて高らかに笑う。

「自分こそ、都合のいい時だけ男目線になってるじゃない」と言い返してやろうか。でも摑み合いの大ゲンカになって、見張りどころじゃなくなるかも。

　逡巡を始めた私のジャケットのポケットで、携帯が振動した。取り出して見ると一志からだった。出る訳にはいかず、私は携帯をポケットに戻した。

「オープンするまで」という約束を破りまたindigoに出入りしていることは、一志には伝えていない。事情を説明すればわかってくれるかもしれないが、旅行は来週に迫っている。今さら揉《も》めたくないし、ハルミの件はきっとすぐに解決するはずだ。

「男から？　出なくていいの？　棄《す》てられても知らないわよ」

　問いかけられたが無視すると、ママはこう続けた。

「せいぜい悪あがきして、男の親に気に入られるようにがんばりなさいよ。『嫁に行った方がいい』は、嫌みだけで言ったんじゃないの。あんたの男は女を金づるとも、やるための道具とも思ってないんでしょ？　だったら放しちゃダメ。すぐに結婚しなさい」

偉そうなのは変わりないが、いつになく穏やかで語りかけるような口調。一方で眼差しは寂しげながらも厳しく、挑むように夜の街を見ている。

意外な展開に私はリアクションが取れない。ママはさらに言った。

「女を金づるとも、やるための道具とも思わない男なんて普通？　それはあんたがすごく幸せで、いろんなものから護られた人生を送ってきた証拠よ。ツッパリから更生できたことも含めてね。わざわざこんなドブ川みたいな世界に、足を突っ込まなくてもいいじゃない。もちろん、ドブ川にだって大勢人はいる。でもそれは汚れやら臭いやらが染みついて取れなくなった人間か、生まれつきドブ川でしか生きられない人間よ。それにね、なにが怖いって、ドブ川ってどんなに流れに抵抗して遡って上流まで行っても、ドブはドブなのよ。湧き水とかお花畑とか、もう全然ないの。びっくりよ」

最後は笑いだし、私の肩を叩く。その仕草を「まんま、おばさんだな」と思いつつ、どう受け取ったらいいのか迷う。でも、「ハンパやってんじゃねえよ」と言われた時とは種類の違う重たいものを、腹に放り込まれた気がした。

これまでなぎさママが私に発した言葉は、全部ママが歩いて来た道、泳いだドブ川での経験に基づくものなのだろう。田舎の高校で「イキのいい不良」を相手に教壇にたっていたママが「夜の渋谷の女王様」になるまでのストーリーを、ママ以外にも知っている人はいるのだろうか。いるとしたらその人はどんな思いで、そのストーリーに寄り添って来たんだろう。

一旦止まった携帯が、また振動を始めた。

今度は出て一志と話そうか。そう思って画面を見たら、憂夜さんからだった。

「もしもし」

「コフレを出たハルミは文化村通り経由で道玄坂に入りました。恐らく、そちらに向かっていると思われます。私もこのまま尾行を続けます」

「了解。じゃあ後で」

私が電話を切るとママは「あらやだ。憂夜さんが来るの？」と、すっかり元の口調と顔つきに戻り、煙草を捨ててグッチのバッグから化粧ポーチを出した。

十分も経たずにハルミが姿を現した。

私となぎさママの前の歩道を進み、カルナヴァルのビルに向かう。胸元が大きく開いたニットにミニ丈のタイトスカート、ハイヒールという格好で、肩からディオールのバッグを提げている。コフレの公式サイトの写真ほどではないが厚化粧で、携帯の写真ではストレートだった髪は毛先がカールしている。

「十月に生足。さすが十代」

タイトスカートから伸びたすらりとした脚を見て、ついコメントしてしまう。

すかさず、「感心してどうすんのよ。行くわよ」と突っ込み、ママはハルミを追いかけようとした。私が止めるより早く憂夜さんが現れ、ママの腕を引いた。

「なんでよ。とっ捕まえて白状させなきゃ」

主張しながら、ママは憂夜さんとエントランスの陰に戻って来た。ダークスーツ姿の憂夜さんはママの腕から手を放し、こう答えた。

「まだダメです。証拠を摑まなくては」

「え〜っ。じゃあ、まだここで粘るの？」

ママが眉をひそめ、私はハルミがカルナヴァルのビルに入って行くのを確認した。

「塩谷さんの言うとおりだったわね。ところで、カルナヴァルってどんな店なの？　ホストらしき男が何人もビルに入って行ったし、同伴の女の子を連れているホストもいたわ」

「卓数三十弱の中箱《ちゅうばこ》ですが、月間売り上げは五千万円です。経営母体は『エンパイアグループ』という二年前に設立された会社で、社長の空閑《くが》リョウは二十七歳。ジニアスの元ホストで、現在も甲田観光とつながりはあるものの、渋谷や恵比寿《えびす》、青山など、ホストクラブが少ないか、まったくなかったエリアに出店し、成功しています」

すらすらと、憂夜さんが答える。

「ふうん。でも、このあいだ私たちに絡んで来た四人と、ハルミを indigo に送り込んだホストのボスでしょ？　四人のやり口はいかにもって感じだったけど、ハルミの件は悪質っていうか、狡猾《こうかつ》すぎる。その空閑って男もきっとくせ者よ。だって、店はオーナーの鏡だもの」

「したり顔でなに言ってんのよ。素人のクセに」

ママは鼻を鳴らしたが、憂夜さんが「どうぞ」と促してくれたので、私は続けた。

「この前の挨拶回りでたくさんのお店を廻って思ったの。おしゃれなオーナーの店はスタイリッシュだし、優しいオーナーの店には、穏やかな空気が流れてる。ぱっと見はわからない店も、ちょっとした味付けとか、掃除の行き届き方とかに必ずオーナーの姿や人柄が感じられたわ……来夢来人には、ちょっとびっくりしたけどね」

私が笑うと憂夜さんも、

「なるほど。『店はオーナーの鏡』、さすがのご慧眼《けいがん》です」

と言って微笑んだ。

それから「疲れた」「自分の店を見に行かなくちゃ」とボヤくママに、「もう帰ってもいいわよ」と私が返し、ママは「とか言って、憂夜さんと二人っきりになろうって腹ね。そうはいかないわよ」と嚙みついて来て、言い合いになりかけたところを憂夜さんに止められ、というパターンを繰り返しているうちに二時間が経過した。

ハルミがカルナヴァルのビルから出て来たのは午前三時過ぎ。足下がおぼつかず、一緒に出て来た男に肩を抱かれている。

「何日か前に病院に担ぎ込まれたってのに、またあんなに飲んで。ホント、バカな子ねえ。しかも入れ込んでる男って、あれ？　ないわ～」

眉をひそめ、なぎさママはハルミとその肩を抱く男を見た。

男は二十代半ば。中背でがっちりした体にダークスーツをまとい、五分刈りにした髪を金色にカラーリングしている。

すかさず、憂夜さんが新たな情報をくれた。

「あの男は凰牙《おうが》。カルナヴァルでは先日私が成敗して空いた代表の座を、数名のホストが奪い合っています。凰牙もその一人で、売り上げを伸ばして社長の目に留まり、ライバルを出し抜こうと必死です」

「『成敗』って……じゃあ未成年の指名客を利用してindigoにダメージを与え、社長に点数稼ぎをしようとした、ってこと？　とんでもない男ね。狡猾どころか、人として許せないわ」

「おっしゃるとおりです。参りましょう」

低い声で告げ、憂夜さんはビルのエントランスを出た。私とママも続き、歩道の端でなにか話しているハルミと凰牙に歩み寄る。

「ハルミ様。もしくは、『ひなた』さんとお呼びした方がよろしいでしょうか？」

憂夜さんに問いかけられ、ハルミがこちらを見た。その目は酔いで充血し、焦点も合っていない。

ハルミに微笑みかけ、憂夜さんは続けた。

「〈club indigo〉のマネージャーの憂夜と申します。先日はご来店ありがとうございました。店を出られた後に体調を崩されたと伺いましたが、コフレに出勤なさったようで何よりです。しかし、今もお顔の色が優れませんね。どうなさいました？　まさかお酒を召し上がりましたか？　未成年のハルミ様が？　ならば責任は、お酒をお出しした店にあります」

朗々と、しかし「職場を含め、あなたのことは把握していますよ」と突き付けながら語りかけ、最後に強い目で凰牙を見た。

「はあ？　なんだ、お前。関係ねえだろ。消えろ」

眉間にシワを寄せて顎も上げ、凰牙はすごんだ。田舎臭い顔立ちが、金髪とまったく釣り合っていない。

動じる様子は微塵《みじん》もなく、憂夜さんはさらに言った。

「そうはいきません。未成年に飲酒をさせるのは違法行為。立派な犯罪です」

「うるせえ！　知るか、そんなもん」

凰牙がハルミを支えていた腕を外し、憂夜さんを睨み付ける。倒れそうになったハルミは、とっさに私が支えた。

憂夜さんに摑みかからんばかりの勢いで、凰牙はさらに捲し立てた。

「この子が勝手に飲んだんだし、未成年なんて聞いてねえよ！　今日初めて来た客だ。だろ？」

無言でこくこくと、ハルミが頷く。立っているのがやっとの状態なのに、私の手を振り払おうとするのが痛々しかった。

猛烈に腹が立ち、私は凰牙を見て口を開いた。が、一瞬早く、後ろで誰かが言った。

「ウソつけ。このゲス野郎が」

ハルミを除く全員が目を向けると、塩谷さんが立っていた。私と憂夜さんは驚き、凰牙は今度は塩谷さんにすごんだ。

「なんだと、コラ！　おっさん、ケンカ売ってんのか」

「ケンカを売ってるのはそっちだろ」と言い返してから、塩谷さんは私と憂夜さん、ママに告げた。

「犬マンはハルミちゃんと連れのチカちゃんは、『前のバイト先が同じ』『二人とも、バイト先は渋谷』と言ってたろ。だから会社のパソコンで、渋谷のキャバクラを洗い直したんだ。見つけたぞ、チカちゃん。この近くの『パンプス』って店のナンバーツーで、源氏名は『愛華《あいか》』ちゃん。早速、一昨日、昨夜、今夜と通い詰めて、ボトルを入れて、アフターも行って寿司を食わせて」

そこで言葉を切り、塩谷さんは盛大なゲップをした。私とママ、通行人の若い女も、イヤな顔をする。言われてみれば、塩谷さんの顔はまだらに赤くなっていた。

凰牙がなにか言おうとしたのを遮り、塩谷さんは話を続けた。

「とにかく、チカちゃんから聞きだしたところによると、『ハルミは三カ月ぐらい前から凰牙に入れ込んでて、カルナヴァルに通い詰め、同伴とかアフターとか、プレゼントもして貢ぎまくってる。シャンパンタワーをやったり、凰牙とベッドの中にいたりする写真を見せられたこともある』そうだ。indigo へ行ったのは、『ハルミに、凰牙に行けって言われたけど、一人だと怪しまれるから付き合ってって頼まれた。トイレに行くたびにどんどん様子がおかしくなっていったから、多分バッグに隠して持ち込んだお酒をトイレで飲んでたんだと思う』だとよ」

再び言葉を切り、塩谷さんは「後は任せた」と言うように憂夜さんに視線を送った。頷き、憂夜さんは凰牙に向き直った。

「どうだ。これでも『未成年なんて聞いてねえ』『今日初めて来た客だ』と言えるか？　お前個人が複数の罪に問われるのはもちろん、これだけ悪質だと警察はカルナヴァルも見逃さないぞ。責任者に罰金または懲役刑が科せられるのはもちろん、営業許可も取り消されるだろう。代表の座を狙うどころではないな」

ほんの少し前までとは別人のような、厳しく容赦のない口調と眼差し。塩谷さんとハルミを連れた私、ママも加わり、取り囲むようにして凰牙を睨んだ。

「な、なんだよ。俺がなにしたって言うんだよ。indigoなんて知らねえよ」

こちらも別人のようになってうろたえ、凰牙は私たちの顔を見回す。憂夜さんが告げた。

「渋谷から去れ。そうすれば今回の件は見逃してやる。二度と我々とハルミさんに顔を見せるな。貴様に、ホストを名乗る資格はない」

決まった。私は心の中で拍手し、塩谷さんは小鼻を膨らませた。なぎさママが、うっとりした目を憂夜さんに向ける。

「……俺が消えても、絶対誰かがお前らの店を潰すぞ」

舌打ちとともに捨て台詞を吐き、凰牙はパンツのポケットに両手を突っ込み歩きだした。

「凰牙、待って」

呂律の回らない声で言い、ハルミが後を追おうとした。それを止め、私はハルミの顔を覗き込んだ。

「行っちゃダメ。どう口説かれたか知らないけど、あいつはハルミちゃんを全然大切に思ってない。じゃなきゃお酒を飲ませたり、自分の目的のために利用したりしないわ」

「違う。そんなことない」

青白い顔を横に振るハルミに、今度は塩谷さんが語りかけた。

「チカちゃんに聞いたけど、家出して東京に来たんだろ。保護者なしの未成年は食い物にされるだけだぞ」

「そうよ。家に帰れとは言わないけど、家族がいるなら電話だけでもしてみたら？」

私たちのやり取りを聞いているうちに同情心が湧いたのか、ママも言う。しかしハルミは、さらに大きく首を横に振った。

「やだ。家も家族も、イヤ。全部いらない。誰も助けてくれないもん。凰牙は私を助けてくれた。私に笑いかけて話を聞いて、『好きだ』『かわいい』『一緒に夢を叶《かな》えてくれ』って言ってくれた」

「それは『助けた』んじゃない。甘やかしただけ。いい気持ちにさせて、その甘さから離れられないようにしただけよ」

再び顔を覗き、私は訴えた。どろんとしていたハルミの目の焦点が合っていくのがわかった。

「『甘やかした』？」

「うん。人に助けを求めるのは悪いことじゃない。でもハルミちゃんにも、自分を助ける力はあるの。今すぐじゃなくても、生きていく中で見たり聞いたりしたことや出会ったものが、あなたを助けて、負った傷を癒やしたり、背負ってるものを減らしてくれる。未来の自分が過去の自分を救うことだってあるの」

初対面の女の子になんでこんなに熱く語っているのか、よくわからない。でもあんなにわかりやすくクズな男の笑顔や声を「助けてくれた」と信じ、支えにするほど、この子は孤独で無力なのだ。

「……よくわかんない。あなたたち、誰？　indigoって、アフロの子がいた店？」

私と後ろのみんなを見て、ハルミが訊ねた。酔ってはいるが、少し意識がはっきりして来たようだ。頷いて、私は答えた。

「そうよ。〈club indigo〉、来てくれたのよね。楽しかった？」

「うん。アフロの子が『ここは俺らの部屋』って言ってたけど、本当に家に遊びに行ったみたいだった。みんな優しくて、楽しくて、温かかった……また遊びに行ってもいい？」

頷きかけた私を制し、憂夜さんが返した。

「今はやめた方がいいでしょう。indigo のみんながしたように、ハルミさんもご自分に優しくしてあげて下さい。もしかしたら、今こちらの女性が言った『自分を助ける力』が湧くかもしれません。そうしたら、〈club indigo〉においで下さい。ホストも私たちもお待ちしております」

最後の「お待ちしております」しか理解できなかったのかもしれないが、ハルミは
「うん」と返し、かすかに笑った。

それから憂夜さんは、「念のため知人の病院に連れて行きます。ハルミさんの意識がはっきりしたら飲酒の件を確認し、警察と実話レポートに真相を話してもらえるようお願いします。真相がわかれば、実話レポートも記事を取り下げてくれるはずです」と私たちに告げ、ハルミと一緒にタクシーに乗り、いずこかへ走り去った。

「indigo は『お終い』の危機を脱した、ってこと？」

タクシーが走り去った車道から向き直り、私は問うた。肩をすくめ、塩谷さんが道玄坂を下り始めた。

「多分な」

「そう。よかった」

安堵して、私も歩きだした。後に続きながらママも言った。

「人間、酔っ払っててもこれってことは、意外と覚えてるもんよ。さっきのあんたの言葉が半年後だか一年後だかの、ハルミちゃんの助けになるかもよ」

「だといいけど」

「あんた、晶だっけ？　意外といいこと言うじゃない。ジョン太の携帯の写真に気づいて、ハルミちゃんを見つけるきっかけを作ったのもあんただし。ちょっとだけど、見直してあげる。服と化粧のセンスは最悪だし、ホストクラブのオーナーより探偵か刑事の方が向いてると思うけどね」

　あくまでも上からの物言いで告げ、ママは私の肩をばしんと叩いて、がはは、と笑った。「なにそれ」と返した私だが、こちらも「ちょっとだけど」嬉しかった。

「未来の自分が過去の自分を救う」は、私の実体験だ。

　ハンパな田舎のツッパリで、やりたい放題やりながらも閉塞感と何者でもない自分に不安とコンプレックスを抱えていた私が、ライターという仕事に出会い、文字で自分を表現することでどこにでも行って、誰とでも会う、という自由を手に入れられた。また酒の席の何気ないひと言がきっかけで、限られた期間だったがライターとしての自分とは別の仲間と居場所を得ることができ、宿敵とすら思っていたなぎさママに「晶」と呼ばれ、褒められもした。

　形は違っても、きっとみんな自分で自分に救われているはずだ。

　改めてそう思った時、ぱっと目の前が明るくなって視界も開けた気がした。そして、浅海さんの顔と「何か一つ足りない」という声が頭に蘇った。

「ごめん。私、行くわ。今度こそ、ボランティアは終わり。お疲れ様。みんなによろしく」

早口で塩谷さんとママに告げ、私は走りだした。後ろでママがなにか言ったのがわかったが、振り向く余裕はない。

最初の別れはそれなりに感動的だった。二度目の別れでそれを全部台無しにしてしまった感はあるが、仕方がない。これもある意味、私らしいのかもしれない。

頭の隅でそんなことを考えながらはやる気持ちを抑え、私は道玄坂を駆け下りた。

10

浅海さんが、原稿に読みふける気配があった。

前回電話で話した時と同じパターンだったが、私は喉の渇きは覚えず、コードレスの子機を耳に当てたまま浅海さんを待った。

「失礼しました」

浅海さんが言った。私が返事をする前に、

「いいですね。私が『足りない』と感じたのは、これだったのでしょう」

と続けた。落ち着いた声の端々に興奮と安堵が感じられる。

「ありがとうございます！」

私は仕事机に着いたまま一礼し、机上に広げたニコチン依存症がわかる本の闘病記の原稿を見た。

三日前。

道玄坂から帰った私は、朝になるのを待って闘病記に登場してもらう元患者さんに連絡を取り、追加取材をさせてもらった。投げかけた質問は一つ、「禁煙中の一番苦しかった時の自分に会ったとしたら、かけたい言葉はなんですか？」。

結果、一人目は「逃げるが勝ち」と答えた。煙草や喫煙に関するもの、イメージさせるものをすべて避け、山の中や海の上で過ごしたりもしたそうだ。

もう一人は、「これは病気だ」。ニコチン依存症は、がんや感染症などと同じ「病気」で、煙草を吸いたくて仕方がなく、イライラするのは病気の症状で、自分がだらしないとか弱いとかではない、と思うと気が楽になったという。

最後は女性で、「他のものに依存するのもあり」だった。離脱症状のピーク時には買い物やゲームをしまくり、乗り越えた。「別の依存症になるのでは？」という不安もあったが、離脱症状が落ち着くのと同時に買い物やゲームへの興味も薄らいだそうだ。

「前の原稿にも『禁煙に挑戦中の人へのアドバイス』はありましたが、過去の自分へのメッセージなら、遠慮なしの本音が言えますからね。結果的にそれが患者さんにとって、リアリティーと気づきのある言葉になっている。いいアイデアです。どうやって考えたんですか？」

浅海さんに問われ、私は少し考えてから答えた。

「病気とは違いますけど、抱えていたり背負っていたりするものに翻弄されている人に会ったからだと思います。あとは、私も患者さんと同じように闘ったからじゃないでしょうか。ここ二カ月ぐらいはライターになって以来、これ以上ないってぐらい苦しんでもがいて、手当たり次第になんでもやりました。正直ボロボロです」

最後のフレーズは冗談めかして告げ、笑う。

頭にハルミの姿が蘇り、また木津さんと土橋くんにグチったり、煙草を吸って一志に笑われたり、イライラして塩谷さんに「命の母A」を勧められたりしたのも思い出した。

ハルミのその後は気になるし、恥ずかしさを覚えたりするが、「あれもここまで来るための過程だったんだな」と誇らしくも思えた。

「そうですか。しかし禁煙は煙草が欲しくなくなったらゴールではなく、喫煙せずにいられる状態を、維持することで、闘いは一生続くとも言えます。高原さんもものを書く仕事を続けられるなら、まだまだ先は長いですよ。そもそもニコチン依存症の本は、まだ刊行されていませんし。原稿の手直し、ゲラチェック、仕事はたくさん残っています。気を引き締めてお願いします」

「わかりました。改めてよろしくお願いします」

再び、私は机上に頭を下げた。

また少し間が空き、原稿になにかあったかと私が不安になった時、浅海さんはこう告げた。

「高原さん。階段を一段上がりましたね」

その言葉にはっとして私は黙り、浅海さんは続けた。

「正直何度も、『私が手直しするので原稿はもういいです』と言おうとしました。でも高原さんの文章には、あなたの色があった。私が直しの指示をして原稿が戻って来るとその色はどんどん濃く、鮮やかになっていきました。普通は直せば直すほど、文章は読みやすいけれど、面白みのないものになっていくんですけどね。こんなことは初めてで、この人ならやり遂げられると感じました。同時に編集者として楽しくて、『もっともっと』とあれこれ言いすぎてしまったかもしれません。ご負担をおかけしました。でも、きっといい本になると思います」

「はい」

言われたことを全部覚えておきたくて、でも嬉しいという感情の勢いがすごすぎて、いくつかのフレーズ以外は吹き飛ばされてしまいそうで、そう返すのが精一杯だった。

その後も少し話し、浅海さんは最後に「気は早いですが、次は【老眼がわかる本】をお願いします」というプレゼントをくれて、電話を切った。

しばし余韻に浸った後、私は今の会話を報告すべく、一志の顔を思い浮かべて携帯に手を伸ばした。


「ホストクラブ!?　なに面白いことやってるんですか」

声を張り上げて目も見開き、土橋くんは持ち上げたコーヒーカップをソーサーに戻した。

私は「声のボリュームを落として」と注意して店内を窺ってから、土橋くんに向き直った。

「そりゃ話を聞いてる分には面白いだろうけど、大変だったのよ。トラブルは次々起こるし、会う人会う人みんな『これでもか』ってくらいキャラが濃くて、胃もたれしそう」

そう言ってシャツの上から胃をさすって見せたが、土橋くんはこっちの話は聞かずに「いいないいいな」「なんだよ。僕も交ぜて下さいよ」と一人で盛り上がっている。

浅海さんとの会話を報告するため一志、木津さんに続いて土橋くんに電話したところ、「僕も連絡しようと思ってたんですよ。この後、お茶しませんか?」と誘われた。指定された店はまた三宿だが、カフェで時刻は午後二時だ。

ニコチン依存症がわかる本からお互いの近況報告へと話題は移り、言うつもりはなかったのだが、店のコンセプトを思いついた時には土橋くんの姿と連れて行ってもらったバーも浮かんだことを思い出し、どうしても礼が言いたくなり、〈club indigo〉のことを話してしまった。

「だけど、もうお店はやめちゃったんですよね。もったいないなあ。ライター業には進展があったんでしょ？　浅海さんって人に、『向いてるから健康実用書の仕事をメインにした方がいい』とも言われたんですよね」

「うん。メディカルライターを名乗るかどうかはわからないけど、せっかくお墨付きをもらったし、しばらくこのジャンルで腕を磨こうと思う」

「よかったじゃないですか。その勢いでお店も続けましょう。本当にすごくいいアイデアだと思うし、絶対流行りますよ」

コーヒーをすすり、土橋くんは訴えた。私もコーヒーを飲み、首を横に振った。

「そんなに甘くないって。物事は始めるより続ける方が難しいって言うけど、お店も一緒。とくに副業なんて無理よ。旅行にも行くし」

「結婚一直線ってことですか？　彼氏はお店のことは知ってるんでしょう？　どういう反応でしたか？」

「驚いてたし、反対された。まあ当然よね。開店までって約束で認めてくれただけでも、ありがたいと思わないと」

「そうかなあ。元ヤンキーでライターでホストクラブのオーナーが彼女なんて、わくわくするけどなあ。面白すぎるじゃないですか」

「『ヤンキー』じゃなく、『ツッパリ』」とお約束の訂正をしてから、私は続けた。

「まあ世の中『面白ければいい』だけじゃない、ってことよ」

最後に苦笑した時、一志の言葉を思い出した。

「母親がね。どう思うか、わからないでしょ」と「よりによって、なんでこのタイミングで」。もう気にしていないのに、最近やたらと思い出す。明後日から旅行だし、多分緊張のせいだ。

カップをソーサーに戻して顔を上げると、カフェの壁際の小さなテーブルが目に入った。テーブルの上には、青く丸みを帯びたボディのディスプレイ一体型のデスクトップパソコンが載っている。iMac だ。

indigo にもあれを置いたらどうだろう。かわいいし、リビング感も高まる。ホストとお客さんに弄ってもらっても楽しいかも。

そう浮かび胸もときめいてから、もう indigo はやめたのだと気づいた。

この二カ月、店のことばかり考えて来たんだし、当然だ。旅行に行っていろいろ動きだせば忘れはしないけど、遠い存在になる。自分にそう言い聞かせながら、どんどん寂しくなっていくのを感じる。

「そう言えば『連絡しようと思ってた』って、なに？　木津さんの会社で、すごくいい仕事をしてくれたんですってね。木津さんが、『さすが土橋豪』って感激してたわよ。よければ今後も力を貸してあげて」

気持ちを切り替えるつもりで私は語りかけた。土橋くんは私を見て数回瞬きし、一旦目を伏せてから、またこちらを見た。

「光栄だし、是非と言いたいところだけど、できません。実は僕、デザイナーをやめて田舎に戻ることにしたんです」

「えっ。なんで？」

「家業の鉄工所を継ぐんです。うちは両親が早くに亡くなって、六つ上の姉が工場を切り盛りして、僕を育ててくれたんです。でも、少し前に姉が亡くなって。がんで、ずっと入退院を繰り返してたんですけどね」

落ち着いて淡々と、土橋くんは話した。一方私は驚き、焦りも感じて、前のめりの早口になってしまう。

「田舎って、長崎だっけ？　家業とデザイナーを並行してやれば？　ネットもあるし、なんとかなるわよ」

しかし土橋くんは、首をゆっくり横に振った。

「どちらも中途半端になりそうなので。それに僕、鉄工所の仕事も好きなんです。子どもの頃よく工場の中をうろちょろして溶接の火花とか眺めて、叱られました。すごく綺麗なんですよ」

そう言って微笑む土橋くんに、それ以上食い下がれなかった。彼が心を決めているのがわかったからだ。

ため息をつき、私は言った。

「だから、木津さんの仕事を受けてくれたのね」

「まあ、そうですね。高原さんには駆け出しの頃からお世話になって、面白い話もたくさん聞かせてもらいましたから。だからって言うのも変だけど、ホストクラブの仕事を続けて欲しいいな。僕に二足のわらじは無理だけど、高原さんはできると思う。ていうか、やって下さい」

「そんな無茶な」

「時間のやりくりとか体のキツさとかは、やってるうちに慣れますよ。『表』と『裏』が刺激し合って、どっちも高原さんに不可欠な仕事になると思うな。実際ニコチン依存症がわかる本の闘病記だって、お店のために動いていてヒントを得たんでしょう？」

「そうだけど」

「結婚のことはよくわからないけど、今やってるのは高原さんにしかできない仕事だっていうのは断言できる。マジですよ」

テーブルに両腕を乗せ、土橋くんがずいと身を乗り出した。その目の強さにたじろぎ、私は返した。

「仕事仕事って、私は働くしか能がないみたいじゃない」

「いいじゃないですか。極端な話、死ぬ時に『ああ。俺、いい仕事したな』って思えれば勝ちですよ、ってこれ、うちの姉の受け売りなんですけどね」

私がまた黙ると、土橋くんはふっと笑い、こう続けた。

「晶さんは、姉にちょっと似てます」

「そう」

短く返し、私はコーヒーを飲む土橋くんを見た。

彼と私の間にあって、ずっと宙ぶらりんだったものがかたんと、収まるべきところに収まった気がした。

嬉しく面はゆく、微妙に残念。そして、会ったことのない土橋くんのお姉さんを身近に感じた。死ぬ時に「いい仕事したな」と思えたら勝ちっていいな、お姉さんはそう思えたのかな、と考えた。

二日後、金曜日。午後三時。

私は渋谷南平台でタクシーを降りた。トートバッグを肩にかけ、ドライバーにトランクからキャリーバッグを出してもらい、傍らの店のドアをノックする。

ややあってドアが開き、男の子が顔を出した。前に憂夜さんたちと来た時と同じ、シルクのシャツとカンフーパンツのユニフォーム姿だ。私が「こんにちは」と言うと微笑み、

「いらっしゃいませ」

と、ドアを大きく開けて店内に招き入れてくれた。

男の子の後に付き、厨房に入った。仕込み中の料理人たちの間をキャリーバッグを引いて歩き、突き当たりのステンレス製のスイングドアからバックヤードに進む。薄暗い通路にいくつかドアが並び、男の子は奥の一つの前で立ち止まってノックした。くぐもった声が返ってきて、男の子はドアを開けた。

「どうぞ」

ドアを押さえた男の子が、部屋に入るように私を促す。

「失礼します」

私は会釈し、キャリーバッグを引いて入室した。後ろでドアが閉まり、男の子が去る。

デコレーションケーキのような大きなシャンデリアに白とピンクを基調とした、デコラティブな装飾が施されたソファとテーブル、飾り棚。脚はすべて猫足だ。

「わあ。なんか」

部屋を見回し思わず言うと、

「なによ」

部屋の奥からなぎさママが進み出て来た。今日の装いは、黒いレザージャケットとスカートだ。

「いや。ロココだなあって。立派なオフィスね」

本当は、「想像したとおり。というか、まんまだな」と思ったのだが、今日の来訪の目的を考慮すると口には出せない。

鼻を鳴らし、ママはソファに座った。脚を組んで煙草をくわえ、筒型の大理石のライターで火を点ける。

「で？」

と問われたので、私はキャリーバッグをドアの脇に置いて、その上にトートバッグを載せると、ソファの前に進み出た。体の脇で腕を広げ、一回転もして身につけているものをママに見せる。ベージュのロングワンピースで、シルエットはシンプルだがスカートの部分がプリーツになっている。襟は浅めのボートネックで、リング型の金のペンダントを付けた。

「結局ワンピース？　無難なところに逃げたわね。でも、色を顔が明るく見えるベージュ、素材をシワになりにくいサマーニットにしたのは正解。ボートネックはカジュアルすぎる気がするけど、あんたは首と鎖骨だけは綺麗だから、見せてもいいんじゃない？　七十五点ってとこね」

　煙草をふかし、私を上から下に眺めながらコメントする。

「七十五点って合格よね？　私が卒業した高校は三十点以下が赤点だったし」

　すがるような気持ちで問うと、ママはクールに突っ込んだ。

「赤点と不合格は別物。それに三十点以下が赤点って、どんな高校よ……あんたの彼氏、身長は一七八センチだっけ？」

「うん」

「じゃあ、パンプスのヒールを七センチにしたのも正解。無難なのは五センチだけど、あんたは小柄でしょ。二人が並んだ時の見栄えっていうか、バランスのよさも印象の良し悪しにつながるもんなのよ。それとストッキング。ロングスカートだからって、膝丈のを穿いてないでしょうね？　ちょっとした拍子に相手の親に見えちゃったら、『手抜きしてる』と思われるから」

「うん。電話でも言われたし、ちゃんとパンストを穿いてる。相変わらず慣れないし、変な感じだけど」

　スカートの裾を持ち上げ、肌色のパンストとベージュのパンプスを見下ろして、私は返した。満足したように頷き、ママは顎を上げて煙草のけむりを吐いた。

ママと会うのは、五日前の道玄坂が最後だと考えていた。しかし旅行が迫って来るにつれ不安が募り、思い切って電話をかけて事情を伝え、「お礼はするから、どんな服を選んだらいいか教えて」と頼んだ。

はじめは「冗談じゃないわよ。あんたに、あたしが満足するお礼ができると思ってんの？」とにべなかったママだが、「『がんばりなさいよ』『嫁に行った方がいい』って言ったでしょ」と食い下がったところ、嫌々だが引き受けてくれた。

その後ママが服選びのルールやポイントを語り、私はメモを取った。通話を終えると、私はメモを持ってデパートに向かい、購入したのがこのワンピースとパンプスだ。

「服はそれでいいとして、お次はヘアメイクね」

縁がレースのようになった陶器の灰皿に煙草を押し付け、ママは立ち上がった。

「えっ。でも、彼氏の親に会うのは明日よ」

「わかってるわよ。でも、そのやっつけ化粧と洗いざらしの髪じゃ、せっかくの服がかわいそうだもの……飛騨高山に行くんだったわよね？　向こうから、特上の飛騨牛ステーキを送りなさい」

ドスの利いた声で私に命じた後、ママは「あっち」と部屋の左側を指した。

見ると壁に大きな鏡が取り付けられ、その前に化粧品がぎっしり並んだ棚と椅子があった。戸惑う私をママは鏡の前に連れて行き、椅子に座らせた。

「だけど、ちょっと意外。あんたって肩で風切って、『私は私。文句ある？』で通すキャラだと思ってたから」

私の首にケープを巻き付けながらママが言い、私は返した。

「まあ実際そうなんだけど、一度ぐらいはちゃんとしようかな、と。旅行から帰ったら今度は彼氏が私の実家に来ることになるんだろうけど、絶対彼氏もがんばってくれるから」

その時の一志の姿を想像し、笑いそうになった。私以上に緊張し、事前にあたふたしそうな気がする。

「あらやだ。かわいいこと言っちゃって。じゃあせいぜい、愛想を振りまいて来ることね。向こうの家に行っても、ドテッと座ってちゃダメよ」

「わかってる。彼氏のお母さんが台所に向かったら、『お手伝いさせて下さい』って言うんでしょ？　その時用にエプロンを買って、バッグに入れた」

大真面目に返すと、ママは「なにそれ。本当？」と訊き返し、爆笑した。

「あんた、元ツッパリのクセして、乙女なのねえ。いじらしいし、かわいいわ。オカマにそう思わせるって、すごいことよ」

じゃあ、一志や一志のお母さんもそう思ってくれるかな、と期待も募る。エプロンを何度か洗濯して、「普段から使ってますよ」感を演出したのは黙っておこう。

それから、ママは私が自分で塗ったファンデーションやマスカラを落とし、新たに化粧をしてくれた。驚いたのは、ベースメイクにたっぷり時間をかけること。理由を訊くと「下地がしっかりできてれば、時間が経ったり汗をかいても化粧崩れしない。あとは年相応の肌の上に、もう一つ二十代レベルのすっぴんを作ってる」そうだ。

化粧をして髪も整えてもらいながら、二人で話をした。と言っても、ほとんどはママが喋っていて、化粧の蘊蓄と経営する店の話が中心だった。ただその流れで、「顔と胸は工事済みだけど、シモはそのまんま」なことと、「出身は九州で、東京に出て来た時は二人だった」ことが判明し、私は道玄坂で話した時と同じ様に、ママが経てきた道とドブ川を感じた。

一時間後。鏡の中には肌が十歳若返り、目が一・五倍に大きくなった私がいた。髪もツヤツヤで、毛先は軽く巻かれている。

「すごい。ほとんど別人、ていうか、詐欺の域ね」

鏡を見返し思わず言うと、ママは私の首からケープを外して返した。

「まあ、あんたらしい感想よね。彼氏の親だってそれなりに見栄を張るんでしょうし、騙《だま》したもん勝ちよ。しっかりやんなさい……いま使った化粧品をメモしてあげるから、渋谷の西武で同じものを買って行くといいわ。アイメイクを再現するのは難しいだろうけど、ベースをしっかり作って美肌感を出せば、清潔感もアップよ」

「わかった。ありがとう……大変、もう行かなきゃ」

腕時計を確認し、私は立ち上がった。二つのバッグを取りに行こうとすると、ママに呼び止められた。振り向いた私の目に、自分の首からネックレスを外すママの姿が映る。ママはそのまま私の首から金のネックレスを外し、自分のものを付けた。ダイヤモンドで一粒で小ぶりだが、カットの繊細さと輝きの強さから、クオリティーと値段の高さが推測できる。

驚いて口を開こうとした私を立てた指で黙らせ、ママは言った。

「あげるんじゃないわよ。貸すだけ。でも、似合うわよ。これで晶ちゃんは完璧。自信を持って、ど～んと行きなさい。相手がどんなでもなにを言われても、これも縁。人間一人じゃ生きていけないんだから、どんな出会いやつながりも宝物だし意味があるの。だから大切にして、もしダメでも『ご縁がなかった、ということで』って便利な言葉があるんだから、それにすがればいいのよ」

最後に不吉なことを口にしてがははと笑い、ママは私の肩を叩いた。

もらった言葉と「晶ちゃん」と呼んでくれたことの両方に胸が熱くなり、やっぱりこの人はいい人だ、と思った。

「本当にありがとう。助かったし、パワーももらった。私、ママのこと――」

こちらからもなにかと喋りだした私をママは、「いいから、行きなさい」と遮り、

「飛騨牛に地酒も追加。もちろん特級よ。忘れたら、中華包丁で切り刻んで素揚げにしてやるから」

とさっきよりさらにドスの利いた声で言い渡し、胸の前で腕を組んで顎を上げた。

丸の内口でタクシーを降り、東京駅の構内に入って待ち合わせ場所のカフェに向かった。

一志はまだ来ていなかったので、カウンターでカフェオレを買って駅の通路に面したテーブルに着いた。時刻はちょうど午後六時だ。

五分ほどして、キャリーバッグを引いた一志がやって来た。

「ごめん。出がけに電話がかかってきて」

額に薄く浮いた汗を拭いながら告げ、こちらを見る。とたんに目を丸くして、こう続けた。

「どうしたの？　なんか今日、盛ってるね」

「なにそれ」

脱力して、私はうなだれた。

化粧と髪形、服装の変化を「盛る」の二言で表現するところに、一志の感性が表れている。あるいは、男はみんなこんなものか？

こちらの心中が伝わったのか、一志は慌てて言い直した。

「ごめん。いつもと違うから。すごくいいよ。別の人みたいだけど、似合ってるし、嬉しい」

最後のワンフレーズは目を伏せ、ちょっとぶっきらぼうに言う。でもそれで、こちらの気持ちが伝わっているのがわかり、私も嬉しくなり、ママに頼んでよかったと思った。

手を伸ばし、私は空いた席に置いた売店のレジ袋を持ち上げて見せた。

「お弁当を買っておいたよ。後でビールも買おう」

「おっ、いいねえ。下呂まで新幹線と在来線で、約三時間半。酒盛りだ」

破顔して、一志はカウンターに飲み物を買いに行った。

私たちの間にはとてもいい空気が流れていて、不安はあるけど、楽しみな気持ちの方が大きい。

大丈夫。きっと上手くいく。そう感じた時、アイスコーヒーの入ったプラスチック製のカップを手に一志が戻って来た。私は弁当の袋の脇に置いた手提げ紙袋を持ち上げた。

「これ、ご両親へのお土産。すごく迷って、来る途中に、以前取材したお店のフィナンシェを買ったの。素朴だけどおいしくて、人気もあるのよ」

「フィナンシェがなにかわからないけど、きっと親は喜ぶと思うよ。晶の仕事のことは伝えてあるから、『マスコミの仕事をしてる人が選んだ』ってだけで、大騒ぎだよ。田舎者だからさ」

　そう返し、一志はストローでアイスコーヒーを飲んだ。テンションが上がるのを感じながら、私は手提げ紙袋を椅子に戻した。カフェは通路に面していて、帰宅する人や、旅行や出張に行く人が大勢行き来している。

「母親も父親も、盛り上がっちゃってさ。浮いた話一つなかった一志が彼女を連れて来るって、親族一同はおろか、近所の人にも言いふらしてるんだよ。下手すると、晶を見に来る人がいるかもしれない。そうなったら、ごめんな」

　テーブルに両腕を乗せ、早口で言う。一志もテンションが高め。加えて、楽しそうだ。

　私が首を横に振ろうとすると、一志は続けた。

「父親なんか、定期預金を解約して家を二世帯住宅に建て替える、なんて言い出す始末だよ。さすがに気が早いって、注意したけどね」

「えっ。『二世帯住宅』って？」

　思わず問うと、一志は顔の前で手のひらを横に振った。

「いや、父親の暴走。気にしなくていいから。でも、ゆくゆくは地元に帰る、って選択肢もあると思うんだ。のどかで自然も多いから、子育てにぴったりだし」

　いきなりの提案に面くらい、違和感も覚えながら、私は相づちのつもりで頷いた。それを同意と受け取ったのか、一志はさらにテンションを上げた。

「子育ては母親も手伝うって言ってるし、晶は無理のない範囲で仕事を続ければいいよ」

「ごめん。ちょっと待ってくれる?」

私が片手を挙げ、一志は黙った。

「『選択肢もある』って言うけど、地元に戻るのを前提で話してない? 初耳だし、いきなりじゃない? それに、『無理のない範囲で続ければいいよ』ってなに? 私の仕事は一志の納得のいく範囲内でなら続けてもいい、ってこと?」

続けて問うと、一志は驚いたようにカップとストローを持ったまま固まった。

女が仕事をすることに対して理解を示すような態度を取りながら、結局自分の立ち位置から一ミリも動く気はなく、なにも変えたくないし、失いたくもない。結婚とか出産とかを経験した友人知人から散々聞いた話で、「男はそういうもの」とすら思っていた。

ただし、一志を除いては。

もちろん一志が舞い上がっていることや、後でじっくり話し合うべきことなのも、わかっている。しかし舞い上がって思わず口にしたからこそ、一志の本音、私からすると無意識の理解のなさが現れている気がしてならない。そのことに、腹が立つよりショックで、大きな不安も覚えた。

「晶、ごめん。暴走してるのは俺だ。嬉しくて、つい」

知らず俯いて黙り込んでいたらしく、一志が腰を浮かせて顔をのぞき込んで来た。顔を上げ、とにかくなにか返さなくてはと思った矢先、私のジャケットのポケットから、松浦亜弥《まつうらあや》の「オシャレ!」の着メロが流れだした。

誰からの着信か気づき躊躇している私に、一志は告げた。

「出れば? 仕事先からかもよ」

「すぐに切るから」

そう断って、私は席を立ってカフェの隅に行った。

「はい」

「犬マンです。今いいですか?」

静かだが、どこか切羽詰まった声。私は訊ねた。

「どうしたの? また何かあった?」

「ジョン太がカルナヴァルの連中に拉致されました。晶さんが来てくれないと、ヤバいです」

「なにそれ。どういうこと?」

驚き、問いかけた。私の脇のゴミ箱に空になったカップを捨てに来た一志が、こちらを見た。すぐに私の後から来たようだ。そろそろ、新幹線の発車時刻のはずだ。

「なんでもないの」と一志に伝え、少し離れた場所に行って改めて犬マンに訊ねた。

「もしもし。ちゃんと順を追って説明して」

　犬マンがなにか答えようとする気配があった、しかし後ろで「なにをやっている」という低く甘い声がして、ごそごそという音が続いた。

「お電話代わりました。憂夜です。犬マンがご無礼を致しました。なんでもありません。お気になさらず」

　憂夜さんは告げたが、私は強い口調で促した。

「なんでもない訳ないでしょ。ちゃんと話して」

「……承知しました。先ほど『ホストを返して欲しければ、〈club indigo〉のオーナーが、カルナヴァルに来い』と連絡がありました。連中は高原オーナーと塩谷オーナーの存在を調べたらしく、高原オーナーは既に店とは無関係だと説明しましたが、聞き入れません」

「なにそれ。ジョン太は無事なの？」

「恐らく」

「『恐らく』って……行きたいけど、これから旅行に行くのよ。なんとかならない？　警察に通報するとか」

　背中に一志の視線を感じ、焦りながらも声を小さくして問うた。憂夜さんが即答する。

「『誰かに知らせたら、ホストがどうなるかわからない』と言われました。別の交渉手段を、探ってはいますが」

言葉を濁してはいるものの、余裕のなさに事態の深刻さを感じた。不安と迷いが胸に押し寄せ、私は携帯を下ろして振り返った。

「一志、ごめん。急用ができたの。先に行っててくれる？」

「急用って？　電話の相手はホストクラブの人だろ」

一志が聞き返す。落ち着いてはいるが、「ホストクラブの人」の言い方には、棘《とげ》を感じた。

「ちょっとトラブルが起きて、私が行かなきゃダメみたいなの」

「放っておけよ。もうやめたんだし、関係ないだろ。それに、『拉致』『ヤバい』って聞こえたぞ。警察は？」

「警察に頼れないからまずいの。後でちゃんと説明する。悪いけど、行かせて」

そう答え、私はテーブルに戻ろうとした。

ぐい、と強い力で腕を掴まれた。顔を戻すと、一志の大きな手が私の腕を捕らえ、一重まぶたで切れ長の目が真正面からこちらを見ていた。

「行かせない。当たり前だろ。どう考えたって危ないし、正業副業関係なく、職業の範《はん》疇《ちゅう》を超えてる。晶、おかしいよ。落ち着いて考えてみろ」

言っていることは正しいし、一志が本気で心配してくれているのもわかった。それでも迷いは消えず、私はキャリーバッグとカフェの出口を交互に見た。

一志は続けた。

「ていうか、『また何かあった?』ってなんだよ。まさか俺にやめたって言ってからも、店に関わってたのか?」

「だから、全部あとで説明する。最終の新幹線には間に合わせるし、もしダメでも、明日の朝一で追いかける。ご両親には明日会うんだっけ? 約束の時間を調整してもらえない? ちゃんとお詫びして、フォローも——」

「仕事みたいに言うなよ!」

びくりと、私の肩が揺れた。ケンカなら何度もしているが、一志が大きな声を出すのは初めてだ。

自分でも想定外の行動だったらしく、一志は「ごめん」と言って顔を背けた。それでも私の腕は放さず、こう続けた。

「仕事があったから出会えたし、お互いを理解できた。俺らにとってすごく大事なものだってわかってるけど、でも、それだけじゃないだろ? キャリアを積むとかスキル磨く以外にも、誰かを護ったり育てたり、安らげる場所を作ったりしたいんだよ。晶は違うのか? 言葉にはしなかったけど、同じだと思ってたよ」

「同じよ。一志が好きだし、ずっと一緒にいたい」

「じゃあなんで？　ホストクラブに関わりだしたのは、俺が旅行に誘ってからだよな。俺がどういう気持ちで誘ったのか、わかってたんだろ？　だったらなんで、ホストクラブなんか。俺に黙ってたように、親にも隠すのか？　バレたらどうする？　また『タイミングが合わなくて』か？」

一志が好きで、ずっと一緒にいたい。言葉に偽りはなく、気持ちも変わらなかった。でも私の中からまっすぐ一志に延びていた線が、ぷつんと切れた気がした。

これから二人が先に進んだとして待っている、様々な未来。それが今の一志の言葉で明確なビジョンとなり、頭の中に映し出され、そこにさっきの、地元に戻ることを巡る会話が重なる。そして姿を現したものに、私ははっきり「違う」と感じた。

「……隠さないし、『タイミングが合わなくて』とも言わない。それに、『ホストクラブなんか』とも思わない」

知らず俯いてしまい、声がかすれて震えもした。よく聞こえなかったらしく、一志が、

「えっ？」

と聞き返した。同じことを繰り返そうとして、ふいに土橋くんの顔が浮かび、「今やってるのは高原さんにしかできない仕事だっていうのは断言できる」という言葉も蘇った。

顔を上げ、私は言い直した。

「一志はすごくちゃんとしてて、ブレもなくて、私がどこでなにをやっても戻って来られたのも、そのお陰だと思う。だから私もちゃんとしようって決めて、努力もしたの。本当よ」

知らず目が動き、ワンピースとパンプス、エプロンの入ったキャリーバッグを見た。

「ど～んと行きなさい」と言われてなぎさママの店を出てから、まだ一時間も経っていないのに。なんだか自分が、とても遠くに来てしまったように感じた。

視線を一志に戻し、私は続けた。

「でも、できない。どうしてもダメなの。ちゃんとしてなくてもおかしくても、これが私で、別の生き方はできない」

「それでもいいよ。俺が晶に合わせる。さっきの地元に戻る話なら」

一志の言葉を私は首を横に振って遮り、こう告げた。

「そんなことしなくていい。それに私に合わせたら、それはもう、一志じゃない」

一志が黙った。しかし私は、話すのをやめなかった。

「一志はもう、十分私に合わせてくれた。私と向き合うために、すごくたくさん無理をしてくれたよ。だから私たちはここまで来られたの。私も無理をしたからわかる。でも、ここから先には行けない。先に進もうとすればするほど、本来の自分から離れてしまう。一緒にいても苦しいだけ。そんな一志は見たくないし、私自身もイヤだよ」

返事はなかった。代わりに、私の腕に加えられた力が緩むのを感じた。ふいに寂しさと不安にかられた。だが、次の言葉は絶対に伝えなくてはならない。

「〈club indigo〉は私の店なの。あの店を護ったり育てたりできるのは、私だけよ」

ぱたりと、私の腕を離れた一志の手が、彼のスラックスの脚にぶつかった。こちらを見たまま、一志がわずかに身を引いたのもわかった。

「ごめんなさい」

そう告げてテーブルに向かい、トートバッグを抱えてキャリーバッグを引き、私はカフェを出た。小走りで通路を改札方向に進みながら、憂夜さんと電話がつながったままなのを思い出した。

「もしもし？」

電話は、切れていた。


indigo のドアには、「臨時休業」の張り紙がされていた。中に入ると塩谷さんと、ジョン太を除くホストたちの姿があった。

「何しに来た。帰れ」

私の顔を見るなり塩谷さんは言った。バーカウンターのスツールに座っている。カウンターの上にはビール瓶とグラス、ミックスナッツの小鉢。

「悪いけど、言い合いをしてるヒマはないから……犬マン。憂夜さんは？」

キャリーバッグを引き、フロアを進みながら訊ねた。ローテーブルの上の灰皿で煙草を消し、布張りのソファから立ち上がって、犬マンが答えようとした。しかし、塩谷さんが遮る。

「出て行かねえなら、つまみ出すぞ。部外者立ち入り禁止だ」

「やれるもんならやってみなさいよ。言っておくけど、ケンカなら踏んでる場数が違うわよ。それにやめようがやめまいが、この店を作ったのは私。ついでに、ジョン太をホストにしたのもね」

真正面から目を見据えて言い返すと、塩谷さんは黙った。振り向くと、犬マンと視線がぶつかった。

「その格好は？」

思わず、という感じで犬マンが訊ねた。視線が動いて、私の顔と髪、服を見る。私はなにも答えず、訊き返した。

「憂夜さんは？」

「さっき晶さんの電話を切ってから、『俺が戻るまで動くな』と言って出て行きました」

「そう。その後、カルナヴァルはなにか言って来た？　ジョン太になにがあったの？」

続けて問い、私はキャリーバッグの上にトートバッグを載せてソファに座った。

「なにも言って来ません。今日の夕方、ジョン太は指名客の女の子と同伴で東口の映画館に行ったんです。で、上映前にジョン太はトイレに行く、って席を立ったんだけど戻って来なくて、女の子から俺に『携帯に電話したけど通じないし、トイレにもいないっぽい』って連絡が来ました。その後しばらくして、店にカルナヴァルから電話があったそうです」

話し方は落ち着いているが、灰皿に山盛りになった吸い殻に彼の心情が現れていた。

一人掛けのソファから、アレックスが立ち上がった。

「俺が行きます」

鼻息の荒さと強く握った拳から、戦闘モードに入っているのがわかった。なだめるつもりで、私は両手を前後に振った。

「まあまあ。カルナヴァルの連中は、私と塩谷さんに用があるのよね？　だったら行って、話をつけましょうよ。どうせ、『掟』とか『シマ荒し』とか言われるんでしょ」

言いながら、バーカウンターを見た。ビールをあおる塩谷さんを西川と尾関が不安げに見守っている。

こちらには目を向けず、塩谷さんは返した。

「脅しや嫌がらせなら、向こうから来るはずだ。連中はリスクを覚悟でジョン太を拉致した。今夜決着をつけるつもりだろう。下手な出方をすると、ジョン太はもちろん、店ごと取り返しのつかねえことになるぞ」

「じゃあ、どうすれば……憂夜さんは動くなって言ったのよね？　なにか考えがあるかも。待ちましょう」

「わかりました」

頷き、犬マンはアレックスをソファに押し戻した。

しかし三十分が経過しても憂夜さんは戻らず、連絡もつかなかった。

「Damn!　我慢の限界です」

アレックスが立ち上がった。鼻息をさらに荒くし、肩も怒らせている。もはや止めるのは無理だろう。

覚悟を決め、私も立ち上がった。バッグを取って肩にかける。犬マンが訊ねた。

「決着ってなんですか？　indigoをやめろって言われたら、なんて答えるんですか」

「わからない。出たとこ勝負よ……でしょ？」

問いかけて、塩谷さんを見た。

ここまで切迫してはいないが、編集者、ライターというコンビで仕事をしている時にも、ピンチはあった。その都度私たちは「その時はその時」「出たとこ勝負」で切り抜けて来た。なぎさママには「甘い」「ド素人」と言われそうだが、人間最後は運とカンだ。

「一時間経っても俺らから連絡がなかったら、警察に通報しろ」

西川と尾関に告げ、塩谷さんはスツールを降りた。そしてグラスのビールを飲み干し、

「行くぞ」

と、ドアに向かった。


道玄坂に行き、カルナヴァルのビルに向かった。

「なにかあったら電話をくれる？」

ビルのエントランスに進む前に、私は犬マンに訊ねた。当然、「ここで待ってます」と言うと思ったからだ。しかし犬マンは、

「俺も行きます」

と返し、私の脇を抜けてエントランスに進んだ。意外に感じながらも私は後を追い、アレックス、塩谷さんも続いた。

エレベーターが四階に着き扉が開くと、真正面に黒いガラス板の両開きのドアがあった。ドアには、広げた翼の真ん中にドクロが配された白いイラストが描かれ、下に「CARNAVAL」とあった。傍らの壁には、ホストの顔写真がずらりと並んでいる。

飛び出して行こうとするアレックスを私がなだめ、みんなでカルナヴァルの前に進んだ。ハンドルを摑んで押したがドアが開かないので、ノックする。

「はい」

ややあって、ドアの内側から男の声が返ってきた。

「〈club indigo〉のオーナーよ」

私が告げるとまた間が空き、ドアが解錠される気配があった。

厚みのあるドアが少し開き、ホストらしき若い男が顔を覗かせた。黒髪の所々に、金色のメッシュを入れている。警戒しているのか、メッシュの男はこちらの四人に念入りに視線を走らせてからドアを大きく開け、

「入れ」

と言った。

薄暗い通路を抜け、客席フロアに入った。

ガラス、金、黒革、また金。予想はしていたが、絵に描いたような王道系の内装とインテリアだ。案の定、犬マンが「げっ」と呟くのが聞こえた。

憂夜さんに聞いたとおり、卓数は三十弱。開店時間まではまだ五時間以上あるはずだが五、六名のホストが客席のソファに腰掛け、私たちを鋭い視線で出迎えた。こちらのビジュアルも、典型的な王道系だ。

メッシュの男は、私たちを奥のＶＩＰルームらしき個室に連れて行った。

個室に入って真っ先に、私はジョン太を捜した。壁沿いにＬ字型に置かれたショッキ

ングピンクの長いソファの端に、見慣れたアフロ頭があった。

「晶さん！　……なんすか、その格好」

立ち上がって叫んでからぽかんとして、犬マンと同じ疑問を口にする。今度も無視して、私はジョン太の状態を確認した。

アフロヘアはひしゃげているが殴られたような形跡はなく、身につけたトレーナーとジーンズにも乱れはない。私はほっとし、ジョン太に駆け寄ろうとしたアレックスは、犬マンが制止してくれた。ソファの脇に立った男が、ジョン太の肩を摑んで座らせる。

「へえ。あんたらがオーナーか」

鼻を鳴らしながら、誰かが言った。

顔を向けると、向かいのL字型ソファのコーナーの部分に男が座っていた。

歳は二十代後半。茶髪だが、変な前髪ではない。しかし体を鍛えすぎなのと日焼けのしすぎで、ぎょろりとした目も相まって、爬虫類的《はちゅうるいてき》なグロテスクさがある。

「そうよ。あなたは空閑リョウね」

他のホストたちと似たようなスーツとワイシャツを着ているが、値段は一桁違いそうだ。加えてジャケットの袖から覗く腕時計は、文字盤にダイヤモンドが埋め込まれたフランクミュラー。

「おお。ご存じでしたか。光栄です」

ソファの前のローテーブル越しにこちらを見ながら、口調をわざとらしい敬語に変え、空閑が笑う。色艶の悪い薄い唇がまた爬虫類っぽくて、私は嫌悪感を覚えた。

メッシュの男が個室を出て、代わりに客席のソファにいたホストたちが入って来た。空閑の前のローテーブルに丸椅子を二つセットし、私と塩谷さんを座らせる。丸椅子は接客時にホストが座るもので、色と素材はソファと同じだ。

私と塩谷さんの後ろに犬マンとアレックスが移動し、それを囲むようにホストたちが立つと、空閑はソファに寄りかかっていた体を起こした。

「言いたいことがあるなら店に来なさいよ。ホストを拉致するなんて、卑怯《ひきょう》じゃない。これがあなたたちの、掟で礼儀？」

先手必勝で、私が口を開いた。「そのとおり」と言うように、後ろでアレックスが鼻から大きく息を吐いたのがわかった。

一瞬真顔に戻ってから、空閑は苦笑した。

「最近この店から、立て続けにホストが五人消えた。大打撃だ。あんたらが関わってるんだろ？　お返しだ」

「なにその理屈。元はと言えば、そっちが難癖をつけて来たんでしょ。で、結局どうしたいの？　土下座でもすれば満足？　それとも『店を閉めろ』かしら。どっちみち、願い下げだけどね」

これまた先手必勝で突き付ける。知らず空閑にガンを飛ばし、喋りながら顎を前後させてしまうのは昔の血だ。

「始めはあんたが言ったように思ってた。だが、店がオープンして気が変わった。俺らにはない発想だし、女がオーナーってのも面白い。なにより、金になる。〈club indigo〉、出足は好調みたいじゃねえか。大したもんだ」

口調を和らげ、空閑が語る。

意図が読めず、私は隣を見た。塩谷さんはノーリアクション。不機嫌な顔はしているが、「女がオーナーじゃねえ。オーナーは、俺だ」とでも思っているのだろう。

空閑が、私たちを囲むホストに目配せをした。と、いつの間に用意したのか、一人が進み出て来て、ローテーブルに書類を一枚置いた。

「なにこれ」

塩谷さんともども文字がぎっしりと並んだ書類に目を落とし、私は訊ねた。なにかの契約書のようだ。

頭の上で、空閑の声がした。

「〈club indigo〉はエンパイアグループが買い取る。あんたらには相応の金をやるから、安心しろ」

「はあ!?」

私と犬マン、ソファの端のジョン太が同時に言い、アレックスも英語で短く叫んだ。顔を上げた私と目が合うと、空閑は続けた。

「俺がやらなくても、どのみちあんたらは潰される。それは惜しいし、こっちもホストを消された穴埋めをしたい。だからホストごとあんたらのビジネスモデルを買う、って言ってるんだよ」

「バカ言わないで。そんな話に乗る訳ないでしょ。お断り。そもそもジョン太をさらっておいて、なにがビジネスよ。あんた、それでも社長？　組長の間違いなんじゃないの？」

立て続けに問い、立ち上がると七センチのヒールがぐらつき、倒れそうになる。なんとか踏ん張り、私は空閑を見据えて捲し立てた。

「そりゃ始まりは私の思いつきの一言だったけど、みんながいなきゃ店はできなかった。〈club indigo〉の空間も空気も、ビジネスモデルなんて言葉じゃくくれない、私と塩谷さん、憂夜さん、ジョン太と犬マン、アレックスたちの感性や決意、絆《きずな》で出来てるの。そんなものを売り渡せると思う？　何億、何十億積まれようと、絶対に渡さないわ」

「いよっ！　それでこそ晶さん。俺らのオーナー」

腰を浮かせ、ジョン太が拳を握った腕を突き上げた。しかしすぐに、脇に立ったホストにソファに押し戻された。

「ありがとう」

ジョン太にそう告げてから、私は塩谷さんと犬マン、アレックスを見た。みんなも、私を見ている。

脳裏に、ここまでのみんなとの日々が蘇った。最初に店をやめた時と同じだ。でも、あの時感じた切なさや心細さはなく、自分がいるべき場所にしっかりと立ち、闘うべき相手と闘っている、という確信を覚えた。

体の脇でぐっと拳を握り、私は続けた。

「みんな、ハンパやってごめん。でも、もうビビりもバックレもしないから……塩谷さん。私も、〈club indigo〉のオーナーにならせて。ジョン太と犬マンとアレックス。私に、付いて来て欲しい。躓《つまず》いたり転んだりするかもしれないけど、一緒に日本中探してもどこにもない、最高の店を作ろう」

「もちろん、てか、今さらっすよ！　地獄の果て、はないとして、渋谷の外れまで付いて行くっす！」

ホストに上半身を押さえつけられながらも脚をバタつかせてジョン太が主張し、犬マンは、

「だから言ったでしょ。やめられるんですか？　って」

とクールにコメントし、アレックスは、

「It is obvious. 当然です」

と、ホストたちに睨みを利かせながら、親指を立てて拳を握った手を突き出した。

ふんと、最後に塩谷さんが鼻を鳴らした。

「やっと腹をくくったか」

満足げにそう続け、顎を上げた。

ぱちぱちと拍手の音がした。みんなで目を向けると、空閑が顔の脇に両手を挙げて薄ら笑いをしていた。

「美しき主従関係。いや、チームワークと言わないとまた叱られるかな。だが、安いドラマごっこはそこまでだ。俺はやると決めたことは必ずやる。例外はなしだ」

その言葉が合図のように、ホストたちが私たち四人を囲む輪を縮め、すぐそばまで来た。さっき契約書をローテーブルに置いた男が私を丸椅子に座らせ、今度はボールペンを差し出す。

再びソファに寄りかかり、空閑が告げた。

「残念だな。長い付き合いになるし、できるだけ友好的にいきたかったんだが」

するとソファの脇に立ったホストがジョン太のトレーナーの襟を摑み、強引に立たせた。同時にボールペンを差し出したホストが、もう片方の手で私の右手首を摑んでペンを握らせようとし、別のホストは、塩谷さんの肩を押さえつけようとした。

「無理矢理サインさせてもムダだよ。晶さんと塩谷さんがいなくなったら、俺らも店をやめる」

後ろで犬マンが言った。はっとして振り向くと、ジョン太が、

「そのとおり！　晶さんたちじゃなきゃ俺らは付いて行かない。ホストなしじゃ店は商売あがったりだ！　なあ、アレックス」

と、苦しげながらもわめくのも聞こえた。

「You got a point!　ジョン太、いいぞ」

興奮のせいかタメ口になって、アレックスが応える。

しかし空閑は動じる様子は見せず、低い声で笑ってこう返した。

「やめたきゃ、勝手にやめろ。言ったろ？　俺が欲しいのはビジネスモデルだ。お前らがいなくなりゃ、似たようなノリのホストを雇うまでだ。代わりなんかいくらでもいるんだよ」

「甘い！」

すかさず私が声を上げると空閑は笑うのを止め、こちらを見た。

「indigo のコンセプトのキモは、『普通の女の子が時々、ちょっとだけ贅沢をするために来る場所』よ。女の子にお金を使わせるように仕向けることしか考えてないあんたに、そんな店は作れっこない。そもそも、女の子を食い物にしてまでのし上がろうなんてホストがいる時点で、あんたもこの店も終わってるわ」

「うるせえ！　素人が偉そうに御託《ごたく》を並べるんじゃねえよ。『そもそも』は、こっちの台詞だ。お前、自分がいまどういう状況かわかってんのか？　……やれ！」

私の言葉の何かが地雷を踏んだのか空閑は突然キレて、ソファの脇に立つホストに命じた。私の目にソファの脇に立つホストが、ダークスーツのポケットから取り出した折りたたみ式のナイフが飛び込んで来る。

英語の罵倒または侮辱と思しき言葉を叫び、アレックスが周りのホストたちをなぎ倒してソファに向かおうとした。

「アレックス、危ない！」

ホストに手首を摑まれたまま、私は振り返った。

焦りと不安、空閑やホストたちへの怒り。感情と衝動がどっと押し寄せ、どれを受け入れ、行動に移すべきか決めかねていると、アレックスとは別の怒鳴り声が耳に入った。続く、ドタバタという音。

アレックスと彼に立ち向かっているホスト二人を除く全員が動きを止め、個室のドアを見た。

と、声と音が途切れ、個室のドアがぎい、と開いた。続けて、ダークスーツの人影がばったりと、前のめりで個室の入口の床に倒れる。さっきのメッシュの男で、怒鳴り声の主も彼だ。

「オーナー、ご無事ですか？　アレックス、やめろ！」

メッシュの男をまたいで、憂夜さんが個室に入って来た。

とたんに、アレックスはぴたりと動きを止めた。私も返事をしようとしたが、それより早く、

「邪魔するぜ」

と、低く甘いが、憂夜さんとは少し質の違う声がして、男がもう一人個室に入って来た。若い男が二人、後に続く。

「あ、あんたは」

空閑がうろたえ、立ち上がった。憂夜さんへの反応かと思いきや、視線はもう一人の男に向けられている。

「おいおい、穏やかじゃねえな。ひとまず落ち着こうや……俺は、甲田観光の甲田会長の使いだ」

もう一人の男が告げ、室内をぐるりと見回す。

とたんに私と塩谷さん、犬マン、ジョン太を抑制しようとしていたホストがはっとして空閑の指示を待たずに手を引っ込め、アレックスに立ち向かおうとしていた二人も倣った。

甲田観光って、憂夜さんが言ってた業界最大手？　甲田会長は、伝説の人物だっけ？

驚き面食らいもしながら、私はもう一人の男とその隣に立つ憂夜さんを見た。

二人とも肩パッド入りのダブルのダークスーツを着て、エナメルの靴を履いている。どちらも顔立ちは濃く、年齢を推測できない肌質で、櫛目も鮮やかに撫でつけられた茶髪の前髪を日焼けした額に一房垂らしている。

分身の術？　思わず目を疑ったが、よく見るともう一人の男のネクタイはゼブラ柄で、憂夜さんはパイソン柄。加えて、憂夜さんの方が少し背が高い。

もう一人の男がこちらに歩み寄って来て、ローテーブルの上の契約書を手に取った。

「空閑。黙って見てりゃやりたい放題だな。ホストの引き抜きに客の横取り。挙げ句の果てに他の店のホストを拉致してオーナーを呼び出し、力尽くで店をてめぇのものにしようってか？　掟どころか、人の道を外れてるじゃねえか」

テンポよく、ドスも利かせつつ捲し立てる。

口調と言い、顔と目を上下させて契約書の文面の文字を追う姿と言い、微妙に大袈裟で芝居がかっている。一方、後ろに控える部下または子分らしき男二人は若く、ベタなホストファッションだ。

「誤解です。こいつらが——」

言いかけた空閑を遮り、もう一人の男はさらに語った。

「顔を貸してもらおうか。言い訳も泣き言も、甲田会長にしろ。ただし、会長の前に辿り着けたらの話だけどな。てめぇは、日本中のホストの面汚しだ。かつての仲間が、手ぐすね引いて待ってるぜ」

言い終えるなり、もう一人の男は指をぱちんと鳴らした。すると後ろに控えていた男二人が進み出て、両脇から空閑の腕を摑んだ。

「放せ。なにしやがる——おい。お前ら！」

男二人の手をふりほどこうとしながら、空閑がホストたちを見た。もう一人の男も、ホストたちを振り返って言う。

「空閑か甲田会長か。好きな方を選べ。空閑を選べば、お前らも同罪だ」

最初にソファの脇に立つホストがナイフをしまい、ドアに向かった。続いて他のホストたちも小走りで、我先にと個室を出て行く。そのうちの一人に踏みつけられ、メッシュの男がうめき声を上げた。

ホストたちの様を見てもう一人の男は顎を上げ、楽しげに笑った。呆然としている空閑を男二人が立ち上がらせ、そこにもう一人の男が歩み寄る。

「行くぞ」

もう一人の男が身を翻して歩きだした。空閑を連れ、男二人が付いて行く。

「ほらよ」

脇を抜ける時、もう一人の男が私になにか差し出した。受け取って見ると、契約書だ。

もう一人の男と男二人、空閑が店を出て行った。憂夜さんとアレックス、犬マンがジョン太に駆け寄る。

塩谷さんが私の隣に来て、契約書を取った。迷わず、契約書の上端を左右の人差し指と親指でつまんだので私は、

「私がやる」

と申し出て契約書を取り返し、同じように両手の人差し指と親指でつまんだ。

右手を手前に引き契約書を破ると、胸がすくのと同時に覚悟が決まった。

塩谷さん、憂夜さん、ジョン太、犬マン、アレックスが見守る中、私は契約書をびりびりと破り、床に捨てた。

「行こう」

最後の一片を捨て終え、私はドアに向かう。みんなが後に続いた。

ビルを出ると、男二人が空閑を車道の端に停《と》まった黒いセダンの後部座席に乗せるところだった。もう一人の男は、その前に停まった白いベンツに向かう。運転手らしき男が開けたドアから、後部座席に乗り込んだ。

私と塩谷さん、ホストたちは歩道の端に立ち、憂夜さんはベンツに歩み寄った。

「じゃあな。兄弟」

後部座席の窓ガラスがするすると開き、もう一人の男が顔を出して言った。

「世話になった。会長に、俺がよろしく言っていたと伝えてくれ」

もう一人の男を見返し、憂夜さんも言う。苦笑して、もう一人の男は返した。

「礼を言ってどうするんだ。空閑の件で借りを作ったから取りあえずは見逃すが、兄弟たちが掟破りなのには変わりはねえ。こっちのみんなが、〈club indigo〉を狙ってる……ねえちゃん。覚えておけよ」

最後のフレーズは、憂夜さんの肩越しに私を見て言う。口は笑っているが、眼差しは鋭く尖っていた。

勢い込んでカルナヴァルに乗り込み、啖呵《たんか》も切ったが、結局最後はこの男に助けられた。憂夜さんとの関係はわからないが、悔しいし、自分はやはり素人なのだと思い知らされた。

それでも筋として、

「わかりました」

と返し、私はもう一人の男に頭を下げた。

力が欲しい。お金で買ったり人から奪ったものではなく、自分の知恵と経験で蓄えた力で、indigoを守れるようになりたい。頭を上げながらそう思った。

窓ガラスが閉まり、ベンツは走りだした。その後に黒いセダンが続く。二台の車が走り去り、憂夜さんとアレックスを除くみんなが大きく息をついた。

「めちゃくちゃ怖かったっす〜。なんなんすか、もう」

眉を寄せてジョン太が騒ぎ、塩谷さんにすがりつく。私も、

「あんな展開、想像もしなかったわよ。現実じゃないみたい」

と言い、気づけば汗ばんでいた手のひらを見下ろした。

「ていうか、まんま昭和のヤクザ映画かアクション映画ですよね」

クールにコメントし、犬マンは煙草に火を点けた。

燃え上がった闘志の行き場を失い欲求不満なのか、アレックスは拳を握りしめて歩道の端に立ち、車が走り去った方を睨んでいる。その肩を叩いてなだめ、憂夜さんがこちらに頭を下げた。

「お迎えに上がるのが遅くなり、申し訳ございません。思いのほか根回しに時間がかかってしまいまして」

「根回しって？」

私が訊ね、憂夜さんは答えた。

「夕方携帯でお話していた折りに、以前高原オーナーがおっしゃった『店はオーナーの鏡』というお言葉を思い出し、甲田観光とコンタクトを取りました。案の定、空閑は売上金の一部をジニアスに支払うなど表向き筋は通していますが、裏ではホストの引き抜

きや客の横取りなど、やりたい放題だと判明しました。とはいえ引き抜き、横取りはどこの店でも多かれ少なかれ行われているため、甲田観光もそれだけでは手が下せず、空閑を成敗する大義名分を探していたようです。そこでジョン太の件を伝えたところ、思いどおりに動いてくれました……高原オーナー。改めて、さすがのご慧眼です」

「ああ、そういうことだったの。ありがとう。あはは」

私と一志が痴話ゲンカをしている間に、そんなことを考えていたのか。私たちの会話は丸聞こえだったろうし、恥ずかしく、情けない気持ちになった。

塩谷さんにすがりついたまま、ジョン太も訊ねた。

「甲田観光ってなに？　会長って、そんなにヤバい人なの？　は、いいとして、さっきの人は誰っすか？　『会長の使い』とか言ってたから、秘書かなんか？　憂夜さんの知り合いなんすよね。兄弟って、何兄弟？　まさか『実の』じゃないすよね？　あと、憂夜さんは兄と弟、どっち？」

「もう九時じゃないか。店に戻るぞ。西川と尾関に、休業にはしない、お客様が見えたら、お前らがお相手をしろと伝えておいた」

金無垢の腕時計を覗いてジョン太をスルーし、憂夜さんは道玄坂を下り始めた。

私もジョン太とほぼ同じ疑問を抱いていたが、スルーされるのは明白なので、憂夜さんの後に続き、他のみんなも歩きだす。今夜も大勢の人が歩道を行き来していた。

「塩谷さん。憂夜さんが助けに来るって、わかってたんですか？」

煙草をふかしながら、犬マンが問うた。ふんと鼻を鳴らし、塩谷さんは返した。

「当たり前だろ。じゃなきゃキレまくってたぞ。空閑もさっきの男も、俺を無視しやがって。俺だって indigo のオーナーだ、っつうんだよ」

アフロ頭の乱れを直しながら、ジョン太があはは、と笑った。

「でも晶さん、超カッコよかったっすよ。『何億、何十億積まれようと、絶対に渡さないわ』に、契約書をビリビリビリ〜。『オーナー』じゃなく、『姐御《あねご》』『姐さん』って感じでしたけどね」

「確かに。カルナヴァルって、店も人もダサすぎて頭が爆発するかと思ったけど、晶さんの啖呵を聞けたから満足。俺、ヤクザは嫌いでも、映画の『極道の妻《おんな》たち』シリーズは好きなんだ。とくに女同士が摑み合いでケンカするシーン。キャットファイトって言うんだっけ？　そそられるんだよなあ」

実はテンションが上がっているのか、犬マンが意外な告白をする。それにジョン太が「なんだ、それ。あり得ねえ」と突っ込み、アレックスは真顔で、「いや。ある」とぼそりと返す。

最後にみんなで笑い、私は悟った。

私はオーナーになったんじゃない。塩谷さん、憂夜さん、ジョン太、犬マン、アレックス、なぎさママに土橋くん。そして、一志も。みんなが私を、〈club indigo〉のオーナーにしてくれたんだ。

清々《すがすが》しく、目の前が開けたような気持ちになった。一方で、「こっちのみんなが、〈club indigo〉を狙ってる」というもう一人の男の言葉と眼差しを思い出し、緊張と対抗心も覚える。

「なにおっかない顔してるんすか。せっかく俺が戻って来たんすよ。今夜、店がはねたら、ぱ〜っと行きましょう。ほら、前に飲み方を教えて下さいって言ったでしょ？」

ジョン太が私の肩に腕を回し、顔も覗き込んできた。その腕を押しのけ、私は返した。

「じゃれるな」

「なんすか。冷たいじゃないすか。もっと俺らと仲良くして下さいよ」

「仲良くはするわよ。でも、馴れ合いはしない。私はきみたちの友だちじゃなく、indigo のオーナーよ」

きっぱり告げた私にジョン太はきょとんとし、「どういうこと？」とアレックスに訊ねた。困惑したように、アレックスは首を傾げる。塩谷さんと犬マン、最後に憂夜さんも、こちらを見るのがわかった。

三人の眼差しに応えるつもりで私は背筋を伸ばし、まっすぐ前を向いて歩いた。が、またもやヒールがぐらつき、転びそうになる。さっとみんなの手が伸びて来たが、私は

自力で体勢を立て直し、

「慣れない格好をするもんじゃないわね……訳は訊かないで」

と、照れ臭さとばつの悪さを感じながら笑い、改めて歩きだした。

11

一志が指定したのは、恵比寿のカフェだった。と言っても駅の近くではなく、駒沢《こまざわ》通りを広尾方面に進んだ、渋谷橋の交差点の手前だ。

なんでこんな場所を？　と戸惑いながら、私はビルの二階にあるカフェに入った。

一志の姿が見当たらなかったので、店員に案内された窓際の席に着いた。オーダーしコーヒーを飲み、窓から夕暮れの街を眺めていると、秋物のコートにスラックス姿の一志が通りを走って来るのが見えた。

「ごめん」

店に入り私の元に歩み寄って来るなり、一志は言った。肩で息をして、三日前に東京駅で待ち合わせをした時と同じように額に薄く汗をかいていた。

三日前はあの後indigoに行き、ジョン太たちが数名いた客の気をそらしている間に、私と塩谷さんは、憂夜さんと事務所兼ロッカールームに入った。

彼にだけ確認を取っていなかったのに気づき、私は憂夜さんに、オーナー就任の意思を伝えた。憂夜さんは「ご英断に、敬意と感謝の念を捧《ささ》げます」と言って、深々と頭を下げてくれた。

関係各位の同意を得て晴れて〈club indigo〉のオーナーになった私に塩谷さんは、「店名義の銀行口座を作ったから、とっとと有り金を振り込め」と告げた。

それから今後は週末ごとに憂夜さんから売り上げやホスト、客の動向などの報告を受ける、また月に一度集まって経営会議をすると決めて、私は店を出た。

すぐに一志に電話をかけたが留守番電話で、何度かけても同じなので、東京駅での出来事の謝罪とその後のいきさつを綴ったメールを送ったが、返事はなかった。

一志からメールが来たのは昨日の夜で、「明日の午後四時に、恵比寿で会おう」と書かれ、下にこのカフェの公式サイトのアドレスが貼り付けられていた。

コートを脱ぎ、一志は私の向かいに座った。店員にアイスカフェオレを注文する姿にスーツではない一志を見るのは久しぶりだな、と思った。

「金曜日はごめんなさい」

店員がテーブルを離れると、私は改めて謝罪をした。一志は言った。

「トラブルが解決したみたいで、よかったけど」

その言葉で、私のメールを読んでくれたのはわかった。しかし一志はこわばった顔をして、こちらも見ない。気まずい空気が満ちているが当然だ。私は訊ねた。

「今日、東京に戻って来たの？」

「いや、昨日。本当は休みの間中ずっと実家で酒を飲んで寝てようと思ったんだけど、母親に『そんなんだからフラれるのよ』って追い出された」

そう返し、一志は口を尖らせた。その子どもっぽい表情につい私が笑ってしまい、場の空気が少し緩んだ。

こちらに顔を向け、一志が私を見た。

「別れよう」

「うん」

実質東京駅でのやり取りで答えは出ていたし、私もそのつもりだった。原因はこちらにあるので答えを言葉にするのは私の義務だ、と考えていたが、一志に言われてしまった。「付き合って下さい」と言ったのが自分なので別れも、ということだろうか。つくづく律儀な人だ。

「俺たちはすごく違うから、なにやってもいちいち面白くて、刺激になった。でもダメになるとしたらそこが原因かな、とも思ってた。そのとおりになっちゃったんだけど、まさかホストクラブとはね。まあ、面白すぎてもダメってことかな」

最後のフレーズは自虐的に言い、首を傾げる。私は返した。

「本当にごめんなさい。信用して、自由にさせてくれたのに。ちゃんと帰って来ることができなかった。全部私のせい。一志はなにも悪くない」

「いや。晶はちゃんと帰って来たよ。じゃなきゃ、ニコチン依存症がわかる本は書けなかっただろ。ただ、帰って来たのは前とは違う場所で、俺の隣じゃなかったんだ」

確かにそうだ。的を射すぎていて、返す言葉もない。

私が黙ると、一志は運ばれて来たアイスカフェオレにストローを挿す手を止め、首を横に振った。

「責めるつもりはないんだ。状況を修復不可能と判断したら、最速かつ適切な対処、プラス関係者に対しては、謝りすぎず、責めすぎない……これ、会社に入った時の研修で教わったんだ。晶をまねて、仕事っぽく言ってみた」

口調は淡々として表情も穏やかだが、一志の心の内は伝わってきた。

一志はとても傷ついて、怒ってもいる。それを表に出さないのは彼のプライド、あるいは育ちの良さか。こういうことは、前にもあったのかもしれない。ただ私が気がつかなかっただけだ。

「ホストクラブもライターも、がんばれよ。『ちゃんと』なんてしなくていいから、やりたいことを全部やれ。ただし言い訳はするなよ。晶が自分で選んだんだからな……あぁ。なんかこれ以上一緒にいると、言わなくてもいいことを言いそうだな」

「言ってもいいし、聞くよ。聞かせて」

私は促したが、一志は「いや」と言ってアイスカフェオレを一口飲み、コートと伝票をつかんで立ち上がった。私もバッグを持って席を立つ。

なにか大事なことを忘れてるんじゃないか、というせき立てられるような思いが、沈んだり、申し訳ないという気持ちに勝り、私は必死に頭を巡らせた。でも、なにも浮かばない。

レジでは私が支払いをしようとしたが、一志は「最後だから」と言って譲らなかった。一志が店員に「ごちそうさま」と言い、私たちはカフェを出た。

階段を降りて、ビルから通りに出た。

このあとindigoに行く私が「歩いた方が早いから」と告げると、一志は「俺は電車」と返した。

少し歩いて角まで行き、一志が私を振り返った。

「じゃあ、元気で」

「うん。一志も。長い間ありがとう」

挨拶だけはなんとか浮かび、私も一志を見た。

「じゃあ」

一志がもう一度言い、私たちは目を伏せた。そのままそれぞれの目指す場所へ、と思いきや、なぜか一志は私と同じ方向に歩きだした。

驚いて立ち止まり、私は告げた。

「電車に乗るんでしょ？　駅はあっちよ」

「えっ、そうだっけ？」

一志も立ち止まり、私が指す方を見る。

「そうよ。だって一志、さっき駅から来たんでしょ？」

「うん。でも、こんなところ初めてだから、よくわからなくて。来る時も迷って遅刻しちゃったんだ」

「じゃあ、なんでここにしたのよ。私たちには縁もゆかりもないし、一緒に来たこともないでしょ？」

呆れるのと訳がわからないのとで訊ねると、一志は照れ臭そうに頭を掻いた。

「縁とかゆかりとかがない方がこの先いいかな、と思って。晶の性格からして、しょっちゅう来る場所だと、そのたびに今日のことを思い出しちゃうだろ？　でも、店から近かったんだな。うっかりしてたよ」

そして最後に笑った。目尻に三本シワが寄り、両頬にえくぼができる。私が好きな、一志の笑顔だ。

とたんに、自分がなにを忘れていたか気づいた。同時に胸を衝《つ》かれ、身動きできなく

なる。そんな私に一志は、

「じゃあ。今度こそ元気で」

と言って脇を抜け、駅への道を歩きだした。

私はなにも返せず、動くこともできなかった。後ろで一志が、どんどん遠ざかって行くのがわかる。

本当は身を翻して一志を追いかけたい。走って追いついたら、肩でも、腕でも、コートの裾でもいいから摑んで、いま気づいたことを伝えたい。でも、それはできない。

張り裂けんばかりに胸を衝き上げる衝動を振り切り、私は歩きだした。

「別れよう」と言ったのも、心の内を見せないのも、律儀だからでも、育ちがいいからでもない。一志が優しいからだ。もちろん、あのカフェを選んだのも同じ。

体が動くと頭も回り始め、気づいたことがどんどん言葉になって私に迫って来た。

それだけじゃない。理解できなくても私の仕事を尊重して、同志として認めてくれた。好き勝手やっても、「行って来い」「どんどんやれ」と背中を押し、見守ってくれた。最後までちゃんとできなかった私を本気で心配し、守ろうとしてくれた。無理をしてまでこんな私を丸ごと受け入れ、一緒に生きようと思ってくれた。

一志はいつでも優しかった。

切なくて苦しくて、一志が恋しい。胸と目頭が熱くて、涙もこぼれそうだ。

でも私は泣けないし、一志を求められない。彼が言ったとおり、いま歩いているこの道は「自分で選んだんだから」。

選んだ道が正しいという確証はどこにもない。この先後悔したり、傷ついたりするかもしれないし、また次の一手に迷う時が必ず来る。

でも前に進まなきゃ答えは見つからないし、歩き続けてさえいれば、未来の自分が後悔や傷に救いを与えてくれるはずだ。

自分で自分に言い聞かせ、肩にかけたバッグの持ち手をぎゅっ、と握って歩いていると、涙は引いて胸も落ち着いてきた。でも、あれこれ考えているうちに頭の中が元に戻りそうになり、また一から言い聞かせる、を繰り返した。

そして我に返った時、私は知らない場所にいた。

狭く短いコンクリートの橋の上で、眼下には川が流れている。

「ここ、どこ?」

思わず言い、私は周囲を見た。

後ろは橋の向こうに狭い道が続いていて、突き当たりに歩道を大勢の人が行き交う大きな通りが見えた。前は橋を渡りきって少し行ったところに短いトンネルがあり、その上を、東急東横線が轟音《ごうおん》を響かせながら走り抜けて行く。

そうか。明治通りを渋谷方向に歩いているうちに、脇道に入っちゃったんだ。

ほっとして、私は通行人を避けながら古びた橋の手すりに近づき、川を見た。陽はとっぷりと暮れ、肌寒さに秋の終わりを感じる。

橋の下は急斜面の護岸壁が設えられ、川と言ってもコンクリートで固められた河床を、水たまりと言った方がよさそうな深さの鉄錆色《てつさび》の水が流れているだけだ。小バエはいないが、かすかにドブの臭いが漂う。

これが渋谷川か。

はたと気づき、私は新聞か雑誌で読んだ記事を思い出した。

渋谷川はこの上流で暗渠《あんきょ》化されていて、東急東横店の下を流れ、広尾や麻布などを経由して古川《ふるかわ》となって東京湾に注いでいるはずだ。記事には、「唱歌の『春の小川』の舞台にもなった」と書いてあった記憶がある。

今の姿は、歌詞の世界観からはほど遠いな。

そう感じるのと同時に、ビルの谷間を縫うように流れる姿にいじらしさも覚えた。また、川は明治通りとそれと並行して走る通り沿いに建つビルの裏側に両側を囲まれてて、外灯やビルの外壁に取り付けられたネオンを映し、川面がぼんやりと光る様は、香港あたりの裏通りを彷彿させせて、猥雑だが幻想的でもある。突き当たりには首都高の擁壁とその下の歩道橋、奥には、東急東横線渋谷駅の連なったドーム屋根が見えた。

ふと、橋を渡りきったところのビルに目が留まった。

橋とトンネルの間の道沿いに建つ小さなビルで、一階にはブティックらしき店が入り、二階の川に面した窓には、「ＦＯＲ ＲＥＮＴ」と書かれた看板がガラスの内側に取り付けられていた。窓は高さも幅もたっぷりあるので、二階の物件はたぶん天井が吹き抜け。二階には一部屋しかなさそうなので、広さも相当だろう。

ここ、いいな。川とビル、この橋も含めて、すごくいい。

そう浮かぶのと同時に、「あの大きな窓のある物件で、〈club indigo〉をやりたい」と強く、運命を感じるほどの勢いで思った。

広いフロアは家具や観葉植物を使ってコーナーを分け、それぞれに、デザインもマテリアルも違うソファとテーブルを置く。もちろんソファの真ん中には客の女、両隣や向かいにはホストが座る。

間接照明に加え、フロアの要所要所を照らすのはアロマキャンドル。店内にはＤＪが選んだ音楽が流れ、客席の間を揃いのユニフォームを着たウェイターが、酒とフードの載ったトレイを手に行き来する。

大きな窓から見えるのは、街の明かりとそれを映す川。そして窓の左右に束ねられて下がっているのは、夜の闇と同じぐらい濃くて青い、インディゴブルーのカーテン。

フロアの中央には、三階に通じる螺旋《らせん》階段があるといい。三階にはＤＪブースを備えたダンスフロアと、カウンターバー。その奥がバックヤードだ。

バックヤードの一番奥を、オーナールームにしよう。

壁の一面をガラス張りにして、二階の客席を一望できるようにする。私と塩谷さん兼用の机は木製で大きくて、椅子はちょっとエグゼクティブ感を出し、黒革にしてしまおう。

経営会議の夜には、私は客に紛れて店に入ろう。

足早に通路を進む私に接客中のホストたちが、目で挨拶をしてくる。そしてオーナールームでは、ダブルのスーツを着た憂夜さんが口の端を上げて微笑み、塩谷さんは黒革の椅子にそっくり返って座り、私を待っている……。

暴走した妄想を、美川憲一《みかわけんいち》の「さそり座の女」の着メロが遮った。

慌てて、私はジャケットのポケットから携帯を出した。

なぎさママからのメールで、私のオーナー就任を知ったこと、今夜閉店後みんなと改めて挨拶に行くのを「手ぐすねを引いて待ってる」こと、加えて、「晶ちゃん。本当に、『ご縁がなかった、ということで』になっちゃったんだって？　塩谷ちゃんが、『あいつには、もう仕事しかねえ。店に、身も心も捧げる覚悟だ』って言ってたわよ」とも書かれていた。

憂夜さん、チクったな。

ピンと来て、「仕事を選びはしたけど、『しかねえ』とは思わないし、『身も心も捧げる』つもりもないし」という塩谷さんへの苦情が浮かぶ。

気づけばその憂夜さんと塩谷さんからも、「早く来い」という意味のメールが届いていた。今夜は経営会議ではないが、西川考案のオリジナルカクテルとシェフの新メニューの味見をし、犬マンが披露するバージョンアップ版の「渋谷あるある」に、意見も述べることになっている。

店を成功させて近いうちに必ず、ここに来る。

桜丘町もいいけど、ここここそが〈club indigo〉にふさわしい場所だ。あの川に面した窓の向こうで塩谷さん、憂夜さん、ホストたちととびきりの夜を作るのだ。

心に決め、わくわくとやる気が湧くのと同時に、ひやりと、これまでに感じたことのない、冷たくナイフのように尖った想いが胸をよぎった。

「不吉な予感」ってやつ？　王道系ホストクラブの連中とのトラブル？　なら覚悟してるけど、まさか、それ以外にもなにか事件が……。

頭を巡らせてみたが、大きな窓のある物件を見た時のような妄想またはイメージは浮かばなかった。

まあ、いいか。「その時はその時」の「出たとこ勝負」だ。ここまでそれでなんとかやって来たし、私には仲間がいて、〈club indigo〉がある。

最後にもう一度川沿いの大きな窓を見上げてから私は回れ右をし、明治通りに向かって歩きだした。

本書は、「ｗｅｂ集英社文庫」で二〇一九年十二月から二〇二〇年三月に配信されたものに書き下ろしを加えたオリジナル文庫です。

加藤実秋の本

学園《スクール》王国《キングダム》

埼玉在住のバリバリの「ツッパリ」女子高生・沙耶香は、母親の再婚で、代官山の超セレブ高校に転校する。そこは、沙耶香の常識が全く通用しない、暗黙のルールに支配された場所で!?

集英社文庫

加藤実秋の本

インディゴの夜

人気急上昇中の渋谷の個性派ホストクラブ、「club indigo」。だが、常連客が殺され、オーナーの晶は、クセ者揃いのホストたちと共に解決に奔走することに！　特典満載の新装版！

チョコレートビースト
インディゴの夜

売れっ子ホストばかりを狙う通り魔事件が発生。歌舞伎町№1ホスト・空也に頼まれ、事件を調べる晶たちだが!?　個性派ホストたちが、謎を追って夜を駆け抜ける。人気シリーズ第2弾！

加藤実秋の本

ホワイトクロウ
インディゴの夜

インディゴの人気ホスト・犬マンは、よく立ち寄る公園でホームレス画家の青年と交流を深めていた。だが、彼が殺人事件の容疑者になり!? ホストたちの恋や素顔を描くシリーズ第3弾!

Dカラーバケーション
インディゴの夜

クールな現代っ子の新人ホストたちも加わり更にパワーアップした「club indigo」。謎だらけのマネージャー憂夜の素顔に迫る表題作ほか全4編を収録したホスト探偵団シリーズ第4弾!

集英社文庫

加藤実秋の本

ブラックスローン

インディゴの夜

常連客が殺された事件を追ううち、ネット上に「もう一つのindigo」が存在している事を知る晶とホストたち。ネットとリアルの両方から犯人探しを進めるが……。人気シリーズ初長編！

ロケットスカイ

インディゴの夜

凶器を持った男たちが主力ホストを人質に取って店に立てこもる事件が発生。2部の若手たちが解決に当たるが!? そしてあの人気ホストが大きな決断を――。波瀾万丈の第6弾！

集英社文庫

集英社文庫　目録（日本文学）

恩田陸　蛇行する川のほとり
開高健　オーパ！
開高健　風に訊け
開高健　オーパ、オーパ!!　アラスカ・カナダ カリフォルニア篇
開高健　オーパ、オーパ!!　アラスカ至上篇 コスタリカ篇
開高健　オーパ、オーパ!!　モンゴル・中国篇 スリランカ篇
開高健　知的な痴的な教養講座
開高健　風に訊け　ザ・ラスト
開高健　青い月曜日
海道龍一朗　華、散りゆけど　真田幸村 連戦記
海道龍一朗　早雲立志伝
加賀乙彦・津村節子　愛する伴侶《ひと》を失って
垣根涼介　月は怒らない
柿木奈子　さいはてにて　やさしい香りと待ちながら
角田光代　みどりの月
角田光代・佐内正史　だれかのことを強く思ってみたかった

角田光代　マザコン
角田光代　三月の招待状
角田光代・松尾たいこ　なくしたものたちの国
角田光代他　チーズと塩と豆と
角幡唯介　空白の五マイル　チベット、世界最大のツアンポー峡谷に挑む
角幡唯介　雪男は向こうからやって来た
角幡唯介　アグルーカの行方　129人全員死亡、フランクリン隊が見た北極
角幡唯介　旅人の表現術
梶よう子　柿のへた　御薬園同心 水上草介
梶よう子　お伊勢ものがたり　親子三代道中記
梶よう子　桃のひこばえ　御薬園同心 水上草介
梶井基次郎　檸檬
梶山季之　赤いダイヤ(上)(下)
片野ゆか　ポチのひみつ
片野ゆか　ゼロ！　熊本市動物愛護センター10年の闘い
片野ゆか　動物翻訳家　心の声をキャッチする、飼育員のリアルストーリー

かたやま和華　猫の手、貸します　猫の手屋繁盛記
かたやま和華　化け猫、まかり通る　猫の手屋繁盛記
かたやま和華　大あくびして、猫の恋　猫の手屋繁盛記
かたやま和華　されど、化け猫は踊る　猫の手屋繁盛記
かたやま和華　笑う猫には、福来《きた》る　猫の手屋繁盛記
かたやま和華　ご存じ、白猫ざむらい　猫の手屋繁盛記
加藤元　四百三十円の神様
加藤千恵　ハニー ビター ハニー
加藤千恵　さよならの余熱
加藤千恵　ハッピー☆アイスクリーム
加藤千恵　あとは泣くだけ
加藤千穂美　エンキリ　おひとりさま京子の事件帖
加藤友朗　移植病棟24時
加藤友朗　移植病棟24時　赤ちゃんを救え！
加藤実秋　インディゴの夜
加藤実秋　チョコレートビースト　インディゴの夜

S 集英社文庫

渋谷《しぶや》スクランブルデイズ インディゴ・イヴ

2020年3月25日 第1刷　　定価はカバーに表示してあります。

著 者 加藤実秋《かとうみあき》

発行者 徳永 真

発行所 株式会社 集英社
東京都千代田区一ツ橋2-5-10 〒101-8050
電話 【編集部】03-3230-6095
【読者係】03-3230-6080
【販売部】03-3230-6393(書店専用)

印 刷 大日本印刷株式会社

製 本 大日本印刷株式会社

フォーマットデザイン アリヤマデザインストア　　マークデザイン 居山浩二

ISBN978-4-08-744095-9 C0193